Bibliothek der Romane · Band 9

Eduard von Keyserling

Die dritte Stiege

Roman

Steidl

»Die dritte Stiege« erschien erstmals 1892.

1. Auflage 1999

Einbandgestaltung: Klaus Detjen
unter Verwendung eines Bildes von Adolf Menzel
Satz, Druck, Bindung:
Steidl, Düstere Straße 4, D-37073 Göttingen
Printed in Germany
ISBN 3-88243-653-0

I

Die erste Nacht, die Lothar von Brückmann in Wien verbrachte, war von keinem erquickenden Schlafe gesegnet. Die ermüdende Reise von Genf hierher, die nächtliche Ankunft, die Plackereien des Bahnhofs und des Quartiernehmens hatten ihn abgespannt und aufgeregt zugleich. In seinen Träumen dauerte das Führen und Schaffen fort und ließ ihn der Ruhe nicht froh werden. Spät am Vormittage des andern Tages erwachte er erst. Er kannte das an sich: Die Ankunft in einem fremden Ort, das Verhandeln mit Wirt und Kellnern, das Einziehen in unfreundliche Gasthausstuben machten ihn melancholisch; er fühlte sich dann verlassen und ältlich. Der nächste Morgen an einem solchen Ort jedoch brachte gewöhnlich eine angeregte und lebensfrohe Stimmung.

Er blieb noch im Bette liegen, die Decke bis zum Kinn emporgezogen. Heller Sonnenschein drang durch die gelben Fenstervorhänge. Blendende Lichtflocken zitterten auf dem weiß und roten Teppich. Wagengerassel, Klänge einer Drehorgel, das Klingeln der Pferdebahn tönten von der Straße herauf.

»Margaretenstraße – 2 –«, murmelte Lothar vor sich hin: »In – zwei –; im ersten, zweiten oder dritten Stock, wo war es? Gleichviel! Das erfahre ich dort.« Er gähnte, streckte die Beine weit von sich und suchte sich auf dem Kopfkissen eine kühle Stelle für seine Wange: »Erster wäre mir lieber. Im ersten

Stock kann man gewiß ebenso tüchtige Gesinnungen haben wie im dritten. Gott, es wird sicherlich der dritte sein! Rotter gab von jeher nichts auf solche Äußerlichkeiten – breite Hutkrempen und Dachwohnungen. Als ob eine gute Wohnung das Erbübel der Gesellschaft sei!« Ein guter Junge, dieser Rotter, mit seinem hübschen Gesicht und der stürmischen Art, mit den Leuten zu verkehren. Lothar freute sich, ihn wieder zu sehen. – Er richtete sich auf. Ungeduld, seinen Tag zu beginnen, ergriff ihn.

Es war schon halb elf Uhr geworden, als er auf den Kärntner-Ring hinaustrat. Die Sonne beschien heiß das Pflaster und ließ den Staub, der die Luft erfüllte, glänzen. Die mageren Kastanienbäume der Reitallee, die Häuser, selbst der lebhaft blaue Himmel – alles hatte ein hübsches Flimmern an sich, als wäre es leicht mit Goldstaub angespritzt worden. Auch die Luft mit ihrem Geruch nach warmem Asphalt erschien Lothar angenehm.

Er setzte sich in den schmalen Schattenstreif, den das linnene Vordach eines Cafés auf das Pflaster warf; frühstückte und dachte nach.

Unmittelbar vor ihm befand sich eine Haltestelle der Pferdebahn. Hier kreuzten sich die gelben Wagen; es ward gepfiffen, gerufen; die Kondukteure nickten und lächelten einander zu. Eine mächtige alte Frau mit einem mächtigen Korbe stieg in einen gedrängt vollen Wagen; ihr rotes Gesicht lachte, während sie schonungslos die Leute stieß, und diese lachten auch, laut, daß es die Straße hinabschallte; selbst der Kutscher lachte. Dort, in einem andern Wagen, stand ein blondes, rundes Mädchen, fest in die graue Sommerjacke geknöpft, mit der einen Hand sich am Halteriemen haltend, in der andern eine Mappe. Sie stand, den Kopf ein wenig gebeugt, und lächelte verhalten, denn hinter ihr an die Brüstung der Plattform lehnte ein junger Mann und flüsterte eifrig in die blonden Löckchen des Nackens hinein.

»Wie fröhlich die alle sind!«

Dicht neben Lothar trieben die Fiaker ihr Wesen. Sie hatten ihre Fuhrwerke verlassen und versammelten sich vor einem Gasthause. Der Kellnerbube trug ihnen große Stangen voll Bier zu. Sie tranken, schreiend, sich stoßend, lachend, wie Leute, die auf der Gasse zu Hause sind.

»Was haben nur all diese Leute? Ah, hier kommt einer, der nicht lacht. Nein! Der sieht recht ärgerlich vor sich nieder und geht so heftig; der hat Sorgen und ein eiliges, unangenehmes Geschäft.«

Und doch . . . vor dem Blumenmädchen an der Ecke bleibt er stehn, wählt lange hin und her, kauft eine Rose, sagt etwas; es muß etwas Lustiges sein, denn das Mädchen kichert; dann steckt er die Rose in das Knopfloch und rennt weiter.

»Wenn man Zeit hat, sich eine Rose zu kaufen und sie sich ins Knopfloch zu stecken, dann sind wohl die Sorgen nicht allzu groß und die Geschäfte nicht allzu eilig.«

Ja, so hatte es sich Lothar gedacht, so hatte es der Meister in Genf geschildert! »Du sollst die Lehre einem Volke bringen, welches ein leichtes, heiteres Leben liebt, gerne lacht, keck und unbefangen nach allem Guten und Angenehmen der Erde greift. Vergiß das nicht.« Lothar glaubte seine Aufgabe klar zu erfassen, und er begriff, daß diese Aufgabe gerade seine Aufgabe sei. Wollte er hier den Boden für die große Lehre und die große Tat vorbereiten, so mußten seine Lehren heiter und freundlich sein. Und das war nicht schwer! Der Zukunftsstaat sollte die Menschen ja glücklich und heiter machen. Bisher freilich hatte die große Sache ein finsteres Ansehen gezeigt, von Blut und Eisen gesprochen. Er wollte zeigen, daß nichts von allem Schönen, nichts von Lust und Fröhlichkeit verloren gehen dürfe; nur gleich auf alle sollten sie verteilt werden. Neue reiche Quellen des Genusses werden sich öffnen. Den Wienern sollte nach dieser Zukunft der Mund wässern. Ganze Leitartikel schwirrten ihm durch den Kopf; ungeduldig pochte er mit dem Geldstück auf den Tisch; er wollte gehen . . . sein Werk beginnen.

Während er sich durch die Menschenmenge der Kärntner Straße hindurchwand, war er noch so tief in seine Gedanken versunken, daß er halblaut vor sich hinsprach: »Die Leute dürfen nicht immer mit der Aussicht auf die harten Übergangszeiten gequält werden; das schöne Ziel müssen sie sehen.« Der Meister sagte: »Du, Brückmann, hast weiche, vornehme Hände, du wirst die Wiener fein und weich anfassen; das brauchen wir.« An ihm sollte es nicht fehlen! Das haßerfüllte Gerede hatte er ohnehin satt. Es mußte gezeigt werden, daß die große, heilige Sache auch eine schöne, eine lustige Sache ist.

Aus dem Gedränge des Naschmarktes bog er nun in die stillere Margaretenstraße ein. Da stand das Haus, welches er suchte; ein großes viereckiges Gebäude mit zwei Toren, an der Ecke der Margareten- und der Wiedener Hauptstraße gelegen. Den geräumigen Hof durchschreitend, sah er – dort gegenüber – über jenem Eingang in goldenen Buchstaben die Aufschrift: »Dritte Stieg.« Nun geriet er in einen Flur, der nur mäßig durch ein Fenster erhellt ward, welches auf einen Lichthof hinaus ging. Eine Stiege mit schönem, gußeisernem Geländer wand sich in ausgiebigen Biegungen vier Stockwerk hinauf. Auf der untersten Stufe stand ein Holzkübel voll Wasser, lag ein nasser Fetzen, und daneben, an dem Schlußpfeiler der Treppenrampe, lehnte ein Mädchen. Lothar fragte nach dem Hausbesorger. Das Mädchen war halb nackt. Der Rock reichte kaum bis an das Knie, die Ärmel des gelben Kamisols waren aufgestreift. Bei Lothars Frage hob es den Kopf und schaute ihn unter dem schwarz und kraus auf die Stirn herabhängenden Haar mit dunkeln, blanken Augen ruhig an: »Was schaffen's denn?«

»Im dritten Stock – glaube ich – bei einer Frau Pinne, sind Zimmer für mich genommen worden«, erwiderte Lothar. »Hm«, das Mädchen dachte einen Augenblick nach und warf sich dabei zerbröckeltes Schwarzbrot in den Mund, indem es die flache Hand auf die dicken, roten Lippen drückte. »Ja, ja, gehn's nur hinauf. Die erste Tür links«, sagte es dann. »Was giebt's, Tini«, erscholl eine Frauenstimme aus der Hausmeisterwohnung. »Nix«, meinte Tini. »Der Zimmerherr der Frau Pinne ist kommen.«

Zerstreut betrachtete Lothar das Mädchen, wie es sich nachlässig an den Treppenpfeiler lehnte, ruhig und behaglich seine braune Nacktheit zeigend. »Ich finde mich schon zurecht«, meinte er dann, griff an seinen Hut und stieg langsam die Treppe hinan. Wenn er an einer Biegung den Hohlraum der Stiege hinabschaute, sah er Tini unten stehen, sie warf sich mit der flachen Hand Brotkrumen in den Mund und blickte, den Kopf zurückgebogen, zu Lothar empor. So aus der Tiefe hinaufstarrend, erschienen diese Augen wunderbar groß und schwarz.

Im dritten Stock an der ersten Tür links schellte Lothar. Sie ward vorsichtig ein wenig geöffnet: »Wer ist's«, fragte jemand, ohne sich zu zeigen. »Brückmann, von Brückmann«, meldete Lothar. »Hier sind Zimmer für mich gemietet worden.« – »Ah!« Die Tür öffnete sich, und vor Lothar stand eine kleine, alte Frau in dürftiger Kleidung. Der Kopf war mit einem gelblichen Tuch umbunden, das kleine, wachsgelbe Gesicht stand voller Falten und Blatternarben, die Augen waren glanzlos und gelb. Das Ganze sah uralt und verwittert aus, und zwar wie etwas, das ganz vernachlässigt, das ohne jede Pflege alt geworden, an dem Wind und Wetter, Staub und Rost ungestört gezaust und genagt hatten.

»Sie sind die Frau Pinne?«

»Freilich. Ich wart' auf sie schon lang'. Jesus! Der da, Ihr Freund, der hat ein' Eil' gehabt. Der Herr kann jeden Augenblick kommen. Da war es! Vier Tage schon sind die Zimmer parat.« Sie schurrte auf ihren weichen Schuhen voraus in das Nebenzimmer. »Dies hier«, erklärte sie, »ist das Schlafzimmer; ein sehr gutes Zimmer. Die Vorhänge sind neu; der Überzug der Stühle auch.« Die Zimmer waren rein und geräumig; die Wände mit gelben Papiertapeten beklebt, die Möbel recht neu, und, was Lothar wichtig schien, das Licht drang voll durch die zwei Fenster eines jeden Zimmers und warf goldene Tafeln auf den Fußboden.

»Also hier!« sagte Lothar und machte sich in seiner sauberen und sorgsamen Weise daran, alles zu ordnen. Die Alte stand noch in der Türe und sah zu. »Wohnen Sie hier allein?« begann Lothar ein Gespräch. Diese Frage jedoch mißfiel der Frau. »Ja, was brauch' ich denn jemand. Wer soll bei mir sein?« Dabei wandte sie sich mürrisch ab und verließ das Zimmer.

Lothar arbeitete eifrig fort. Erst als die Zimmer nicht mehr das Aussehen einer Wohnung, sondern, wie er meinte, *seiner* Wohnung trugen, gönnte er sich Ruhe. Er rückte einen Sessel an das Fenster, streckte sich darin aus und zündete sich eine Zigarette an. Mit der ersten Zigarette, die er bedächtig in einer Wohnung rauchte, pflegte er von dieser Besitz zu nehmen, und diese Handlung war denn auch gewöhnlich von einer feierlichen oder doch nachdenklichen Stimmung begleitet.

Unten lag der Hof voll Morgenlicht; gegenüber ein Café, aus dem das Klappern der Billardkugeln herübertönte. Davor stand ein Brunnen, dessen Rohr von einer steinernen Mutter Gottes mit dem Kinde geschmückt war. An diesem Brunnen lehnte Tini; Lothar sah ihren Rücken und die schwere Last der schwarzen Haare am Nacken. Sie sprach mit einem langen, breitschultrigen Burschen im blauen Arbeitskittel. Sein rotes, bartloses Gesicht lachte. Tini mußte den Kopf ganz zurückbiegen, um ihn anzusehen.

»Das Bild dieses Hofes«, dachte Lothar, »wird mich nun durch das Stück Leben, welches mir hier beschieden ist, begleiten. Diese Gottes-Mutter mit ihrem grauen Steingesicht, dieses Cafégeklapper, dieses schwarze Mädchen . . . zu jeder Tageszeit werde ich sie sehen. In der sachten und bedeutungsvollen Weise der Sachen, die uns umgeben, werden sie in meine Gedanken, in all meine Erlebnisse, die ich von der Straße hereintrage, hineinsprechen und mein Leben mit laben.«

Die unstete Art seines bisherigen Lebens machte, daß Lothar gefühlvoll wurde, wenn er eine neue Wohnung bezog. Vielleicht wurde aus dieser fremden Umgebung eine Heimat. Vielleicht fand er hier den stillen, lieben Winkel, nach dem ihn zuweilen verlangte. In solchen Augenblicken, er hatte es oft schon erfahren, kamen ihm regelmäßig Kindheitserinnerungen – Erinnerungen an eine ganz in altgewohnte Räume eingesponnene Existenz – und zwar so lebhaft, daß es ihm oft das Herz bewegte.

2

Die Brückmanns gehörten zu den ältesten Familien des ostpreußischen Landadels. Meist gute Landwirte, gute Jäger, gute Reiter, schöne, breitschultrige Gestalten mit starkem blonden Bartwuchs, pflegten sie nicht viel zu lernen. Sie heirateten früh, traten ein Landgut an oder gingen ins Militär. Daß die Ehe eines Brückmann kinderlos geblieben, dessen konnte sich niemand entsinnen; der gewöhnliche Satz war vielmehr sieben oder acht Kinder, so daß es zu großen Kapitalansammlungen nicht kam. Sie konnten es mit Fleiß und Arbeit, mit Nachdenken über Düngung und Viehwirtschaft höchstens dazu bringen, ihrem Stande gemäß zu leben, ein gutes Haus, gute Pferde zu haben, einen kleinen Rotwein zu trinken, einige seidene Kleider für ihre Frauen anzuschaffen und – wenn die Zeit gekommen war, den einen oder anderen Winter hindurch in Königsberg den Töchtern Gelegenheit zu geben, sich zu verheiraten. Den Fräulein Brückmann gelang jedoch nur äußerst selten, es zu einer Verlobung zu bringen.

Eine Mißheirat war seit Menschengedenken nicht vorgekommen; daher gehörte die Heirat des zweiten Sohnes der Berlowschen Brückmanns zu den traurigsten Ereignissen der Familiengeschichte. Lothar von Brückmann verband sich mit einer Lokalsängerin, einer herabgekommenen Polin, die ihn in Berlin umgarnt hatte. Die Familie ließ Lothar fallen, zwang ihn, die Gegend zu verlassen, und wollte nie mehr etwas von ihm wissen. Er zog mit seiner Frau nach Dresden, wo ihm ein Sohn geboren ward. Diese Ehe bewährte sich jedoch nicht, denn die schöne Frau v. Brückmann mit den übergroßen braunen Augen und dem Haar, das fast grau schien, verließ ihren Gatten und Sohn und verschwand mit einem amerikanischen Lebensversicherungsagenten.

Unterdes hatte sich im Berlowschen Zweige der Brückmanns ein zweites ungewöhnliches Ereignis zugetragen. Fräulein Lydia, Lothars ältere Schwester, hatte sich auf einem Balle in Königsberg mit einem Baron Taufen aus den baltischen Provinzen verlobt. Es war, als wollte der liebe Gott den hartgeprüften Berlowschen Zweig durch diesen Glücksfall entschädigen.

Nach kurzer, kinderloser Ehe starb der Baron. Die Baronin war Erbin seines Vermögens und lebte auf ihrem Landgut, dieses mit Umsicht und Energie verwaltend. Als sie von der traurigen Lage ihres Bruders hörte, verlangte sie, das Kind zu sich zu nehmen. So geschah es, der kleine Lothar wurde zu seiner Tante gebracht und dort erzogen. Sein armer Vater jedoch starb schon, als der Knabe kaum zehn Jahre alt war.

In einem kleinen, mitten im dichten Nadelwalde gelegenen Landhause verbrachte Lothar seine Jugend; hierher flüchteten im späteren Leben seine Gedanken, wenn er sich verlassen und heimatlos fühlte; dann spürte er wieder den feuchten, strengen Duft des Waldes, wieder das unruhige Gefühl, halb Unternehmungslust, halb Furcht, wie es ihn damals überkam, wenn die bleiche, nordische Sommernacht den Wald mit ihrem Helldunkel erfüllte und es in den Büschen und dem schwarzen Gezweige wisperte, wie von tausend geplanten Streichen.

Im Hause ging es still zu. Die Baronin verkehrte fast gar nicht mit ihren Nachbarn. Sie widmete sich ganz der Landwirtschaft und fuhr täglich mit ihrem alten, ruppigen Schimmel umher. Am Nachmittage, in der dämmerigen großen Stube, empfing sie ihre Leute, fragte sie nach ihren Angelegenheiten, erteilte Ratschläge, verordnete Heilmittel; dazwischen schlummerte sie auch ein wenig. Im Winter, um sieben Uhr abends, ward die Lampe gebracht. Lothar mußte dann ein französisches Buch vorlesen. Draußen vor den Fenstern rauschten die Tannen. Im Flur gingen der Hausknecht und die Mägde ab und zu und stampften sich auf den Fliesen den Schnee von den Schuhen.

Im Sommer pflegte der Knabe nur wenig zu Hause zu sein. Er saß mit dem Gänsebuben am Feldrain; stand bei dem Kutscher und sah zu, wie der Wagen gewaschen wurde; er tat – er konnte es später nicht mehr sagen – was, es schien ihm jedoch, als habe jenes Leben bestanden aus unendlich seligem Hineinstarren in einen sommerblauen Himmel, aus dem Trinken des Duftes der sonnenwarmen Fichtennadeln, aus Aufstochern von Ameisenhaufen, aus gedankenlosem Hinausblicken auf die Felder, über denen der Abend herabdämmerte, aus Hinaushorchen in die Ferne, wo lettische Mädchen ihre Lieder singen.

Für Lothar wurde ein Hauslehrer genommen. Mit dem Lernen jedoch wollte es nicht glücken. Der Lehrer erklärte den Knaben für unbegabt und flüchtig; die Baronin fand die Ausgabe für den mageren Erfolg zu groß; so ward Lothar in die Stadt fortgegeben. Seine Studien beendete er dort nur mit großer Not, geordnetes Lernen war seine Sache nicht. Dabei ward er beständig vom heißen Durst nach Vergnügungen geplagt und zerstreut. Als er die Universität bezog, überließ er sich ein wenig zügellos diesem Hange; trat in die glänzendsten Corps ein, trank und liebte, war ein beliebter Kamerad und ein bewunderter Corpsbursche. Von Bonn zog er nach Göttingen, von Göttingen nach Leipzig und verstand es, überall in seinen

Kreisen eine angesehene Rolle zu spielen. Dabei schien er zu vergessen, daß die Zeit verrann, daß er älter wurde und diese Erfolge kaum imstande sein konnten, sein Leben dauernd auszufüllen. Doch begann er allmählich eine gewisse Leere und Müdigkeit zu verspüren. Wenn es Zeiten gab, in denen es um ihn nie laut und üppig genug hergehen konnte, so kamen hinwiederum Tage und Wochen, in denen er sich ganz zurückzog. Dann nahm er eine bittere und höhnische Art an, über das Leben im Allgemeinen zu urteilen. Die überfeinen und vornehmen Vergnügungen, die er sonst aufsuchte, widerten ihn an. Er lachte über seinen Stand, seine Kameraden, selbst seine blonde Freundin von der Oper, meinte: die Gesellschaft, wie sie jetzt eingerichtet sei, biete doch nur sehr pauvre Genüsse, und sprach so wunderliche und ketzerische Ansichten aus, daß seine Freunde ernstliche Besorgnisse um ihn hegten. Bei dieser Gemütsverfassung bedurfte es nur eines geringfügigen Anlasses, um ihm eine neue Lebensrichtung zu geben, da die bisherige so gründlich ausgelebt schien.

Eines Abends saß Lothar in Leipzig mit dem Grafen Bylin bei Hause. Sie hatten sich in Bonn gekannt und feierten nun ihr Wiedersehn. Der Graf galt für einen vorzüglichen Gesellschafter; warum, wußte keiner so recht. Wer aber am Wirtshaustisch diesem hübschen Mann mit dem langen blonden Schnurrbart, den Augen, die stets halb von den Lidern verdeckt wurden, den in London gefertigten Kleidern gegenübersaß und den strengen Duft eines Attkinsonschen Parfüms, den der Graf um sich verbreitete, einsog, der fühlte sich gehoben.

Die Herren waren schon bei der zweiten Flasche Sekt. Lothar wurde lebhaft, erzählte viel und laut, während der Graf ihm in seiner ruhigen, teilnahmslosen Art zuhörte. Unterdes war ein neuer Gast in das Zimmer getreten; ein großer, breitschultriger Mann im abgetragenen grauen Rock. Eine blanke

Glatze gab ihm ein ältliches Aussehen, obgleich sein Gesicht jung und rot war, mit starken, fast groben Zügen. Er trat an den Tisch, an dem die Herren saßen, setzte sich und bestellte sich zu essen und zu trinken. Bylin streifte den Ankömmling mit einem müden, kalten Blick, Lothar sah ihn feindlich an, wandte sich ab, und die Herren setzten ihre Unterhaltung fort, als gäbe es keinen Dritten in ihrer Gesellschaft.

»Sie finden«, erzählte Lothar, »die Studentengesellschaft um einige Ideale reicher. Wir haben hier nun nicht nur religiöse, sondern auch sozialistische Verbindungen.«

»Ah«, meinte der Graf zerstreut und beobachtete von der Seite den Herrn am Ende des Tisches. Dieser verzehrte mit vielem Behagen ein Haselhuhn und legte die reinlich abgenagten Knöchelchen neben seinen Teller auf das Tischtuch. Den Grafen interessierte das, und er lächelte kaum merklich.

»Verbummelte, unmögliche Leute, diese Gesellschaftsapostel«, berichtete Lothar weiter, »Keuschheit und Sittlichkeit ist, glaube ich, Kommentpunkt, dabei aber . . .«

»Das ist ein Irrtum«, unterbrach der Fremde Lothar mit ruhiger, knarrender Stimme, »derlei Kommentpunkte hat keine sozialistische Verbindung.«

Lothar errötete, machte jedoch, als habe der andere nicht gesprochen, und fuhr erregt fort: »So höre ich aus gut unterrichteter Quelle.«

»Daran ist nichts Wahres«, schaltete der Fremde wieder ein.

Lothar wollte auffahren, da er jedoch sah, daß Bylin lächelte, zwang er sich auch zu einem Lächeln, wurde aber immer bitterer in seinem Bericht. »Ja, verzweifelte Leute! Da ist gestern ein Wanderapostel angekommen, der eine große Versammlung einberufen hat; irgendein russischer Nihilist.«

»Er ist ein Deutscher . . .«, warf der Fremde ein.

»Es ist bedauerlich, daß Ideen, die in gewisser Beziehung

nützlich sein könnten, so durch ihre Vertreter diskreditiert werden. Ein Kerl, der in seinem Vaterlande mit der Polizei oder dem Strafgericht Unannehmlichkeiten gehabt, gestohlen oder Wechsel gefälscht hat, fühlt plötzlich den Beruf, unserer Jugend . . .«

»Das ist Verleumdung«, versetzte der Fremde, »einfache Verleumdung. Der Mann, von dem Sie sprechen, hat reinere Hände als die meisten, die über ihn zu urteilen wagen.«

»Wer fragt Sie?« fuhr Lothar auf; die Heftigkeit machte ihn fassungslos. »Wer gestattet Ihnen mitzusprechen?«

Ein wenig bleich wurde der Fremde, doch erwiderte er ruhig: »Es ist meine Pflicht zu widersprechen, wenn ich höre, daß ein Ehrenmann – der noch dazu mein Freund ist – gröblich verleumdet wird.«

Lothar hatte sich erhoben und war auf den Fremden zugetreten.

»Ja!« fuhr der Fremde fort, »glauben Sie es mir, dem Manne, den Sie hier zu beschimpfen sich erlauben, sind Sie die Schuhriemen zu lösen nicht wert.«

»Herr, welche Sprache!« brachte Lothar heiser heraus und hob die Hand gegen den Fremden; doch sein Arm ward erfaßt, niedergedrückt auf die Tischplatte mit so unwiderstehlicher Gewalt, daß Lothar ein wenig gebückt und schief wie an den Tisch angenagelt dastand und sich nicht zu rühren vermochte. Er machte keinerlei Anstrengung, sich zu befreien. Scham und Zorn betäubten ihn. Dann mischte sich der Graf hinein. »Aber meine Herren . . .« Lothar war wieder frei; er verstand nicht, was Bylin sagte, ein Gefühl, als müßte er weinen, schnürte ihm die Kehle zusammen.

»Dr. Faltl ist mein Name«, sagte der Fremde.

»Sehr wohl!« meinte der Graf, »ich werde mir erlauben, Sie morgen in Sachen des Herrn von Brückmann aufzusuchen.«

Der Doktor wollte noch etwas sagen, Bylin unterbrach ihn jedoch. »Ich bitte, hier ist kein geeigneter Ort für Unterhandlungen. Auf morgen, Herr Doktor, wenn ich bitten darf.«

Der Fremde zuckte die Achseln und ging.

Die Herren setzten sich wieder an ihren Tisch. Der Graf lächelte. »Eine dumme Affäre. Wie konnten Sie sich auch gleich so echauffieren?« – »Das Gesicht dieses Mannes machte mich rasend«, erwiderte Lothar. – »Ja – hm! Wer weiß, wie er hier hereingeraten war. Wie hübsch er die Haselhühner aß!« Bylin lachte. Die wegwerfende Art, mit der er den Vorfall besprach, beruhigte Lothar ein wenig. Gewiß, es war nur eine dumme Geschichte. Als sie jedoch aufbrachen, wurde es Lothar schwer, sich von seinem Gefährten zu trennen; er fürchtete, allein, ohne Bylin, würde die Sache ihm anders, unangenehmer erscheinen. Und so war es; den ganzen Abend lastete eine schwere Mißstimmung auf Lothar, erfüllte ihn mit Scham und Widerwillen. Wie töricht, sich so zu benehmen. Warum hatte er sich über Leute, die er nicht kannte, geäußert? Und nicht einmal seine eigentliche Meinung war es gewesen, die er da ausgesprochen; nur so ein feiges Gerede, um dem Grafen zu gefallen. War dieser Fremde nicht im Recht gewesen, dem zu widersprechen? Und dann dieser gemeine Auftritt – pfui!

Am folgenden Tage erschien Bylin und teilte mit: »Ich habe unseren Mann aufgesucht. Auf Waffensatisfaktion geht er in keinem Fall ein.« – »Das dachte ich mir«, meinte Lothar ingrimmig. »Ja, er ist Sozialdemokrat; diese Art der Satisfaktion ist gegen seine Überzeugung. Er hat mir seine Gründe auseinandergesetzt; ganz hübsch und interessant – ein feiner Kopf.«

»Gut, aber was fangen wir nun an?«

»Sonst ist er mir in dem Bestreben, diese unverzeihliche Affäre zu arrangieren, entgegengekommen, und ich denke, auch wir müssen uns bemühen, kulant zu sein. Dieser Doktor also ist bereit zu erklären, er sei in seinen Ausdrücken zu weit gegangen, er nehme sie zurück; und das gleiche erwartet er von Ihnen.«

»Wie, das ist alles?«

»Ja«, Bylin lachte, »ganz korrekt ist es nicht. Aber *mon cher*, wenn Sie meinen Rat hören wollen, so akzeptieren Sie das. Schließlich ist er der Beleidigte. Er scheint kein großes Gewicht darauf zu legen. Etwas Rechtes läßt sich nun einmal aus dieser Affäre nicht machen. Ist er mit dieser Form der Beilegung zufrieden, *tant pis* für ihn, und wir werden ohne Skandal die Geschichte los. Sind Sie einverstanden, so können Sie ihn um vier Uhr im Café finden; dort wird sich alles machen.«

Lothar war mit dieser Wendung nicht ganz zufrieden; aber Bylin hatte vielleicht recht, es war das beste, diese Sache möglichst schnell und still aus der Welt zu schaffen.

Merkwürdig war es, daß die Erwartung dieses Zusammentreffens Lothar den ganzen Vormittag über beunruhigte. Das Gesicht seines Gegners sah er beständig vor sich; die unheimliche Ruhe in den groben Zügen während des Streites, das verächtliche Zucken, als er sich entfernte. Noch vor der festgesetzten Zeit war Lothar im Café, obgleich er das für falsch hielt. Bald darauf erschien auch Dr. Faltl. Er trug wieder seinen alten, grauen Rock und einen breitkrempigen Filzhut auf dem Kopf. Seine Verbeugung war hastig und unbeholfen. Er setzte sich Lothar gegenüber an den Tisch. Lothar schwieg und wartete. Dr. Faltl schien befangen; er rieb sich mit der flachen Hand die Kniescheibe und sah gerade vor sich hin, als dächte er nach; endlich begann er zu sprechen, immer noch sein Knie reibend und gerade vor sich hinblickend.

»Ihre Gegenwart, mein Herr, ist mir ein Zeichen, daß Sie auf den Vorschlag, den ich heute morgen Ihrem Freunde gemacht habe, eingegangen sind.« Lothar nickte leicht mit dem Kopfe. »Ja, denn also mache ich den Anfang, indem ich mein Bedauern ausspreche, mich gestern zu schroff ausgedrückt zu haben ...« Er hielt inne, schaute zweifelnd zu Lothar hinüber und zog die Augenbrauen empor, was seinem Gesicht einen kindlichen und doch etwas verachtenden Ausdruck verlieh. »Ich weiß nicht«, begann er wieder, aber Lothar fiel ihm in die Rede: »In diesem Fall nehme auch ich die gegen Sie gebrauchten verletzenden Ausdrücke zurück.« Beide schwiegen nun. Lothar dachte daran, daß Bylin in seiner Lage sich jetzt mit einer hochmütigen Verbeugung entfernt hätte; das war das richtige. Dennoch blieb er. Die Neugierde, was der wunderliche Mann vor ihm noch tun und sagen würde, hielt ihn zurück. Faltl lächelte, als er sich wieder an Lothar wandte: »In Ihren Kreisen werden solche Auseinandersetzungen nach bestimmten Regeln vorgenommen. Da mir diese Regeln gänzlich unbekannt sind, so werden Sie sich auch nicht daran stoßen, wenn ich nicht alles, was in solchen Fällen üblich ist, gesagt oder getan haben sollte.«

»Oh! Darauf kommt es hier so genau nicht an«, wehrte Lothar leichthin ab.

»Natürlich! Schließlich ist die Absicht des Gutmachens das Ausschlaggebende; und die hab' ich. Auf die Vorschläge Ihres Freundes konnte ich nicht eingehen. Ich habe mich mit den Grundansichten der heutigen Gesellschaft so entschieden in Gegensatz gestellt, daß ich mich in einer . . . einer Nebensache, in einer Sittenvorschrift, die ich für schief halte, nicht fügen kann. Übrigens«, dabei nahm sein Gesicht einen gutmütigen, fast heiteren Ausdruck an, »wer das Glück erfahren hat, sich frei von den Vorschriften dieser Gesellschaft zu wissen, um nur seiner Überzeugung zu folgen, der möchte auch nicht den kleinsten Schritt zurücktun. Doch bin ich mit meinem gestrigen Verhalten wirklich unzufrieden. Nicht daß ich meinen Freund verteidigte – das war Pflicht, aber daß ich überhaupt in dieses Lokal hineinging, war falsch. Ich hatte mir längere Zeit Entbehrungen auferlegen müssen, ich hatte eine schwere Arbeit glücklich zu Ende gebracht; da sagte ich mir: Nun kannst du einmal deinem Leibe ein Fest geben. Ich wollte einmal eine so feine und behagliche Stunde wie irgend möglich erleben. Ja, das war falsch. Ich gehöre in dieses Bankierlokal nicht hinein. Sich still von den Genossen fortschleichen, um zu schlemmen, ist unrecht.« Er stand auf: »Aber ich will Sie nicht länger aufhalten.« Dann machte er wieder seine hastige Verbeugung und ging.

Lothar blieb noch lange nachdenklich sitzen. Dieser Mann hatte ihn beeindruckt; es tat ihm leid, dem Armen »die feine, behagliche Stunde«, die er sich durch schwere Arbeit verdient zu haben glaubte, verdorben zu haben. Welcher Art mochte diese Arbeit gewesen sein? Das war es! Hinter diesem Manne ahnte Lothar ein bewegtes, wohlausgefülltes Leben, ahnte etwas, an dem er gern teilgenommen hätte; und dann ... die Worte: »und wer das Glück hat, sich frei von den Vorschriften dieser Gesellschaft zu wissen«, brachten einen angenehmen Hauch der Freiheit und der Frische mit sich, wie Seewind.

Der Gedanke an diese neue Bekanntschaft ließ ihn nicht mehr los. Der bisherige Abschnitt seines Lebens war schon zu sehr ausgelebt; hier war etwas Neues, etwas ganz anderes, darum packte es. Von nun an fand er sich oft in diesem Café ein, um Faltl zu sehen. Es war eine Schrulle wie jede andere, sagte er sich. Er setzte sich in die Nähe des Doktors, tauschte mit ihm einen steifen Gruß, reichte oder erbat sich eine Zeitung, wechselte zuweilen einige sehr gleichgültige Worte mit ihm; weiter kam es nicht. Dennoch unterhielt es ihn, Faltl zu beobachten. Er versuchte etwas von dem geheimnisvollen Treiben zu erfahren, das jenen umgab und welches ihm, er wußte es selbst nicht warum und es war eigentlich lächerlich, plötzlich so anziehend erschien. Häufig kamen Leute, um mit dem Doktor zu sprechen; junge Männer mit breitkrempigen Hüten und langen Haaren, ältere Männer mit groben Händen und schwarzen Sonntagsröcken. Faltl flüsterte mit ihnen, hörte sie ernst an, gab kurzen Bescheid. »Reise gleich ab.« – »Kommen Sie in die Versammlung.« – »Sagen Sie den Genossen, daß ich einverstanden bin.« Unter den Leuten, die sich hier Rat holten, fand Lothar auch einen Bekannten, einen Studenten, der dasselbe Haus wie Lothar bewohnte. Er war diesem hübschen Jungen mit den blauen Augen und dem rötlichen Christusbart oft auf der Stiege begegnet, wußte, daß er Österreicher und Sozialdemokrat sei und Rotter hieß. Das zutunliche, freundliche Wesen des jungen Mannes machte, daß Lothar sich zuweilen mit ihm unterhielt. Rotter hatte stets etwas Geheimnisvolles vor, von dem er andeutungsweise sprach; immer erwarteten ihn Genossen irgendwo. »Also der gehört auch dazu«, sagte sich Lothar und suchte den jungen Mann auf. Da erfuhr er denn, daß Faltl ein Licht der Partei sei, daß er aus Frankfurt a. M. hier angelangt, weil hier große Dinge im Werk seien. »O dieser Faltl!« meinte Rotter. »Der ist großartig! Der versteht es, eiserne Disziplin zu halten! Wenn Sie ihn um seinen Rat bitten, was Sie tun sollen, dann gibt er Ihnen sofort ein Programm für das ganze Jahr, da steht genau darin, was Sie zu tun haben. Der ist großartig!« Solch ein Programm war es gerade, dessen Lothar jetzt bedurft hätte, da er nicht wußte, was er mit seinem Leben anfangen sollte. Eine eiserne Disziplin, ein Kreis von Genossen, der in Gefahr und Drangsal eng zusammenhielt, große Dinge, die im Werk waren, das reizte Lothar.

Er begann eifrig, Volkswirtschaft und die sozialdemokratischen Lehr- und Agitations-Bücher zu studieren; im Herzen bereits fest entschlossen, sich überzeugen zu lassen. Rotter wurde sein täglicher Umgang. Dieser spürte wohl, daß sich hier eine Bekehrung anbahnen ließ, und war stolz darauf, diese zu leiten. Dann begann Lothar auch die langhaarigen Genossen in ihren hochgelegenen Stuben zu besuchen; trank Nächte hindurch mit ihnen Tee, träumte vom Zukunftsstaat, trug breitkrempige Hüte und verkehrte mit Handwerkern und Arbeitern. Nur bei den Führern, bei den älteren, ernsten Parteigenossen ganz aufgenommen zu werden, hielt schwer. In die eigentlichen Parteigeheimnisse wurde er nicht eingeweiht und zu keiner ernstlichen Arbeit benutzt. Als er Faltl um Instruktionen bat, fragte dieser ihn genau aus und meinte: »In Volkswirtschaft, das ist die Hauptsache, studieren Sie nur fleißig fort. Gute Federn brauchen wir; Ihre Aufgabe liegt vielleicht nach dieser Seite hin.« Lothar sah wohl, daß ein gewisses Mißtrauen ihm entgegengebracht wurde; das verdroß ihn. Schonungslos brach er alle seine früheren Beziehungen ab, kümmerte sich nicht um den Spott seiner ehemaligen Kameraden, sondern gefiel sich darin, seine Gesinnung offen zur Schau zu tragen. Dennoch fühlte er, daß hier in Leipzig die Hindernisse, die seiner rückhaltlosen Aufnahme in die Partei entgegenstanden, nicht überwunden werden konnten. Er beschloß, nach Genf zu gehen, an die Quelle der großen Lehre, wo aus allen Weltgegenden die Märtyrer der heiligen Sache zusammenkommen und eine Art hohen Rates der Partei bilden.

In Genf endlich wurde Lothar in das Allerheiligste der großen Lehre eingeführt. Er fand dort einen Kreis von Männern, die für ihre Überzeugung hart gelitten hatten und deren Bitterkeit gegen das Bestehende noch durch die Verstimmung des Flüchtlings und Verbannten erhöht wird. Diese Männer, alle voll Drang, etwas Großes für die Sache zu tun, waren hier zu verhältnismäßiger Untätigkeit verurteilt; ihr Anteil an der Arbeit beschränkte sich auf Antreiben, Aufmuntern und ihre Ungeduld, daß endlich die große Entscheidungsschlacht geschlagen werde, war so heiß, daß sie das Geschäft des Anspornens mit wildem Ungestüm betrieben. Eine schwüle Luft steter Erwartung wehte hier. Man stand am Vorabend der Weltrevolution, das war gewiß; das gab den Männern etwas Nervös-Fieberhaftes. Was auch getan und unternommen ward, war nur vorläufig, war, um die Zeit bis zum großen Augenblick hinzubringen. Hier wurde Lothars Erziehung vollendet. Er lernte alles Bestehende als dem Tode geweiht ansehen; hier gelang es ihm fast, an den Zukunftsstaat zu glauben, ihn zu erwarten, sich in Gedanken ganz in ihn hineinzuleben. Sein Vorbild und Meister, ein alter Revolutionär, der schon viele Jahre hier saß und hinaushorchte, ob seine Stunde nicht wieder schlagen würde, pflegte zu sagen: »Siehst du, für uns gibt es jetzt nur eine Arbeit – und die ist blutig, haßerfüllt, zerstörend, und nur eine Erholung – die ist: sich in die Zeit hineinträumen, da der Sieg erfochten sein wird. Die Gegenwart gibt uns die Arbeit, daher ist sie häßlich und schwer, Erholung und Genuß müssen wir von der Zukunft borgen.« Solch ein samstägliches Beieinandersitzen und Sprechen von den Freuden des Zukunftssonntages war das ganze Leben dieser Männer.

Da machte es sich, daß die Wiener Genossen eine Deputation an den Meister sandten, um den Rat in einer wichtigen Angelegenheit zu hören. Die Sache in Wien ging lau. Anarchistische Clubs, die sich der Parteidisziplin nicht fügten, gewannen Einfluß auf die Bevölkerung; ein jeder ging seinen Weg. Unter anderen Mitteln, diesem Zustande abzuhelfen, war der Gedanke aufgetaucht, eine Zeitschrift herauszugeben, welche in gemäßigter Form die Lehre vortragen, das Bestehende angreifen und den Grund zu einer organisierten Partei legen sollte. Dadurch konnte man auf weitere Kreise einwirken, sie in die Prinzipien und Anschauungen der Partei hineingewöhnen. So schwierig das Unternehmen war, so schien es doch vom Glück begünstigt zu werden. Die Mittel fanden sich. Die Polizei gewährte mit überraschender Bereitwilligkeit die Konzession. Der Meister sprach seine Befriedigung über den Plan aus, gab ihm seinen Segen und empfahl Lothar zum Mitglied der Redaktion. So war denn Lothar in Wien, war Redaktionsmitglied der »Zukunft«, hatte einen Lebensberuf, den auszufüllen, wie er meinte, ein Menschenleben nicht hinreicht. Für den Rest seines Lebens war gesorgt . . .

Der Hof unter seinem Fenster war leer geworden, ein starker Duft von gebratenem Fleisch stieg empor, und aus den geöffneten Fenstern tönte Tellergeklapper. Es war Zeit, in das Gasthaus »Zum roten Rössel« zu gehen, wo er gemeinsam mit Rotter die Mittagsmahlzeit einnehmen wollte.

3

Der kleine Hofraum des Gasthauses »Zum roten Rössel« war voller Sonnenhitze und Menschen; kaum vermochte Lothar sich zwischen den Tischen und Stühlen dort unter dem wilden Wein und den Oleanderstauden hindurchzuwinden. Beamte mit ihren Frauen, Offiziere, Studenten und Schauspieler saßen hier; die Kellner stöhnten unter der Last der gefüllten Teller, die sie ab- und zutrugen. Lothar mußte an einem Tische Platz nehmen, an welchem bereits ein älterer Herr und eine junge Dame saßen. Es fiel ihm auf, daß sein Erscheinen Aufsehen erregte; man sah sich nach ihm um, fragte sich leise: »Wer ist das?« Auch der Herr an Lothars Tisch flüsterte der Dame zu: »Eine neue Erscheinung! Ein Fremder.« Lothar war das lästig. Er war zwar dafür, daß die Menschen miteinander lebten wie eine große Familie; wenn er jedoch in ein Gasthaus ging, mochte er nicht das Gefühl haben, als trete er als Fremder in eine Familienstube. Um so lieber war es ihm, daß er Rotters schlanke Gestalt durch die engen Gäßchen der Tische auf sich zusteuern sah, den breiten Filzhut schon aus der Ferne schwenkend. Bevor er bis zu Lothar gelangte, mußte er nach allen Seiten hin grüßen; hier ein: »Ich hab' die Ehr'«, dort ein: »Servus«; dann stand er vor Lothar, lachte, daß man all seine Zähne sah, umfaßte Lothar mit beiden Armen und küßte ihn auf den Mund: »Servus! Grüß Gott,

Bruder. So findet man sich wieder! Ich hab' dich aber erwartet! Die anderen haben mich dafür verantwortlich gemacht, daß du nicht kamst. Als ob ich dich in der Tasche hätte. Nun, das ist gescheut, daß wir dich haben.« Er war noch immer derselbe stürmische, vielredende gute Junge, der er in Leipzig gewesen. »Jesus, was man nicht alles zu besprechen hat! Was hier für Dinge vorgehn! Doch davon später.« Plötzlich verbeugte er sich gegen den alten Herrn am Tisch: »Die Ehre, Doktor, ein heißer Tag … Grüß Gott, Remder, wie geht es mit der Gesundheit?« … Dabei reichte er der Dame die Hand.

»Ich danke, Rotter, wie gewöhnlich«, erwiderte sie. Sie war ein hohes, schlankes Mädchen, das den Dreißigern nicht mehr fern sein konnte. Ihr bleiches Gesicht hatte regelmäßige scharfe Züge; über den länglichen braunen Augen standen die dunklen Brauen so nah beieinander, daß sie sich beim geringsten Zucken der Stirn berührten; der Mund mit den zu schmalen Lippen verzog sich beim Sprechen ein wenig schief. »Komm, Vater«, sagte sie und stand auf, »es ist Zeit zu gehen! … Grüßen Sie Ihre liebe Frau, Rotter.«

Der alte Herr mit dem roten Gesicht und den genußsüchtigen blanken Äuglein wäre offenbar noch gern geblieben und folgte seiner Tochter nur widerwillig.

»Gut, daß sie fort sind«, meinte Rotter, »jetzt können wir plaudern.«

»Wer war dieser Doktor?« fragte Lothar.

»Ah, er ist eigentlich kein Doktor, glaube ich. Remder heißt er. Dein Hausgenosse übrigens. Er war Notar, hatte Unannehmlichkeiten und verlor seinen Posten. Ein Schuldenmacher. Die Tochter tut mir leid; ein kluges, edles Mädchen. Sie erhält sich und den Vater durch Klavierstunden, denn was der Alte als Advokatenschreiber verdient, wird sofort verjubelt. Ja, ein außerordentliches Mädchen, diese Amalie Remder, eine der Unseren, eine Frau der Zukunft.«

»Sie ließ deine Frau grüßen – bist du denn verheiratet?«

Rotter lachte. »Ja, es hat sich so manches geändert! Verheiratet … nenn' es, wie du willst. In unserem Sinn gewiß. Ich schrieb dir von der Peppi!«

»Ja, ich weiß. Eine Steyrerin, ein Dienstmädchen.«

»Dieselbe. Köchin war sie; eine sehr gute Köchin. Es dauerte schon zwei Jahre, daß wir uns alle Sonntage trafen. So etwas hat man in unserem Berufe nötig. Die Arbeit, die Genossen, die Partei, das ist alles sehr schön, ist gewiß die Hauptsache, aber der Mensch muß sich erholen, nicht wahr? Wenigstens einmal in der Woche. Daß es gerade der Sonntag war, weißt du, das ist alte Gewohnheit aus der Kinderzeit. Die Peppi hätte an einem anderen Tage auch nicht kommen können. Und solch ein Frauenzimmer, das aus seiner stillen Küche kommt, die ganze Woche hindurch sich auf dich gefreut hat, nur an dich denkt – du bist ihm sein Sonntag – siehst du … das … das bringt Frieden.«

»Das verstehe ich wohl. Und dieses Mädchen …?«

»Warte! Es kam bunter. Die Peppi ward guter Hoffnung. Angenehm ist diese Zeit nicht gewesen. Die Mädchen regen sich über so etwas auf. Sie mußte bei einer Hebamme eingemietet werden. Was mich das Geld gekostet! Und als das Kind da war – ein schönes Madl, sag' ich dir –, was sollte ich tun? Ich hab' die Peppi zu mir genommen und ich bin sehr zufrieden. Es sieht bei mir jetzt ganz anders aus! Das gute Essen und die Knöpfe an den Hemden – du wirst es ja sehen! … Glaube mir! Wenn du erst länger mit uns dieses Leben hier gelebt haben wirst, dann wirst du dich auch nach so etwas umtun … das ist unbedingt nötig …« Er hielt inne, ganz erhitzt von dem Eifer, mit dem er erzählt hatte, und Lothar mit strahlenden

Augen anblickend, lachte er kindlich: »Gewiß, Bruder, du glaubst es kaum, was für Knödel sie macht!«

Lothar mußte auch lachen, und es wurde ihm behaglich zumute, während er die hübsche Begeisterung seines Freundes ansah. »Du hast recht getan«, versetzte er. »Je mehr wir gezwungen sind, unsere Tätigkeit nach außen hin auszubreiten, um so nötiger ist uns ein kleiner, friedlicher Punkt, auf dem wir uns zurückziehen können, um uns zu sammeln.«

»Richtig, Bruder!« fiel Rotter ein, froh über die ernste Art, in der Lothar sein Verhältnis beurteilte. »Man muß solch ein Plätzchen haben, welches der Mittelpunkt, der Ruhepunkt ist ... so wie die Spinne ein Zentrum hat, von dem aus sie ihre Fäden zieht. Auch von unserm Standpunkte aus ist das eigentlich das einzig Richtige. Weißt du ... die Familie als Urzelle angesehen, von der aus wächst es weiter ...«

»Wie ist es denn mit der Redaktion?« unterbrach ihn Lothar.

»Da ist viel zu erzählen!« meinte Rotter und schaute sich vorsichtig um. Der Hof war leer geworden; einzelne Nachzügler nur saßen noch vor ihren Krügeln. In einer Ecke hielten die Kellner und Kellnerburschen ihr Mittagsmahl, und auf die leergewordenen Tische und Stühle hatte sich eine Schar Spatzen geworfen. »Um drei Uhr wollen wir hin, da stelle ich dich vor. Du weißt doch, die Redaktion ist in dem Hause, in dem du wohnst? Das hab' ich ja eingerichtet. Du kennst keinen von ihnen?«

»Doch! Lippsen kenn ich, der war in Genf.«

»Ganz recht, Lippsen!« Rotter lachte. »Nun, der ist noch immer der wunderliche kleine Kauz, der er war; lebt in einem schönen Hause sein weiches Leben, macht seine spitzen Bemerkungen. Ein wenig zu gut lebt er ...; gut, er ist reich, aber bei seinen Überzeugungen sollte er nicht diesen Aufwand treiben; ich sage dir, seidene Vorhänge und große Lampen. Gleichviel, das ist Nebensache! Er bleibt immerhin ein seltner Kerl, und erst seine Frau, ein Engel.«

»Und die andern?« fragte Lothar, »Klumpf, Branisch?«

»Oh! Klumpf ist ein Genie, der wird dich bezaubern. Was er anfaßt, bekommt Schwung, Poesie, er wird dem Unternehmen den vornehmen Anstrich geben. Zuweilen ist er vielleicht zu vornehm. Alles verletzt ihn; mit dem Volke kann er nicht verkehren. Erstens spricht er zu hoch für die einfachen Leute, zuviel Plato, zuviel von der Idee; er kann den Dozenten noch nicht vergessen; und dann, wenn einer nicht ganz reinlich oder betrunken ist, so tut ihm das gleich weh, es ist gegen seine Natur. Doch dabei ein Herz – rein, wie ein Kind. Einen Engel, nein, einen Erzengel stelle ich mir wie den Klumpf vor«, setzte er zögernd hinzu. »Der Branisch dagegen – ein Feuerkopf, eine Energie wie Eisen. Der ist unser Feldherr, unser Organisator, eine Art Lassalle. Wenn er mit den Leuten spricht, dann packt es sie, sie müssen tun, was er will. Wenn die Sache nicht unter der Leitung von Leuten wie Klumpf und Branisch geht, so geht sie überhaupt nicht.«

»Ich habe viel von ihnen gehört«, sagte Lothar, »wir haben aber da noch einen, den ich nicht kenne.«

»Oberwimmer!« Rotter lachte wieder. »Den kennst du nicht? Der hat sozusagen die ganze Sache in Zug gebracht. Du wirst ihm das nicht ansehn! Was der nicht alles durchsetzt. Mit Polizei und Ministern geht er um wie mit Schachfiguren und sieht aus wie ein Mädchen. Keiner glaubte an die Konzession für die Zeitung. Er sagte, sie wird erteilt werden, und sie war da. Wie er das macht, weiß der Teufel. Er versteht so einschmeichelnd mit Arbeitern und Oberlandesgerichtsräten zu sprechen … und immer lustig, immer aufgelegt zum Kneipen. Ich habe mich sehr an ihn geschlossen. Wir waren bisher sozusagen die Irdischen in unserem Club, denn Klumpf und Branisch nehmen die Sache von sehr hoch. In seinen Ansichten ist der Oberwimmer derjenige von uns, der am meisten nach links neigt – und er hat vielleicht recht. Die rein negativen Richtungen sind für die Sache nicht ohne Nutzen. Sie besitzen großen Einfluß, und es käme darauf an, sich Autorität bei ihnen … das kann ich dir übrigens hier nicht auseinandersetzen, der Zahlkellner spitzt schon die Ohren; aber soviel sag' ich nur, zu vornehm dürfen wir gegen die anderen Clubs nicht sein. Komm! Gehen wir in die Redaktion, da wirst du selbst urteilen. Zahlen!«

*

Die Redaktion der »Zukunft« befand sich im vierten Stock des Hauses Nr. 2 der Margaretenstraße. Um hineinzugelangen, mußte man einen schmalen Flur durchschreiten. Auf der einen Seite desselben sah man durch eine geöffnete Türe in ein freundliches Zimmer mit weißen Tapeten hinein. Eine alte Frau, das runzelige Gesicht von einer Spitzenhaube umrahmt, saß auf einem Lehnsessel am Fenster und wärmte sich im Sonnenstrahl, der durch das Laub der Topfpflanzen auf dem Fensterbrett auf sie fiel. Den Kopf zurückgebogen, schlummerte sie. Zu ihren Füßen, auf einem Schemel, saß ein schmächtiges sechzehnjähriges Mädchen; dünnes, flachsblondes Haar war ihm am Nacken zu einem mageren Knötchen aufgesteckt; das bleiche, lasterhafte Gesichtchen steckte es in ein Buch, aus dem es mit traurig singender Stimme vorlas, daß es wie ein Schlummerlied klang. »Das ist die Frau Fliege – von der haben wir die Zimmer gemietet«, erklärte Rotter. »Eine brave alte Frau; unsere Zukunfts-Witwe, wie Oberwimmer sie nennt. Wir gehen hier rechts.« Die Redaktion bestand aus zwei Zimmern, die nach einem kleinen Nebenhof hinauslagen und daher stets eine bleiche, graue Beleuchtung hatten. In der Mitte des ersten Zimmers befand sich ein großer Schreibtisch, von Stühlen umringt. Ein kleiner Tisch stand an dem einen Fenster, ein Stehpult an dem anderen. Von der Decke hing eine mächtige Lampe mit grünem Schirm nieder. An dem Mitteltisch saß ein kränklich aussehender Schreiber und schrieb, während neben ihm Oberwimmer auf dem Sitzbock des Stehpultes ritt, eine mittelgroße Gestalt, sehr sorgsam gekleidet; ein hübsches, zartes Knabengesicht mit kurzsichtigen, graublauen Augen, roten Wangen und Lippen und einer Fülle kurzer, blonder Locken. Mit hoher Stimme diktierte er dem Schreiber etwas und drehte sich auf seinem Sitzbock in die Runde. »Die Verpflichtungen gegen den armen Mann hat der Staat anerkannt. – Haben Sie anerkannt? – Nun frage ich ...« Als Lothar und Rotter in das Zimmer traten, hielt er inne und nickte ihnen von seinem hohen Sitz aus lächelnd zu. »Ah! Der neue Bruder! Grüß Gott! Längst erwartet.« Und er streckte ihnen eine weiße, weiche Hand mit einem Diamantenring am Finger entgegen.

»Ich beende hier noch diesen Artikel, da ich gerade im Zuge bin. Er taugt zwar nicht viel, muß aber gemacht werden. Die anderen sind bei Klumpf und warten. Ich komme sofort nach.« Und er wandte sich wieder seinem Schreiber zu: »Nun frage ich.« Das Zimmer nebenan war das Gemach des Chefredakteurs und sah behaglicher aus. An den Fenstern hingen schwere, dunkle Vorhänge. In einer Ecke stand eine Büste von Plato, in der anderen eine von Sokrates; an der Wand hing ein Stich nach Raffaels Disputa. Das Zimmer war voller Tabaksrauch, und es wurde laut gesprochen. Als Lothar eintrat, schwiegen die Stimmen, und vom Sofa, wo er gelegen, erhob sich ein langer Mann, um Lothar zu begrüßen: »Da ist der

Langersehnte! Sie begannen uns bereits zu fehlen. Ich bin Klumpf. Hier Branisch und Lippsen.«

Lothar hatte Klumpf sofort erkannt, so hatte er ihn sich vorgestellt: eine hohe, schmale Gestalt, das Gesicht elfenbeinfarben mit feinen, scharfen Zügen; der Vollbart und das Haar waren schwarz und die länglichen Augen grau, von langen Wimpern umgeben. In ihnen leuchtete ein sanfter, feuchter Glanz, wie in Frauenaugen. So konnte nur Klumpf, der Realist, der Plato der Partei aussehen. Auch Branisch trat heran, um dem Ankömmling die Hand zu drücken. »Der sieht aus wie ein Aristokrat«, dachte Lothar. Die kräftige, hohe Gestalt trug einen kleinen Kopf voll kurzer, lockiger Haare – aus dem bronzefarbnen Gesicht schauten die Augen unter der mächtigen Stirn ein wenig gedrückt hervor, blank und stechend wie Schlangenaugen; der dunkelblonde, kurze Bart war am Kinn gescheitelt.

Lippsen, ein alter Bekannter, reichte ohne aufzustehen, vom Sessel aus, Lothar die Hand. Ein gnomenhafter kleiner Mann; die eine Schulter ein wenig zu hoch, die hervortretenden blauen Augen hinter runden Brillengläsern, einige ungeordnete, rötliche Haarbüschel auf der Oberlippe, ungeordnete Haarbüschel auf dem Kopfe, kauerte er in seinem Sessel und machte ein spöttisches Gesicht. »Nun, was macht der Alte in Genf«, fragte er, »ist er schon unzufrieden mit uns?«

»Bisher«, meinte Lothar, »hofft er Großes von dem Unternehmen. Er trug mir auf, hier seine besten Wünsche auszusprechen. Auch einige Ratschläge gab er mir mit auf den Weg.«

»Ah! Lassen Sie doch hören.«

»Er scheint besorgt zu sein, daß wir zu zahm werden.«

»Inwiefern?« warf Branisch scharf ein.

»Er meint: wir sollten es uns nicht einfallen lassen, zu diplomatisieren, aus Furcht, daß das Blatt untersagt würde. Wir glauben vielleicht zu nützen, indem wir uns mäßigen und die Zeitung halten; die Partei aber, das Volk, wird durch diese Mäßigung und dieses Verschleiern irre. Wenn man die Wahrheit sagt, soll man die ganze Wahrheit sagen.«

»Die Herren in Genf haben gut predigen«, fiel Branisch ungeduldig ein. »Ich habe unseren Plan doch deutlich genug nach Genf berichtet. Wir wollen die theoretische Seite der Lehre in faßlicher Weise auseinandersetzen. Das ist unser nächster Zweck. Das Laufende der Tagesnachrichten und so weiter soll im Lichte dieser Lehre dargestellt werden. Kritik ist nicht ausgeschlossen. Aber wollten wir in dem Sinn jener Herren vorgehen, so könnten wir uns die ganze Mühe ersparen.«

»Freilich!« meinte Lippsen, »wollten wir genferisch schreiben – so würden wir nur einen Leser haben, der nicht einmal ein Abonnent wäre, den Staatsanwalt.«

»Sie sollten dort doch abwarten«, sagte Branisch. »Es ist ein Versuch. Aber diese Herren werden beständig von dem Gespenst der Lauheit gequält.«

In der Türe war Oberwimmer erschienen und mischte sich sofort lebhaft in die Unterhaltung. »Ja, ja – wir haben oft schon darüber gesprochen. Branischs und meine Ansichten gehen ein wenig auseinander; aber es liegt gewiß eine Gefahr darin, den Bourgeoiston anzuschlagen. Erstens stößt er das Volk ab, macht es mißtrauisch.«

»Warum Bourgeoiston?« rief Branisch. »Wer wird diesen Ton anschlagen? Der Ton kann so brüderlich, so volkstümlich wie nur möglich sein und doch vermeiden, dem Staatsanwalt eine Handhabe zu bieten, sonst hat das ganze Unternehmen keinen Sinn.«

»Stilfrage«, warf Lippsen hin.

Rotter war auf seinem Stuhl sehr unruhig geworden, er brannte vor Begier, auch seine Meinung zu äußern. Nun begann er so laut, daß er Oberwimmer überschrie, der auch etwas sagen wollte. »Ganz unrecht kann ich den Genfern nicht geben. Aus Erfahrung weiß ich es, wie der stete Gedanke: ›Was wird der Staatsanwalt dazu sagen‹ die Begeisterung bei der Produktion lähmt. Wir wollen mit dem Volke sprechen, wie von Bruder zu Bruder. Nun kommt dieses Verstecken.«

»Nein«, meinte Oberwimmer, »eine gewisse Zurückhaltung im Ton billige ich. Schließlich gibt es doch eine Sprache, die nur von Parteigenossen verstanden wird und den Außenstehenden ganz unschuldig erscheint. Der Inhalt, das ist's; und da dürfen wir nicht sparen.«

Branisch erhob sich, streckte sich in seiner ganzen Länge in die Höhe und begann mit schneidendem, metalligem Stimmton zu sprechen. Die anderen schwiegen sofort. »Jetzt, da die erste Nummer bereits gedruckt ist, scheint es mir nicht an der Zeit, über das grundlegende Prinzip des Unternehmens zu streiten. Ich dächte, darüber waren wir im Klaren, ehe wir begannen. All diesen sogenannten Volksblättern gegenüber, demokratischen und sozialen Blättern, die auf der ersten Seite der Freiheit Liebeserklärungen machen und auf der letzten Seite schiefe Börsenunternehmen, wucherische Banken und Lotto-Kollekturen anpreisen, sollte ein offizielles Organ der Partei gegründet werden, an welches ein jeder sich halten kann, wenn er die Wahrheit erfahren will. Dieses der erste Zweck. Ein weiterer Zweck ist der pädagogische; das ist: die Massen in die Weltanschauung der Partei hineinzugewöhnen. Der Abonnent, der seine Nachrichten durch unser Blatt erhält, wird gewohnheitsmäßig und allmählich dazu gebracht, die Welt in dem Lichte zu betrachten, in welchem wir sie ihm darstellen. Das sind, denke ich, die Prinzipien, von denen wir uns leiten lassen.« Er hielt inne und wartete. Da die andern schwiegen und Lippsen nur ein: »Unbedingt!« knurrte, fuhr er fort:

»Das wollte ich klarlegen. Diese selbstgegebenen Gesetze stehen fest. Die Artikel werden von der Redaktion nach diesen Prinzipien durchgesehen. Freund Rotter mag seiner Begeisterung freien Lauf lassen, wir werden nachträglich die Spitzen, die den Staatsanwalt zu empfindlich stacheln, schon abschleifen.«

Branisch setzte sich nieder und machte eine Miene, die deutlich zeigte, daß er nun die Angelegenheit für erledigt hielt. Sie schien es auch zu sein, denn die allgemeine Unterhaltung wurde nicht wieder aufgenommen.

»Was fragtest du den Staat vorhin?« fragte Rotter Oberwimmer.

»Ich? Ja so!« erwiderte dieser. »Ich schrieb eine Kritik über den Bericht der Gewerbeinspektoren . . . ehe ich das Zeug vergesse.«

»Was war denn da zu fragen?«

»Hm«, meinte Oberwimmer und lächelte schüchtern. »Ich konstatiere, daß der Staat die bestehenden Übelstände voll anerkennt. Nun frage ich: was tut er, um sie abzustellen?«

»Jesus!« brummte Lippsen und ließ die Haarbüschel auf seiner Oberlippe lebhaft auf und ab wippen. »Das nenne ich eine unschuldige Frage! Nichts tut er – wenn du Antwort willst; das weiß jedes Kind. Er – der Staat – wird dir sagen: Übelstände? Das ist relativ, solange es nicht allen schlecht geht, und uns, den Fabrikanten, den Kapitalisten, uns, der Speckseite des Staates, geht es – Gott sei Dank – leidlich.«

»Das ist es ja eben!« rief Oberwimmer und errötete; doch Lippsen unterbrach ihn: »Du solltest lieber den Schreiber nach Sodawasser schicken, statt solche Frage zu tun.«

»Er ist schon fort«, erwiderte Oberwimmer, »ich ließ mir Zigarren holen. Doch warte, ich gehe zu der Frau Fliege hinüber, die soll die Lini schicken.« Geschäftig eilte er fort.

»Also heute erscheint die erste Nummer«, wandte sich Lothar an Klumpf, der die ganze Zeit über geraucht und zur Decke emporgesehen hatte. Er schauerte zusammen, als erwachte er aus einem Traum. »Freilich«, sagte er, »das wußten Sie nicht? Um sechs Uhr soll das erste Blatt gebracht werden. Darauf warten wir. Es ist eigen, welche Wichtigkeit solch ein Stück Papier annimmt. Ich denke an dieses erste Blatt wie an etwas Lebendes; denn so viel Leben hängt daran.«

»Eigentlich, wenn es kommt, müßte Wein da sein, um es zu begießen«, bemerkte Lippsen.

»Natürlich!« rief Rotter, »eine Weihe – oder – gibt es nicht was Antikes, das dem ähnlich ist?«

»Daß ich nicht wüßte«, sagte Lippsen. »Gleichviel! Wo ist denn der Oberwimmer?«

Eben kam er zurück. »Die Alte hat mich aufgehalten. Sie hat eben von der Kaiserin Marie-Anne geträumt und wollte mir das erzählen.«

»Hier handelt es sich um Wichtigeres, es ist kein Wein da. Wenn nun das Blatt kommt ...«

»Daran hab' ich nicht gedacht.«

»Ja – aber Wein muß da sein. Schon um mit Brückmann Brüderschaft zu trinken, denn mit dem ›Sie‹ geht es doch nicht.«

Oberwimmer dachte nach. »Die Lini und den Schreiber habe ich fortgeschickt. Übrigens gehe ich selber.« Und wieder war er fort.

»Das erste Blatt wäre fertig«, begann Branisch in seiner ernsten, belehrenden Weise. »Sprechen wir von dem nächsten. Oberwimmer hat eine Kritik des Berichtes der Gewerbeinspektoren gestellt. Gut! Ich habe eine Arbeit über ländliche Arbeiterwohnungen vorbereitet. Was noch? Vielleicht haben

Sie noch etwas?« Dabei blickte er Lothar mit seinen Schlangenaugen an.

»Ich habe an einen Artikel über die freie Zeit bei richtiger Arbeitsverteilung gedacht.«

»Wie das?«

Lothar wurde ein wenig schüchtern unter Branischs forschendem Blick … er sollte eine Probe seines Könnens geben. »Diese Frage beschäftigt mich seit einiger Zeit. Da es lauter arbeitende Menschen geben wird, so wird ein jeder mehr Zeit übrig haben, die Früchte der Arbeit zu genießen.«

»Dreistündiger Arbeitstag – bekannt«, warf Lippsen ein.

»Zieht man von dem Tage«, fuhr Lothar fort, »auch die Zeit ab, die ein jeder für persönliche Bedürfnisse, für seine Familie oder für Studien aufwendet, so bleibt immerhin noch ein beträchtlicher Teil …«

»Zum Bummeln«, ergänzte wieder Lippsen.

»Ja – wenn Sie wollen. Ich versuche es nun klarzulegen, wie im Zukunftsstaat jener freie Teil des Tages aussehen wird. Worin besteht der Genuß und die Erholung des Bürgers eines solchen Staates?«

»Sehr schön!« fuhr Klumpf auf. »Wie oft habe ich mich nicht in solch einen Tag hineingeträumt. Ich kann euch sagen, wie die Straße dann aussehen wird. Der große gemeinsame Arbeitstag ist zu Ende. Gesunde Müdigkeit in den Gliedern, schlendert man die Straße entlang …, und diese Straße trägt ein munteres, festliches Ansehen. Arm in Arm gehen die Leute spazieren, und geh' ich an ihnen vorüber, fliegt ein Wort ihrer Unterredung zu mir herüber, so weiß ich, wovon sie sprechen, denn woran sie arbeiten, daran tue auch ich mit; ein jeder nach seiner Weise, aber wir wissen, daß es die *eine* große Arbeit ist, das *eine* Interesse, welches uns alle verbindet. Schräge, rote Sonnenstrahlen liegen auf all den zufriedenen Gesichtern, den Kinderköpfen …«

»Erlaube, Klumpf, du träumst«, unterbrach ihn Lippsen. »Warum gerade schräge, rote Sonnenstrahlen?«

Klumpf lächelte. »Du hast wohl recht! Ich kann dir auch angeben, woher die roten Sonnenstrahlen in das Bild kommen. In meiner Vaterstadt, drüben in Schwaben, da schwebt mir der Samstagabend meiner Kindheit in einem bestimmten Bilde vor – die Gasse, die hinausziehenden Leute, die abendlichen Sonnenstrahlen, die Kirchenglocken. Nun, und mehr Ehre kann ich dem Abend des sozialen Staates nicht antun, als ihm dieses liebe Bild zu leihen.«

»Nur die Kirchenglocken, die passen da nicht hinein«, wandte Rotter ein.

»Warum?« erwiderte Klumpf nachdenklich, »warum sollte etwas so Hübsches fehlen? Läuten die Glocken nicht mehr den Sonntag ein, so können sie ja die frohe Stunde des Tages einläuten. Warum sollten die angenehmen Gefühle, die wir jetzt Andacht, ahnungsvolles Insichgehen nennen, fortgestrichen werden? Im Gegenteil! Für all das wird mehr Raum als jetzt sein. Und die schönen Bauwerke, die jetzt der Religion dienen, werden dann im Dienste einer neuen Andacht stehen. Große Männer werden dort ihre Gedanken dem Volke mitteilen. Die Akademie, die Stoa waren für die Griechen Lustorte. Nun, der Stephansdom wird unser Erholungsort sein.«

Lothar sah im Geiste Klumpf mit seinem mystischen Gesicht auf der Kanzel eines Domes stehen und den Zuhörern mit weicher, tiefer Stimme seine Träumereien predigen.

»Für manche wird das ganz gut sein«, meinte Rotter, »der große Haufe aber ...«

»... kann wie heute Bier trinken – Staatsbier«, brummte Lippsen, »auf der Staatsbahn Kegel schieben und kannegießern; davon wird nichts abgeschafft.«

»Wie der Staat die Arbeit in die Hand nimmt«, versetzte Lothar, »so wird er auch die Erholung der Bürger leiten. Durch die Organisation des sozialen Staates wird die Geselligkeit naturgemäß eine größere; weniger entgegengesetzte – mehr gemeinsame Interessen; das verbindet. Es wird keiner Vergnügungsschlupfwinkel mehr bedürfen, wo einer sich heimlich einen guten Tag macht, sondern große Lustplätze, wo ein ganzes Volk beieinander wohnen kann.«

Rotter schlug Lothar auf das Bein. »Bruder – da wollen wir aufleben!« Die Begierde, den fröhlichen, sozialen Staat schon fix und fertig zu sehen, machte ihn unruhig, zuckte ihm in allen Gliedern.

Branisch wollte nun auch seinerseits die Untersuchung aufnehmen, als er von dem Lärm einer Schar Menschen, die in das Zimmer stürmte, unterbrochen ward. Voran Oberwimmer mit einem Korb voll Weinflaschen, hinterher Lini mit Sodawasser, der Schreiber mit Zigarren, endlich ein Bube, der das erste Blatt der »Zukunft« brachte.

»Sie ist da – die Zukunft«, verkündete Oberwimmer.

Alle umdrängten den Buben. Ein jeder wollte das noch feuchte Blatt betrachten und befühlen. »Famos!« – »Sehr anständig!«

»Klumpf sollte uns seinen Eingangsartikel vortragen«, schlug Lippsen vor. »Das wird eine Art Weihe sein, wie Rotter sie wünscht.«

»Nein, zuerst muß getrunken werden«, rief Oberwimmer, die Gläser füllend. »Es lebe die Zukunft – hoch! Lini, hier ist für Sie ein Glas. Du – Bub' – trink'! Brückmann – auf du und du.«

»Jetzt still – Klumpf liest!« befahl Branisch.

Ein jeder setzte sich auf seinen Platz. Lini, der Schreiber und der Austräger standen – ihre Gläser in der Hand haltend – an der Wand. Oberwimmer hatte sich entfernt, um auch der Frau Fliege einen Tropfen Wein zu bringen.

Klumpf las. Der Artikel behandelte das Glücksproblem in der schwungvollen, ein wenig phantastischen Art, die Klumpf eigen war. Das stete Suchen und Streben nach dem Glück – hieß es – setzte ein Wissen um solch einen Zustand voraus. Daß dieser ideale Zustand nicht erreicht worden sei, bewiese nicht, daß er unerreichbar, sondern nur, daß die eingeschlagenen Wege die rechten nicht seien. Das Elend ist alt wie die Menschheit. Ja – welches ist der Maßstab, an dem ihr das Alter der Menschheit meßt? Wer rechnet es aus, wie lang das Leben ist, welches noch vor ihr liegt? Die Jahre der Blüte, der Reife kommen nach. Sie schlug einen falschen Weg ein – sie muß umkehren –, was weiter? … Ja – aber davor fürchtet sich die Gesellschaft. Hierauf setzte er auseinander, wie die soziale Lehre eben von diesem Wissen um das Glück, von der Idee des Glückes – die in jeder Menschenbrust liegt – ausgehend, die Mittel zur Verwirklichung gesucht habe. Sie sind gefunden, diese Mittel. Vorsichtig wurde der Bruch mit dem Bestehenden berührt und kurz darauf hingewiesen, wie die neue soziale Wirtschaftslehre das einzig sichere Gerippe bilde, auf dem ein neues Leben, eine neue Gesellschaft erblühen könne. Am Schluß endlich wurde der Zweck dieser Blätter erörtert. Sie sollen raten, belehren, immer auf den Ausweg aus dem Labyrinth, in welches die Menschheit sich verloren hat, hinweisen – und alle Klagen, alle Leiden der Bedrängten sollen in ihnen niedergelegt werden.

»Wir wollen eure Wunden, eure Leiden durchmustern, studieren, ihr armen, bedrückten Brüder. O wüßtet ihr, wie unsere Herzen vor Mitleid brennen, wie der Gedanke an euer karges Leben uns jeden Genuß vergällt – ihr würdet vertrauend euch nahen. Glaubt! Aus diesen Blättern spricht ein Freundesmund zu euch, schlägt euch ein Herz entgegen, das wund ist von euren Schmerzen und Tränen.«

Klumpf hielt inne – von den eigenen Worten bewegt. Die anderen saßen still und nachdenklich da, als hörten sie noch die schöne, tiefe Stimme. Lippsen hatte beide Füße auf den Sessel hinaufgezogen, die Augen hinter den Brillengläsern geschlossen, und so in sich zusammengekauert glich er einem ruppigen Kater, dem es wohl ist. Rotter war so begeistert, daß er sich mit glänzenden Augen vorbeugte, mitsprechen, mittun wollte. Lini, die Hände um das Weinglas gefaltet, lehnte andächtig an der Wand; neben ihr der Bube mit weitaufgerissenen Augen – schwindlig vom Wein und der feierlichen Stimme des Vorlesers.

Lothar erhob sich. Es war schwül im Gemach und die Luft so voller Tabaksqualm, daß einer den anderen nicht zu sehen vermochte. Er trat an das Fenster und lehnte sich hinaus. Unten lag ein enger Hof, der, von den hohen Häusern umgeben, das Aussehen eines tiefen Brunnens voller Dämmerung hatte. Es mußte um die Zeit des Sonnenuntergangs sein, denn an dem viereckigen Stückchen Himmel über den Dächern hingen blaßrote Wolken, und durch den Spalt zwischen zwei Häusern stahl sich ein wenig rotes Licht herein. Vom Grunde des Brunnens aber tönte ein Lied zu Lothar herauf, meckernd und mißmutig. Eine alte Frau stand dort über ihren Kübel gebeugt und spülte Salatblätter. In einer anderen Ecke des Hofes waren zwei Arbeiter beschäftigt, Kisten zu vernageln, unter der Aufsicht eines dicken Herrn, der, die Zigarre zwischen den Zähnen, die Hände in den Hosentaschen, mit knarrender Stimme Befehle erteilte. Wie alltäglich und gleichgültig klang das Klapp-klapp der Hämmer, das verdrießliche Trällern der alten Frau! Sie ahnten dorten unten nicht, die Armen, daß hier Männer, berauscht von Mitleid, den Festtag der Menschheit vorbereiteten!

»Gehen wir auf die Gasse hinab«, rief Oberwimmer, »wir schöpfen ein wenig Luft und essen dann zusammen. Es ist heute doch ein Geburtstag.« Sie brachen auf. Indem sie durch den Flur gingen, rief ein jeder ein »Guten Abend, Frau Fliege!« der alten Frau im Nebenzimmer zu! Und diese nickte sehr höflich und antwortete mit einem: »Die Ehre, Herr Doktor.«

4

Frau Würbl, die Hausbesitzerin, mit ihrer Stieftochter Clementine bewohnte den ersten Stock der dritten Stiege. Die Fenster der großen Stube gingen auf die Wiedner Hauptstraße hinaus und standen am Abende weit offen; denn Mutter und Tochter liebten es, um die Tageszeit auf die Straße hinabzuschauen. Frau Würbl saß in ihrem großen Lehnstuhl, die Füße auf einer Fußbank und in eine rote Decke gewickelt. Ihr schwerfälliger Körper war halbseitig gelähmt. Das schwammige, fahle Gesicht trug einen unzufriedenen Ausdruck; den Unterkiefer bewegte sie stets sachte, als schelte sie tonlos für sich hin; mit trüben, gelblichen Augen blickte sie starr zum Fenster hinaus. Ihr gegenüber saß Clementine, sehr schlank in ihr blau- und rotgewürfeltes Sommerkleid eingeschnürt, mit klirrenden Goldsächelchen behangen. Sie häkelte. Zuweilen ließ sie ihre Arbeit in den Schoß sinken, um auch – ernst und wie geistesabwesend – hinauszuschauen.

Das Zimmer mochte früher recht würdig gewesen sein; einige kostbare Schränke aus dem vorigen Jahrhundert befanden sich darin; die Stühle waren mit gelber Seide überzogen, eine schöne Bronzeuhr stand auf dem Spiegeltisch. Da Frau Würbl sich jedoch nur schwer bewegen konnte, liebte sie es, alles, dessen sie bedurfte, in ihrer Nähe zu haben. So befand sich denn auch allerhand Schlafkammergerät unter den hübschen

Sachen: Bettpolster, Waschschüsseln, Wäschestücke – und beeinträchtigte den Charakter des Salons, den das Zimmer sonst wohl gehabt haben mochte. Die Dämmerung begann schon im Gemache sich auszubreiten, während es draußen noch hell war. Der Lärm von der Straße drang durch das offene Fenster herein und erfüllte diesen Raum, in dem sich nichts zu regen schien.

Jeden Abend um diese Zeit, wenn die Straße am lebhaftesten war, wenn die Leute eilig durcheinanderrannten, die einen von der Arbeit in der Stadt heim in die Vorstadt eilten, die anderen aus der Vorstadt sich lustig zu den abendlichen Vergnügungen in die Stadt begaben, wenn die Wagen der Pferdebahn brechendvoll hin und her klingelten, die Fiaker wie toll dahinrasten, die Dienstmägde, ihre Glaskrüge in der Hand, an den Straßenecken sich mit ihren Liebhabern besprachen und selbst in den Lohndienern gegenüber die Ausgelassenheit erwachte, so daß sie sich stießen und sich die Mützen vom Kopf rissen, und dazu noch die Glocken der Paulaner Kirche ihr Bumbum dreinbrummten, dann saßen die beiden Frauen still in dem betäubenden Lärm, sogen ihn ein, badeten sich in ihm. Dieses kräftigen Lebenshauches von der Straße bedurften sie. Die alte Frau zwar blickte böse und wie herausfordernd hinab; sie fand die Leute dort unten alle liederlich und albern; aber dieser Ärger tat ihr wohl. Und Clementine hatte zwar noch durchaus nicht aufgegeben, selbst etwas zu erleben, sie erwartete vielmehr täglich ihr großes Ereignis, glaubte es mit jedem Schritt, der die Stiege heraufkam, bei jedem Geräusch an der Türe noch – aber bis dahin war ihr diese Teilnahme an der lebensvollen Lust der anderen dort unten ein wehmütiger Trost.

Sie war nun schon siebenunddreißig Jahre alt und fühlte, daß sie immer magerer und spitzer wurde. Wie verheißungsvoll hatte nicht ihr Leben begonnen! Sie war das einzige Kind des reichen Finanzmannes und seiner schönen Frau, der berühmten Sängerin, gewesen. Sie entsann sich dieser glänzenden Zeit allerdings nur undeutlich, denn sie war noch sehr jung, als ihre Mutter starb. Sie ward in ein Pensionat gegeben und erwuchs dort. Eine Zeit, an die Clementine wie an eine Seligkeit zurückdachte. Herr Würbl, so erzählten die Leute, sollte seit dem Tod seiner Gattin geistig gelitten haben. Seinen finanziellen Beschäftigungen sei er zwar noch eifrig nachgegangen, gesellschaftlich jedoch habe er sich zurückgezogen. Im Hause führte eine böhmische Köchin das Regiment, ein strenges und lautes Regiment. Endlich, eines Tages verbreitete sich im Hause das Gerücht, Herr Würbl habe sich mit seiner Köchin trauen lassen. Die neue Frau Würbl schaffte sich seidene Kleider in sehr glänzenden Farben an und regierte das Hauswesen mit großer Entschiedenheit und außerordentlichem Hochmut. Herr Würbl dagegen wurde neben dieser Frau immer stiller und stumpfer, bis ihn eines Tages ein Schlaganfall traf. Er ward an seinem Schreibtisch im Lehnsessel tot gefunden, den goldenen Bleistift, mit dem er wohl noch hatte rechnen wollen, so fest zwischen die Zähne geklemmt, daß er herausgebrochen werden mußte. Frau Würbl war der Fruchtgenuß des bedeutenden Vermögens testamentarisch gesichert. In diese Zeit fiel Clementinens Rückkehr in das elterliche Haus. Sie war anfangs fest entschlossen, diese Stiefmutter nicht anzuerkennen, und machte einige Versuche, ihr kalt und vornehm zu begegnen; auf dieses Benehmen antwortete aber Frau Würbl in so derber und rücksichtsloser Weise, daß es zu den bittersten Auftritten kam. Eine Woche hindurch konnten die Leute unten im Hof, im ersten Stock das beständige Schelten und Keifen zweier erregter Frauenstimmen vernehmen; doch ward es allmählich stiller dort oben, denn Clementine war besiegt. Sie besaß keine anderen Mittel als diejenigen, die ihre Stiefmutter ihr gewährte. Ergeben, aber sehr verbittert schickte sie sich darein und ordnete sich der bösen alten Frau unter. Ihre einzige Hoffnung war, es würde endlich ein Mann kommen und sie erlösen. Nun war sie siebenunddreißig Jahre alt, und er war noch nicht gekommen! Freunde, Freundinnen hatte sie nicht. Wer sollte in diesem Hause verkehren, dessen Hausfrau eine ganz gemeine Köchin war, die nicht einmal richtig deutsch sprach? Es konnte sich also nur zufällig etwas machen. Gewiß, wie häufig machten sich Heiraten durch Zufall, und Clementine war auf jeden Zufall sehr aufmerksam. Sie sah sich jeden jungen Mann, dem sie auf der Stiege begegnete, genau an; interessierte sich für jeden Advokaten, den sie im Gerichtssaal, für jeden Schauspieler, den sie auf der Bühne sah! Mein Gott! Es hatte doch eine jede den ihren. Die beiden nichtsnutzigen Dienstmadel nahmen sich jede Woche einen neuen Geliebten; wieviele Paare sah sie nicht unten auf der Straße Hand in Hand vorübergehen, und erst auf der Stiege! Das war am Abend ein ab- und zurennen; all diese Mädchen nehmen sich ja kaum die Zeit, ihre Hüte festzustecken oder sich ein Tuch um den Kopf zu binden, so eilig hatten sie es, fortzustürmen, auf die dämmerige Straße hinaus. Das machte Clementine das Herz schwer. Sie mochte gar nicht mehr das saure Gesicht ihrer Stiefmutter, das langweilige, von Waschschüsseln und Bettpolstern verunstaltete Zimmer ansehen, sondern versenkte sich ganz in das Wogen dort unten, ließ sich von dem Schreien, Klingeln, vom Ton der Schritte erregen; sie glaubte sich dann für einen Augenblick mitten in dem lustigen Durcheinander.

Die Nacht sank herab; die Gestalten wurden undeutlicher. Über den Dächern ward der Himmel bleich und gläsern. Die Lampenanstecker gingen mit ihren Leitern die Straße hinab, und überall erglommen kleine, blaßgelbe Flämmchen. Bald konnte Clementine nichts mehr unterscheiden; nur an den Laternen huschten die Menschen vorüber, einen Augenblick grell beleuchtet, um gleich wieder zu verschwinden, und aus der Dunkelheit schienen die Stimmen und Schritte lauter herauf zu tönen, ein gleichmäßiges Scharren und Klappern.

»Tini – schließ das Fenster; es wird kühl«, erscholl plötzlich Frau Würbls Stimme. Clementine schreckte auf, seufzte. Jeden Abend erfüllte sie dieses: »Tini, schließ das Fenster …« mit Bitterkeit. Sie schloß das Fenster, und es war ihr, als sperrte sie sich immer aufs neue wieder von der fröhlichen Welt da draußen aus.

Frau Würbl begab sich in ihr Schlafzimmer, um sich zur Ruhe zu legen. Dort wurde das Nachtmahl aufgetragen. Clementine saß an dem Bett ihrer Stiefmutter und häkelte. Das Dienstmädchen, welches das Geschirr forträumte, wurde von der Hausfrau ausgezankt; darin bestand die abendliche Unterhaltung. Das große blonde Mädchen nahm dies Keifen gleichmütig entgegen, als höre sie es nicht; Clementine hörte es in der Tat nicht, so sehr war sie es gewöhnt.

An der Außentüre wurde die Glocke gezogen. Clementine wußte, daß es der Notar Backrath sei, der um diese Stunde zu kommen pflegte, und doch erwartete sie sein Erscheinen jedesmal mit Spannung, denn sie hoffte immer, es würde ein anderer sein und es hätte sich etwas ereignet. Als sie jedoch hörte, wie der Doktor sich im Vorzimmer laut schneuzte, begann sie wieder eifrig zu häkeln und sah auch nicht auf, als er mit seinem: »Die Ehre – meine Damen« in das Zimmer trat.

Der Notar war ein kleiner Mann mit einem Spitzbauch; auf der Oberlippe stand ihm ein kurzgeschnittener grauer Schnurrbart, und die braunrote Perücke war frisch gebrannt.

Er rückte einen Stuhl an das Bett der Frau Würbl und rieb sich die Hände. »Wie ist das Befinden?« fragte er.

Frau Würbl nickte nur, um diese Huldigung zu bescheinigen.

»Unsere Geschäfte gehen gut«, fuhr der Doktor fort, »das Sümmchen, welches Sie mir übergaben, hab' ich – denke ich – ganz hübsch plaziert.«

Schwerfällig drehte sich die Frau in ihrem Bett um, zum Notar hin, und fragte: »Ist's auch sicher?«

Backrath kicherte. »Sie sollen sehen – meine Gnädige.« Er zog Papiere aus seiner Brusttasche hervor, versuchte seiner Klientin das Wesen einer Aktie zu erklären, berechnete. Ab und zu nahm er einen Schlüssel in Empfang, den Frau Würbl unter ihrem Pfuhl hervorholte, und ging an den Geldschrank, der am Kopfende des Bettes stand, um Papiere hervorzuholen oder einzuschließen.

Clementine schenkte dem allen keine Aufmerksamkeit. Diese Vorgänge spielten sich so regelmäßig jeden Abend vor ihr ab wie das Schnurren und Schlagen der Wanduhr, und sie überhörte sie wie diese. Den glattgescheitelten Kopf mit der hochgetürmten Flechte beugte sie tief auf ihre Arbeit nieder; mit der Hand stichelte und bohrte sie so geschwind, daß ihre Goldsächelchen sachte klirrten. Mit der bleichen, zu hohen Stirn, der spitzen, weißen Nase, dem zusammengekniffenen, lippenlosen Munde, unter dem gelben Lichte der Petroleumlampe sah sie trocken und tief beruhigt aus, trocken und tief beruhigt, wie das von alten Geräten verbaute Zimmer, wie die alte Frau mit dem weißen, stumpfen Gesicht, das regungslos in den Polstern lag, wie der dicke, alte Herr, der mit leiser, fetter Stimme Zahlenreihen addierte und Papiere knitterte.

Und doch zogen gerade wunderliche Bilder an Clementinens Geist vorüber. Sie dachte daran, wie es sein würde, wenn sie ihre Stiefmutter tot im Bett finden wird. Das mußte ja doch kommen. Das war ein Ereignis, dem sie mit einiger Gewißheit entgegensehen konnte. – Sie würde daliegen wie jetzt; das Gesicht ein wenig gelber, der Unterkiefer regungslos – sie – Clementine – würde dann frei ...

»Nun, Fräulein, wünschen Sie mir heute keine gute Nacht?« hörte sie den alten Notar fragen.

»Verzeihen Sie, Doktor, ich war in Gedanken«, erwiderte sie ruhig und erhob sich. »Ich leuchte Ihnen.« Sie ergriff eine Kerze und ging mit dem Doktor in das Vorzimmer hinaus. Dort blieb er stehen, lächelte und blinzelte mit seinen kleinen Augen. »Nun, meine Gnädige, ich wollte nur anfragen der Sache wegen, von der wir letzthin sprachen. Sie haben es sich vielleicht überlegt!«

»Aber Herr Doktor – keine Idee, sprechen Sie doch nicht mehr davon.«

»Anfragen ist wohl erlaubt«, meinte er ein wenig gereizt, »Sie sollten es sich überlegen. Meine Gefühle bleiben dieselben.« Er lächelte wieder und verbeugte sich. Aber Clementine zog die Augenbrauen empor, wie jemand, der sich langweilt, und sagte nur: »Ach, gehen Sie – Doktor!« So trennten sie sich.

Der Notar hatte um Clementinens Hand angehalten und kam seitdem immer wieder darauf zurück. Das kränkte sie fast. Diesen alten Mann mit seinen ewigen Zahlen und Additionen zu heiraten kam ihr gewiß nicht in den Sinn, ihr, der alle jungen Leute, denen sie auf der Stiege begegnete, im Kopf herumgingen. Diese Geschichte mit Backrath rechnete sie sicherlich nicht unter die Liebesgeschichten; kaum unter die Heiratsanträge – und doch war es der einzige. Seufzend ging sie in ihre Schlafkammer und legte sich nieder. Der Schlaf wollte nicht kommen; die unaufgebrauchte Lebenslust ließ ihr keine Ruhe. Sie horchte auf die Schritte, die draußen auf der

Straße laut wurden; auf das Rollen der Wagen; am Haustor erscholl die Glocke; sie hörte, wie die Hausmeisterin auf ihren Pantoffeln heranschlürfte und aufsperrte. Gewiß das Mädl vom dritten Stock. Für den Zimmerherrn der Pinne war es noch zu früh. – Über sich vernahm sie ein beständiges Scharren und Stampfen, das Schwirren von Stimmen, einen Walzer, der auf dem Klavier gespielt ward. Beim Advokaten Zweigeld war wieder Gesellschaft; die tanzten ja zweimal die Woche. Clementine litt die Zweigelds nicht; die Frau war so hochmütig, daß sie an einem vorüberging, als sei man Luft, und dann lebten sie so geräuschvoll, daß Clementine die Nächte nicht schlafen konnte … Ach Gott – ja! Nun! Einmal mußte für Clementine etwas Großes kommen; in jedem Menschenleben ereignet sich etwas Besonderes – einmal wenigstens … vielleicht morgen!

*

Beim Advokaten Zweigeld war allerdings Gesellschaft. Die Zweigelds feierten den siebzehnten Geburtstag ihres einzigen Kindes, ihrer Tochter Gisela. Man hatte getanzt, man hatte gegessen. Eine gelinde Müdigkeit bemächtigte sich schon der Gesellschaft. Im Zimmer des Doktors saßen die älteren Herren am Kartentisch, die Champagnergläser neben sich. Im Salon am runden Tisch auf dem Sofa thronte die Hausfrau mit ihren Damen; auch einige Herren wie der Professor Lagus, der Abgeordnete Dr. Littchen hatten sich hinzugesellt, um sich an dem Gespräch mit der geistreichen Frau Zweigeld zu erfreuen. Sie sah heute besonders gut aus; das längliche Gesicht mit den strengen, regelmäßigen Zügen war leicht gerötet; in dem schwarzen blonden Haar saß eine rote Sammetmasche, und der füllige Körper war in ein rotes Atlaskleid geschnürt.

Sie stickte eifrig und leitete dabei in ihrer ruhigen, überlegenen Weise die Unterhaltung. Sie als Pragerin verachtete die Art der Wiener Geselligkeit und wollte den Wienern zeigen, was ein vornehmer, geistig bedeutender Salon sei.

Weiter fort in einer Ecke hatten sich die jungen Damen auf einem langen Sofa niedergelassen, und die jungen Herren umringten sie. Gisela war die Hübscheste unter ihnen. Das Gesichtchen mit den sanften Zügen, der Hals, die runden Schultern, die Arme hatten eine gleichmäßige, zarte Rosenfarbe, wie bei Kindern; die Augen waren grellblau; das Haar, welches sie nach englischer Art in lang herabhängenden Locken trug, war blond – ein entschieden gelbes, sehr glänzendes Blond. Dazu trug sie heute ein rosenfarbenes Kleid und Rosen im Haar. – Sie unterhielt sich mit dem jungen Strafverteidiger Benze, der neben ihr saß. Sie sprachen halblaut miteinander, und es war nicht der stetig fortlaufende Fluß einer höflichen Unterhaltung, sondern ein zögerndes Ab-und-Zu von Fragen, wie man es tut, wenn man gut bekannt ist und mehr in den Ton der Worte als in die Worte selbst legen will. Dr. Benze war heute hin für Giselas Schönheit, war gründlich in das schöne Mädchen verliebt.

»Also übermorgen werden Sie wieder öffentlich sprechen?« fragte Gisela.

»Jawohl – übermorgen.«

»Genieren Sie sich nie? Einen Augenblick wenigstens, wenn Sie zu sprechen anfangen?«

Dr. Benze lachte: »Nein, jetzt nicht mehr.«

»Ich würde Sie gern einmal dort sehen und hören.«

»Das wird Ihre Frau Mutter wohl kaum zugeben.«

»Das ist's! Mama wird's nicht erlauben. Papa schon eher. Und doch ist Emmy Lagus dort gewesen.«

»Solche Verhandlungen sind nichts für junge Damen«, bemerkte er ernst.

»Wieso? Sie sagen ja, Ihr Beruf sei so schön. Warum sollen wir nicht auch so etwas Schönes mit ansehen dürfen?«

»Gewiß ist er schön. Er befaßt sich jedoch mit so rauhen und dunkeln Seiten des Lebens, daß wir unseren Frauen und Töchtern gern die Bekanntschaft mit denselben ersparen.«

»Frauen und Töchtern«, wiederholte Gisela und lachte.

»Ja ...«, meinte Benze errötend: »Frauen, Töchtern, Schwestern, überhaupt den Damen unserer Gesellschaft.«

»So werden Sie Ihrer Frau nicht gestatten, hinzugehen?«

»Nein. Ich weiß nicht«, erwiderte der junge Mann ein wenig verwirrt und sah in Giselas klare Augen.

»Das finde ich unrecht«, sagte Gisela. »Eine Frau will doch auch an den – den Triumphen ihres Mannes teilnehmen. Sie wird Ihnen wohl nicht danken, wenn Sie sie bitten, zu Hause zu bleiben.«

Am Tisch war das Gespräch laut und lebhaft geworden. Professor Lagus sprach über die Demonstrationen der Studenten gegen einen Professor, der sich im Gemeinderat deutschfeindlich geäußert hatte. Lagus sprach mit großer Befriedigung davon, denn er war gut deutsch gesinnt und gönnte seinem Kollegen das Mißgeschick wohl. »Nur die Art, in der die jungen Leute ihrer lobenswerten Gesinnung Ausdruck gegeben haben, ist nicht zu billigen«, meinte er.

»Sie können von der Jugend«, erwiderte die Hausfrau lebhaft, »nicht kühles Maßhalten verlangen. Dieser Vorfall hat mich gefreut – ja, lieber Professor – geradezu gefreut. Ich sehe, daß selbst in Wien die Deutschen sich einmal von einer ernsten und edlen Leidenschaft hinreißen lassen; und um die Fensterscheiben des Herrn Professors ist es mir durchaus nicht leid.« Sie hatte schnell und warm gesprochen, und ihre schönen braunen Augen blitzten, wie immer, wenn sie auf das nationale Thema gebracht wurde.

»Gewiß, gnädige Frau – es *ist* erfreulich«, warf Dr. Littchen ein, sehr deutlich das Wort, auf dem der Ton lag, unterstreichend. »Aber – Fensterscheiben einschlagen, im Kolleg pfeifen, das sind denn doch keine würdigen Waffen.«

»Was sollen denn die jungen Leute tun?« rief Frau Zweigeld ungeduldig.

»Es gibt andere Mittel, gnädige Frau«, brummte der Professor und lächelte überlegen, während Dr. Littchen, der neben der Hausfrau saß, sich einschmeichelnd zu ihr hinbeugte: »Ich versichere Sie, gnädige Frau, und Sie werden es schon meiner gestrigen Rede im Reichsrate entnommen haben – mit der *Gesinnung* der jungen Leute sympathisiere ich *durchaus* und *teile,* in gewisser Hinsicht, auch die Entrüstung; man ist ja auch Student gewesen! Zu meiner Zeit wäre ein Professor schön angekommen, hätte er es sich einfallen lassen, das Eindringen *tschechischer* Elemente hier in *unserem* Wien zu befürworten! Aber immerhin, wir Abgeordnete können es doch nicht *loben,* wenn solche Exkurse vorkommen. Daher sagte ich gestern in meiner Rede: Die Vorgänge in der Universität bedaure ich sehr und rate den Studenten: *nicht* den Lärm und *das Getümmel der Tagespolitik* in die den Wissenschaften geweihten Hallen zu übertragen.«

Benze war in seiner Unterhaltung mit Gisela unaufmerksam geworden; Gisela mußte ihn mehrere Male ermuntern. »Aber Doktor, Sie hören ja nicht, was ich Ihnen sage.«

Plötzlich sprang er mit einem flüchtigen »Entschuldigung« auf und näherte sich der Gesellschaft am runden Tisch. »Ich bitte, Herr Doktor, ich kann Ihrer Ansicht nicht ganz beipflichten«, begann er.

Littchen schaute verwundert auf – lächelte ironisch und sagte freundlich: »Nun?« als sollte ein Kind sprechen; die Hausfrau aber ließ ihre Arbeit in den Schoß sinken und sah ihren jungen Landsmann ermutigend und erwartungsvoll an.

»Ich finde«, fuhr Benze fort: »Die Herren Abgeordneten legen zuviel Gewicht auf die Unzulässigkeit der Mittel, welche die Studenten angewandt haben, um ihre Entrüstung zu zeigen, und zuwenig auf die Entrüstung. Von allen Seiten bemüht man sich, Wasser in den Wein der jungen Leute zu gießen. Glauben Sie mir, Herr Doktor, nach meinem Geschmack ist dieser Wein ohnehin noch zu schwach. Ein Professor der Wiener Universität wagt es öffentlich für die Slawisierung Wiens einzutreten, denn darauf kommt es heraus; sind da die Studenten nicht berechtigt, einen Lehrer, der ihnen verächtlich erscheint, zu vertreiben? Von solch einem Lehrer wollen sie nicht lernen. Die Wissenschaft in Ehren, aber das Deutschtum steht ihnen höher, wir Prager Studenten hätten einen solchen Herrn noch ganz anders bedient; dort halten die Deutschen noch fester zusammen, ein ernster Geist herrscht dort; aber es hat mich gefreut, auch hier wieder den guten Geist von 48 erwachen zu sehen. Während das Deutschtum so ingrimmig von allen Seiten angegriffen wird, ist es gewiß nicht an der Zeit, jede Äußerung der Entrüstung nach ihrer ästhetischen Seite hin zu beurteilen. Wenn man hier in Wien fortfahren wird, alles nur immer hübsch glatt, hübsch manierlich und gemütlich zu machen – wird man eines Morgens in einer tschechischen Stadt erwachen. Das haben die Studenten verstanden. Auf einen groben Klotz gehört ein grober Keil.«

»Bravo, bravo!« klang es vom Herrenzimmer her, und der Hausherr trat mit seinem Glase zum Redner und trank ihm zu: »Sehr brav! Auf unseren künftigen Abgeordneten Benze. Sie haben recht! Wir Wiener lassen uns auch nicht allzu lange an der Nase ziehen; wir sind besser, als Ihr Prager es glaubt.

Meine Frau hat ja immer an Wien und den Wienern etwas auszusetzen.«

Dr. Littchen lächelte dem jungen Politiker säuerlich zu. Diese Auslassungen verdrossen ihn, doch zeigte er seine Mißstimmung nicht, da die Hausfrau mit Benze sehr zufrieden zu sein schien, sie reichte ihm die Hand und sagte: »Immer tapfer.« Auch die anderen jungen Herren hatten die Damen verlassen, um an dem Erfolg ihres Genossen teilzunehmen.

Als Dr. Benze so heftig von seinem Stuhl aufgesprungen war, hatte Gisela ihm erstaunt nachgeblickt. Er nahm sich gut aus, wie er sich so gerade vor dem runden Tisch aufstellte, das volle, schwarze Haar sich aus der Stirn schüttelnd – und doch, es verstimmte Gisela; mißmutig zog sie die Augenbrauen empor, erhob sich und ging langsam an das Fenster. Dort auf einem Tisch standen die Blumen, die ihr am heutigen Fest verehrt worden waren. In einen Korb voller Rosen und Veilchen steckte sie ihr Gesicht hinein und kühlte es. Das Herz war ihr plötzlich so schwer. Mit einem heftigen Ruck richtete sie sich wieder auf und trat unter ihre Freundinnen. »Kommt«, sagte sie leise, »hier ist es langweilig. Gehen wir ins andere Zimmer.« Die Mädchen erhoben sich alle; sie verstanden sofort, daß es eine Demonstration gegen die jungen Herren galt, die sie der Politik wegen im Stich gelassen.

Die Türvorhänge wurden zugezogen, Emmy Lagus setzte sich an das Klavier und spielte einen Walzer, und die Mädchen begannen zu tanzen. Sie lachten und schrien auf, fest entschlossen, sehr lustig zu sein. Bald wurden die Vorhänge zurückgeschoben und der blonde Kopf des jungen Littchen, eines langen Rechtspraktikanten mit einer Brille, guckte herein. »Jesus! Sie tanzen wirklich ohne uns!« klagte er den nachdringenden Herren.

Emmy Lagus sprang vom Klavier auf und stellte sich vor die Türe. »Ich bitte – es ist nicht erlaubt, einzutreten; hier ist geschlossene Gesellschaft.«

»Man wird doch eingeführt werden können«, meinte Littchen.

»Nein, nein!« riefen die Mädchen, »wir sind unserer genug.« Dennoch drangen die Herren ein. Gisela spähte in das andere Zimmer hinüber. Benze stand noch neben ihrer Mutter, machte ein hübsches, ernsthaftes Gesicht und schien lebhaft zu sprechen.

»Wenn man uns mit Gewalt stürmen will«, rief Gisela dann, und ihre sanfte Stimme klang wirklich gereizt, »so ziehen wir uns auf unsere Burg zurück.«

»Ja – ja, auf unsere Burg!«

Und wieder faßten sich die Mädchen an den Händen und schwirrten hinaus, fort nach Giselas Zimmer. Dort setzten sie sich atemlos nieder. Anfangs lachten sie recht fröhlich, dann begannen sie hinauszuhorchen.

»Was wird nun geschehen?«

Gisela hatte sich mit ihrer Freundin Emmy auf das Bett gesetzt.

»Was ist's? Du siehst so betrübt aus, Schatz?« fragte Emmy. »Ach! Es ist nichts«, meinte Gisela und machte ihrer Freundin ein Zeichen, daß die anderen es nicht hören sollten. Eine Weile saßen sie schweigend nebeneinander; Emmy mit ihrem wirren schwarzen Haar, dem bleichen, feinen Gesichtchen und den übergroßen grauen Augen sah sehr dunkel aus neben Giselas lichter, rosiger Gestalt. Dann plötzlich fühlten sie das Bedürfnis, sich zu umarmen und zu küssen.

Den anderen währte das Spiel schon zu lange. Die kleine, kugelrunde Elfi Meyer, die keine halbe Stunde ohne Herrn sein konnte, stand an der Türe und lauschte. »Hört doch«, flüsterte sie, »jetzt tanzen sie ohne uns. Das ist empörend. Nun gehen wir erst recht nicht hinaus.« Dabei hielt sie bereits die Hand auf der Türklinke.

»Nein, wir gehen nicht hinaus«, kommandierte Emmy vom Bett aus.

Alice Littchen saß vor dem Spiegel, betrachtete ihr bleiches Gesicht und seufzte: Dauerte dieser Scherz noch lange, so würde sie melancholisch, das fühlte sie.

Für alle war es eine Erleichterung, als Frau Zweigeld in das Zimmer trat. »Aber Kinder, was tut ihr hier? Warum zieht ihr euch zurück?«

»Die Herren wollen ja über Politik sprechen«, rief Emmy, »und wir unterhalten uns sehr gut.«

»Geht – geht – Kinder«, beruhigte Frau Zweigeld sie und lächelte, »ich will euch schon wieder euer Recht verschaffen.«

Sie rauschte voran in den Saal, gefolgt von den Mädchen. Ein Versöhnungswalzer kam zustande. Benze lehnte an der Türe und wartete auf Gisela; sie schlug jedoch den Tanz aus. »Ich danke. Ich bin wirklich müde.«

»Das läßt sich denken«, sagte er vernünftig und teilnahmsvoll, dabei versuchte er es, Gisela in die Augen zu sehen; sie aber blickte zum Kronleuchter auf.

Es war schon spät und man trennte sich. Emmy flüsterte Gisela beim Abschied noch zu: »Das mit dem Walzer hast du ganz recht gemacht.«

Als alle fort waren, ging Dr. Zweigeld noch munter durch die erleuchteten Zimmer. Er war mit dem heutigen Abend zufrieden. Wie prächtig hatte seine Frau ausgesehen; auf solch eine Hausfrau konnte er stolz sein; und seine Tochter ein Engel! Er war diesen beiden geliebten Wesen recht dankbar. Daher küßte er seiner Frau die Hand und seine Tochter auf die Stirn. »Nun Kind – hast du dich unterhalten?« – »Ja Papa, es war sehr schön!« – »Siebzehn Jahre also! Solch ein altes Kind hab' ich jetzt!« – »Ja Papa – sehr alt!« Er lachte munter auf; dann stellte er sich vor den Spiegel, wie er es gern tat. Er erfreute sich daran, wie vornehm er sich im schwarzen Frack ausnahm; das Gesicht, vom Weine erhitzt, sah heute besonders jugendlich aus, die blauen Augen sehr blank; er drehte sich den blonden Schnurrbart spitzer und fuhr sich mit der Hand durch das schön in Locken gebrannte Haar; am Abend sah man es nicht, daß sich hie und da ein weißer Faden in das Kastanienbraun mischte. »Ich gehe schlafen«, beschloß er fröhlich: »Es ist wohl das Beste, ihr tut es auch!«

Frau Zweigeld brachte ihre Tochter jeden Abend selbst zur Ruh und legte ihr selbst die Locken ein. Ihr mißfielen die neuen Haartrachten; für sie gehörte ein glattgescheitelter Lockenkopf zu jedem jungen Mädchen, darum besorgte sie die Pflege dieser Locken selbst. Gisela saß dann auf einem niedrigen Schemel zu den Füßen ihrer Mutter, und diese rollte die schönen, goldenen Haarsträhnen um die Lockenwickel.

»Ich habe mich heute recht über den jungen Benze gefreut«, sagte Frau Zweigeld während der Arbeit.

»Gefreut, Mama? Warum denn?«

»Weil er ein braver, gesinnungstüchtiger junger Mann ist, dem die Wahrheit über alles geht. Ein Wiener hätte das nie getan, so feurig diesen älteren Herren entgegenzutreten. Aber er nimmt alles ernst. Solch eine tapfere Rücksichtslosigkeit brauchen wir.«

Gisela lächelte, aber es war ein eigenes Lächeln, das auch der Anfang des Weinens sein konnte. Frau Zweigeld sah das und sprach von anderen Dingen. »Die Littchen besteht darauf, jetzt sollst du deine Locken ablegen.«

»Ja, dann möchte ich das Haar so wie Emmy tragen.«

»Liebes Kind, Emmy sieht ja stets ungekämmt aus; alles hängt ihr auf die Augen herab.«

»Das steht ihr reizend.«

»Nein, Kind, so etwas kann ich nicht leiden. Ich denke, wir bleiben bei den Locken. Du weißt, wie lieb ich deine schönen Locken habe.«

»Ja Mama, ich will sie tragen, solange du willst. Nur, wenn ich schon eine alte Jungfer bin, mußt du mir erlauben, sie abzulegen; es ist zu lächerlich, solche lange graue Locken.«

Frau Zweigeld lachte: »Oh! Bis dahin haben wir ja noch Zeit.«

Gisela lachte auch, machte aber wieder den weinerlichen Mund.

»So, Kind, jetzt sind wir fertig; geh zu Bett«, sagte Frau Zweigeld und barg selbst diesen Schatz jugendlicher Schönheit hinter die weißen Gardinen in die Polster. »Gute Nacht; schlafe süß.«

»Gute Nacht, Mama!« Gisela umarmte ihre Mutter und begann nun zu weinen.

Frau Zweigeld strich dem weinenden Kinde sanft und schweigend mit der Hand über die Wange, deckte es zu und ging in ihr Schlafzimmer.

Dort fand sie ihren Gemahl bereits im Bett, sich das Nachthemd sorgsam am Halse zuknöpfend. »Nun, mein Schatz«, sagte er heiter, »hast du das Kind zu Bett gebracht? Sie schien ein wenig erregt.«

»Ja, sie hat auch geweint. Dieser Trubel macht sie nervös.«

»Oh! Morgen ist das vorüber«, schloß der Doktor und streckte sich vor Behagen stöhnend in seinem Bette aus.

Frau Zweigeld setzte sich vor dem Spiegel die Nachthaube auf. »Ich muß dir sagen …« begann sie zögernd.

»Was denn«, fragte Herr Zweigeld. Dieser Anfang war ihm ungemütlich; er glaubte, seine Frau würde ihn fragen, was er dafür getan habe, um für einen böhmischen Wahlkreis in den Reichsrat gewählt zu werden, und er hatte so gut wie nichts getan.

Sie jedoch schaute nachdenklich in den Spiegel und strich sich mit einer Bürste die Haarstreifen an den Schläfen, die ohnehin glatt genug waren, glatt. »Ich glaube, wir haben uns darauf gefaßt zu machen, daß der junge Benze um Gisela anhält.«

»Oho!«

»Ja, und ferner glaube ich, das Kind ist nicht ganz abgeneigt ...«

»Oho!«

»Jedenfalls müssen wir uns darauf gefaßt machen.«

»Ich werde schnell gefaßt sein. Nimmt ihn das Kind, gut. Er ist ein ordentlicher Junge. Seine Vermögensverhältnisse sind, wie ich glaube – befriedigend. Ich will mich morgen genauer erkundigen.«

»Das wäre in unserem Fall das wenigste, wenn nur sonst ...«

»Besser ist besser«, brummte der Doktor unter seiner Decke hervor.

Jetzt, wo sie es so nackt herausgesagt hatte, wurde ihr das mütterliche Herz schwer. Wie? Ihr Kind, dieses reine, klare Wesen, das ganz ihr gehörte, von dem sie jeden Atemzug und jeden Gedanken überwacht und gekannt hatte, lag dort nebenan und wachte und weinte aus Liebe zu einem fremden Mann. Also, das Leben begann auch diese heilige Kinderseele mit seinen Leiden aufzuregen, mit seinen dunkeln, rätselhaften Leidenschaften zu quälen. Und liebte sie ihn wirklich, was blieb ihr – der Mutter? Seufzend erhob sich Frau Zweigeld und schlich zu Bett. Sie wollte das Licht auslöschen und still noch ein wenig weinen. »Höre!« sagte sie noch, als es schon finster im Gemache war: »Das Beste wäre, mit dem Kind eine Reise zu machen, in die Schweiz oder so. Später, im Winter, mögen die Ereignisse dann ihren Gang nehmen.«

»Eine Reise – so?« erwiderte der Doktor. Es schoß ihm durch den Kopf: Da wird man Geld borgen müssen. Doch, es war ja nur ein Plan; wozu sich beunruhigen. »Wenn du meinst. Das muß noch überlegt werden«, setzte er laut hinzu. »Gute Nacht.«

*

Jetzt war es auf der ganzen Stiege still und dunkel; nur gegen ein Uhr ward noch die Glocke am Tor gezogen. Tini schnurrte heran und sperrte auf. Fräulein Clementine hatte sich versehen; jetzt erst war es das Mädl vom dritten Stock, welches mit dem Kommis vom vierten heimkehrte. »Guten Abend!« sagte Tini und lachte. Das Mädchen huschte, ohne zu antworten, die Stiege hinan. Der junge Mann kam langsam nach. Er mußte Tini ein reichliches Sperrgeld einhändigen, damit sie nicht dumme Geschichten mache. Im dritten Stock hielten sie an und küßten sich, ohne ein Wort zu sprechen. Dann schnurrte behutsam eine Türe, und wieder herrschte tiefe Stille.

5

Die regelmäßige Redaktionsarbeit sollten Brückmann und Klumpf verrichten, da die Übrigen von ihren sonstigen Beschäftigungen in Anspruch genommen waren, Branisch war beständig auf Reisen, bemüht, eine einheitliche starke Partei zu bilden, all die kleinen Clubs, Gesellschaften und Verbindungen – wie er sagte – zu einem mächtigen, alles mit sich fortreißenden Strom zu verbinden. Lippsen hatte sein hübsches Haus, seine Familie und war Advokat. In seiner Kanzlei sah man ihn zwar selten, Rotter, sein Konzipient, besorgte meist die Geschäfte. Oberwimmer behauptete auch sehr beschäftigt zu sein. Er war Ingenieur von Fach, doch wußte niemand von einem Bau, den er ausgeführt hätte. Er besaß ein hübsches Haus in Penzing, eine sehr hübsche junge Frau und zwei blonde Kinder; all das, und wie er sagte, die Agitationen hielten ihn ab, ständig in der Redaktion zu sein. Er, wie auch die anderen, sprachen nur auf Augenblicke an, um zu plaudern.

Lothar stieg schon um zehn Uhr morgens in den vierten Stock hinauf und setzte sich an sein Pult, um die Korrespondenz, die eingelaufenen Berichte und Aufsätze zu sichten. Der Kopf war ihm ein wenig wüst, und Lini mußte Sodawasser holen. Sie hatten gestern in einem Biergarten des Praters lange beim Glase gesessen. Lothar hatte dieser enge Freidenkerkreis, verbunden durch gemeinsame Arbeit und gemeinsame Vereinsamung, wohlgetan. Das Gespräch konnte nie stocken; die ganze Welt lag vor ihnen, um zerlegt, getadelt und neu und herrlich auferbaut zu werden. Der runde Tisch unter den Linden, die ihre weißen Blüten in die Biergläser streuten, stand da wie eine Insel im Gedränge der lustigen, geputzten Menschen, die nichts von der großen Zukunft wußten, die hier geplant ward. Diese sechs Männer saßen beisammen wie eine kleine Schar Abenteurer, die sich in ein fremdes Land gewagt – fest aneinander haltend und vor Tatendurst brennend. – Dann, als es stiller und dunkler im Prater geworden und die Kellner die Stühle auf die Tische zu türmen begannen, waren sie noch Arm in Arm hinausgewandert, um zu sehen, wie der Mondschein auf der Freudenau lag. Dort hatte Oberwimmer etwas Törichtes über die Umrechnung des Arbeitsanteiles in Zeit gesagt, woraus dann ein Streit entstanden war, der sie aufgehalten hatte, bis die Morgendämmerung über der in blauen Dunst gebadeten Stadt aufstieg und die Milchkarren durch die Straßen ratterten. Branisch hatte eine scharfe Art zu streiten, weil er seiner Sache stets sicher war, behauptete, sie sei so und so. Das regte zum Widerspruch an; besonders Oberwimmer trat ihm gern entgegen, worüber dann Lippsen wieder seine Glossen machte, weil er sich nicht daran gewöhnen konnte, Oberwimmer ernstzunehmen. Klumpf beteiligte sich an dem Hinundher des Streites nicht; wenn aber eine Pause eintrat, setzte er seine Ansicht auseinander. Ohne Zusammenhang mit dem von den anderen Gesagten malte er ihnen eine seiner Visionen vor. Aus der Zeit seines Dozententums war er gewohnt, wenn er sprach, seine Zuhörer sich gegenüber zu sehn, darum stellte er sich auch jetzt vor den anderen auf, dunkel und hager auf der mondbeschienenen Fläche, und ließ seine Stimme feierlich in die Nacht hinaustönen ...

In der Ruhe des dämmerigen Redaktionszimmers fühlte Lothar sich jetzt wohl. Eifrig ordnete er die eingelaufenen Schriftstücke. Da waren Berichte über das große Elend in den Burgen des Kapitals. »Gott, die Armen«, murmelte er vor sich hin. Er mußte an Klumpfs Worte denken: »Herzen, wund von euren Leiden.« Ja, das konnte er wohl von sich sagen; er hätte weinen mögen über diese Unglücklichen, die dumpf und karg hinlebten, ihre Weiber, ihre Kinder opferten, um einen habsüchtigen Juden reich zu machen. Und dieses Mitleid hatte etwas Erhebendes für ihn, er war zufrieden und stolz, es so groß und aufrichtig zu fühlen.

Leise knarrte die Türe. Klumpf trat aus seinem Zimmer zu Lothar ein. Sein bleiches Gesicht sah heute noch bleicher als sonst aus. »Guten Morgen«, sagte er, »ich glaubte nicht, daß du schon so früh bei der Arbeit seist.«

»Es litt mich nicht länger im Bett. Aber du? Bist du schon lange hier nebenan?«

»Seit sieben Uhr. Ich brauche wenig Schlaf.« Aber wie er sich so neben Lothars Pult setzte und still an seiner Zigarre sog, sah er dennoch müde und überwacht aus.

»Ist das ein Elend!« meinte Lothar und wies auf die Briefe.

»Nicht wahr?« sagte Klumpf warm, und seine Augen wurden dunkler vor Erregung, »ich habe es kaum ertragen können. Das liegt auf uns, wie ein sehr böser Traum.«

»Hier ein Bericht aus einer Glasfabrik, hier einer aus einer Weißblechgießerei – wie Dante durch die Hölle geht man. Ist das Leben? Und warum? Man fragt sich: wo ist die Macht, die all diese menschlichen Wesen an solche Marterstätten bindet? Daß sie an solch eine Macht noch glauben können!«

»Das ist es!« erwiderte Klumpf. Die Beine übereinandergeschlagen, die Arme darauf gestützt, sprach er halblaut und sinnend vor sich hin: »Das ist es ja! Du kennst wohl Platos schönes Gleichnis von der Höhle? – Wie die armen Gefesselten regungslos in der Höhle liegen und die Schatten auf der Felswand für Wirklichkeit halten. Wird nun einer entfesselt und an das Licht emporgeführt, so erkennt er, wie elend er und seine Genossen gewesen sind – daß es nur Schatten waren, was sie für Wirklichkeit hielten. Und zu seinen unglücklichen Brüdern niedersteigend, verkündet er ihnen das, was er nun weiß. So ist es auch hier. Diese Armen glauben, es könne nicht anders sein; ein Gott habe ihnen dieses Leben beschieden, sie an dieses Elend gebunden. Aber jetzt steigen immer mehr Wissende zu ihnen nieder, die ihnen sagen, daß diese Macht, dieser Gott, dieses Schicksal, an die sie glauben, Schatten sind, daß es eine Welt der Wirklichkeit gibt, in der ein jeder gleiches Recht hat. Und wenn sie dann alle einig aufstehen werden und sagen: ›wir wissen!‹ dann ist es mit dem großen Betrug zu Ende.«

»Und diese Arbeitgeber«, warf Lothar ein, »kann man die verstehen …«

»Die!« unterbrach ihn Klumpf und blickte mit seinen schwärmerischen Mädchenaugen dem Rauchwölkchen nach, das aus seiner Zigarre aufstieg. »Die müssen fort«, und die schmale Hand fuhr durch die Luft, als schiebe sie etwas beiseite.

Es ward an der Tür geklopft.

Auf Lothars »Herein« öffnete sie sich halb, zuerst lugten die schwarzen Augen der Hausmeister-Tini herein; man hörte das Mädchen halblaut sprechen, dann endlich schob sich ein langer, kräftiger Junge in das Zimmer, blieb an der Türe stehen und blickte um sich. Lothar erkannte in ihm jenen Arbeiter, der am Brunnen mit Tini gesprochen hatte. »Sind Sie die Herren von der neuen Zeitung?« fragte er mit slawischem Akzent.

»Ja«, erwiderte Lothar, »was wünschen Sie? Kommen Sie doch näher.«

Der Bursche bewegte sich langsam durch das Zimmer, verlegen auf seine Stiefel sehend, die so zerrissen waren, daß die Zehen hervorschauten; dann setzte er sich auf den Stuhl, den Lothar ihm zeigte, die Kniee weit voneinander, die Hände in der zusammengebogenen Mütze versteckt. Er war ein schöner Kerl. An diesem Riesenkörper rundeten sich überall feste Muskelberge, das schäbige Röckchen, irgendwo in der Judengasse gekauft, schien bei der geringsten Bewegung wie Spinngewebe zerreißen zu müssen. Der runde Kopf ward von kurzem, rotem Haar wie von einem Käppchen bedeckt. Nur die grünlichen Augen hatten in dem jugendlichen Gesicht etwas Altes, Überwachtes und fuhren unruhig hin und her.

Lothar begann ihn auszufragen. »Womit können wir Ihnen helfen, lieber Freund. Sie sind Fabrikarbeiter?«

»Ich bin der Alois Chawar«, erwiderte er. »Freilich bin ich Fabrikarbeiter; in vielen Fabriken bin ich gewesen ... das ist's; ja und dann ... ich bekomme keine Arbeit.«

»Keine Arbeit? Sie sehen aus, als würde jeder Sie gerne nehmen. Sind Sie verheiratet?«

»Nein.« Er lachte; zwang sich jedoch sofort wieder zum Ernst und seine Stimme zu einem wehleidigen, singenden Ton. »Nein –; wie kann ich heiraten; ich selbst hab' nichts zu essen.« Er rückte sich auf seinem Stuhl zurecht, wickelte die Hände fester in seine Mütze, und die Augen zu der Lampe über ihm aufgeschlagen, erzählte er geläufig und eintönig, als sagte er etwas Auswendiggelerntes her. »Von wegen des Scheins, Herr ... und das ist so gekommen. Bei uns in Böhmen war ich Schmiedegeselle –, da lebten wir wie die Hunde bei dem Meister; immer Arbeit, immer Arbeit und nichts zu essen; das war nicht menschlich – wissen Sie, Herr. Als ich mich entgegen gehalten hab', hat er mich fortgejagt, aber in das Büchel hat er nicht einschreiben wollen; so haben die anderen Meister mich nimmer genommen. So bin ich in die Fabrik gegangen – in die Drahtfabrik. Jesus! Das war ein Leben: immer Arbeit und wenig Geld; das war nicht menschlich. Ein Herr aus Wien hat auch gesagt: Das ist nicht menschlich. Zehn von uns haben's nicht leiden wollen; wir haben den anderen gesagt, sie sollen's nicht leiden, aber sie haben fortgearbeitet. Wir sind fortgegangen; überall fragen sie nach dem Büchel; ohne das Büchel geben sie nicht Arbeit. Hier in Wien hab' ich keine Arbeit, Herr, und nichts zu essen; ich lebe, wie es nicht menschlich ist, und die Polizei will mich abschieben, und ich hörte, Sie sind so gute Herren.« Er schwieg, seufzte und blickte Lothar lauernd an. Klumpf hatte sich während der Zeit erhoben und das Zimmer verlassen.

»Also der Arbeitseinstellung wegen bekommen Sie keine Arbeit – ja – ja –?« fragte Lothar und überlegte, was hier zu tun sei. »Wo wohnen Sie jetzt?«

Der Arbeiter schlug die Augen nieder und schien nachzudenken. »Wenn Sie mich brauchen«, erwiderte er, »dann sagen's nur der Tini, dem Hausmeistermädl, die findet mich schon. Überhaupt die Tini kennt mich, die kann auch sagen, ob alles wahr ist.« Und er schaute sich nach dem Mädchen um, das mit Frau Fliege im Flur stand.

»Gut«, meinte Lothar ein wenig unsicher, »ich muß mich erkundigen, wie Ihnen zu helfen ist, Sie kommen dann wieder.«

Im Flur erscholl Rotters laute Stimme: »Die Ehre, Frau Fliege – sind die Herren drin?«

»Ja! Aber warum so eilig, Herr Doktor?« fragte die alte Frau.

»Oh, große Neuigkeiten! Hauptskandal! Nun geht es los!« Und er stürmte zu Lothar herein, den Filzhut im Nacken, den Knotenstock durch die Luft schwingend. »Grüß Gott,

Bruder! Weißt du schon das neueste? Ja – so, du hast Besuch.« Er blieb stehen und betrachtete sich den Besuch freundlich.

»Dieser arme Mann«, berichtete Lothar, »hat sich an uns gewandt. Er hat keine Arbeit, weil er sich an einer Arbeitseinstellung ...«

»Kennt man«, unterbrach ihn Rotter. »Ja, die Herren machen sich jetzt auch zusammen. Krieg bis aufs Messer. Wir werden sehen, wer der Stärkere ist. Was, und der hat keine Arbeit?« Rotter begann Chawars mächtige Arme zu befühlen: »Das ist Kapital, mein Lieber, so etwas soll brach liegen! Erzählt doch, Freund.«

Chawar begann wieder wehleidig seine Erzählung: »Bei uns in Böhmen war ich Schmiedegesell, aber wissens, Herr, da lebten wir wie die Hunde ...«

Aber Rotter schnitt den Bericht ab. »Immer die alte Geschichte. Bald wird's besser werden; darauf könnt Ihr Gift nehmen, Freund. Was hast du beschlossen, Brückmann?«

»Er wird wieder vorsprechen. Ich will es mir überlegen.«

»Natürlich! Geholfen muß werden. Also auf Wiedersehen. Vertrauen Sie uns nur.« Rotter reichte Chawar die Hand; er wollte ihn nur forthaben; seine Neuigkeiten brannten ihm auf der Seele.

Der Arbeiter bewegte sich rückwärts zur Türe; sein Gesicht nahm einen bösen, spöttischen Ausdruck an, als er unterwürfig und klagend sagte: »Und gegessen hab' ich heut' nichts ... es ist nicht menschlich.«

Rotter zog seinen Geldbeutel hervor: »Hier – hier, Freund! Für ein Frühstück reicht es. Laßt Eure Arme nicht herunterkommen; das wäre schade. Bald werden wir alle Arbeit genug haben. Servus!«

Chawar zog sich mit der kichernden Tini zurück.

Frau Fliege trat hinter die Türe und befreite ihr rechtes Ohr von der schönen, weißen Haubenrüsche, um die Neuigkeiten des Dr. Rotter besser hören zu können.

»Nun höre«, begann Rotter; »aber wo ist Klumpf?«

»In seinem Zimmer«, antwortete Lothar, »der Mann schien ihm nicht zu gefallen.«

Rotter lachte. »So ist er, in allem findet er ein Haar. Zu nervös. Aber meine Nachrichten muß er hören. Klumpf, Klumpf!« rief er und schlug mit der Faust an Klumpfs Türe.

Klumpf erschien. »Was gibt's? Guten Morgen, Rotter.«

»Oh, es gibt große Dinge!« erwiderte Rotter, »komm nur, die Luft ist rein. Gefiel dir der Mann hier nicht?«

Klumpf antwortete nicht sogleich, begann im Zimmer auf und ab zu gehen und zu rauchen. Endlich wandte er sich mit befangenem Lächeln an Lothar: »In der Tat, er gefiel mir nicht, dein Mann. Es ist ein Vorurteil und nicht ernst zu nehmen, aber ich spüre es sofort, ob ich einen Menschen vor mir habe, über den ich Macht gewinnen kann, das heißt ob er das, was ich in einen jeden hineinlegen möchte, verstehen, in sich aufnehmen kann, oder ob er außerhalb meiner Sphäre steht. Und dann – dieser Mann log. So klingt nicht Erlebtes. Gleichviel, da Brückmann da war, konnte ich ja gehen.«

»Narrensache«, folgerte Rotter. »Aber hört nun, draußen gehen große Dinge vor.«

»Über die Arbeitseinstellungen in Brünn«, sagte Klumpf, »schreibt mir Branisch heute. Er scheint die Bewegung nicht in der Hand zu behalten.«

»Ja, ja!« unterbrach ihn Rotter, »das steht heute schon in allen Blättern. Sie werfen den Fabrikanten die Fenster ein und wollen die Fabriken zerstören. Die Kollegen von der ›Gemeinschaft‹ haben sich hineingemischt. Einen hat die Polizei mitten in einer Rede gefaßt. Den blonden Böhmen vom Café Lothringer. Davon spreche ich nicht. Hier bei uns wird die Bäckerbewegung ernst – sehr ernst, und wir müssen vorbereitet sein, sonst haben die Brüder von der ›Gemeinschaft‹, von der ›Freiheit‹ die Sache in den Händen und wir haben das Nachsehen.«

»Die ›Gemeinschaft‹?« fragte Lothar, »das ist der Club, der jenes geheime Blatt herausgibt?«

»Ja, ja –« meinte Rotter, »wir nennen die Leute vom Café Lothringer so, denn von ihnen kommt gewiß das Blatt. Ein kleiner, aber sehr energischer Club. Um die handelt es sich jetzt«, wandte er sich wieder an Klumpf, »ich habe mit Tost gesprochen …«

»Tost? Ach, dieser unreinliche junge Mann«, versetzte Klumpf zerstreut.

»Rein oder unrein«, fuhr Rotter ungeduldig fort. »Bei jenen gilt er viel. Er sagt im Angesicht der kommenden Ereignisse – denn Ereignisse müssen kommen –, Wien fiebert, wie er sagt, und die Geschichte mit den Bäckern ist wichtig – Wien ohne Brot, stellt euch das vor! Also – im Angesicht der kommenden Ereignisse wünschen sie sich mit uns auszusprechen, denn alle Gutgesinnten müssen ihre Kräfte vereinigen; darum fordert er uns auf, uns an einer ihrer Versammlungen im ›Goldenen Faßl‹ drüben an der Länd' zu beteiligen. Lemke – und der ist doch ihr Branisch – hat es Oberwimmer auch feierlich mitgeteilt. Nun, was sagst du dazu?«

Klumpf blieb stehen und machte ein schmerzvolles Gesicht. »Mit diesen Leuten ist schwer zusammen gehen.«

Rotter ärgerte sich. »Versuchen können wir es doch. Die Zersplitterung der Kräfte ist gewiß kein Segen für die Sache. Du weißt, Branisch wünscht ja auch alle die vereinzelten Clubs zu einer großen Partei zu vereinigen; die Bäche zum Strom, wie er sagt. Darum gewinnen jene einen solchen Vorsprung, weil sie alles versuchen, weil sie mittun. Wir sitzen in unserer Redaktion …«

»Ich sage nicht, daß ihr nicht hingehen sollt«, warf Klumpf ein.

»Ihr!« eiferte Rotter, »nein, du! Du bist die Hauptperson!« Und nun schlug er einen sanften, einschmeichelnden Ton an: »Geh' – Klumpf – komm mit. Auf dich rechnen wir gerade. Du weißt ja, wie es dir geht; du erscheinst und verdrehst ihnen allen die Köpfe, sie tun, was du willst. Getan muß etwas werden. Schreiben ist ganz schön – aber – tun – tun!« schrie er und schlug mit seinem Stock so heftig auf einen Stuhl, daß eine Staubwolke sich aus dem Polster desselben erhob.

»Ja – tun!« wiederholte Klumpf, gedehnt und singend. Plötzlich sollte er aus seinen Träumen zur Wirklichkeit einer Tat übergehn, das ging ihm wider die Natur. »Gut! Ich will gehen, wenn ihr es verlangt«, versetzte er gereizt, »aber es führt zu nichts. Unsere Prinzipien liegen zu weit von einander ab. Diese Herren wollen die Unordnung um der Unordnung, die Verwirrung um ihrer selbst willen. Unordnung, Verwirrung, Zusammensturz sind oft dagewesen, und das Rechte ist dennoch nicht daraus erstanden. Wissen sollen die Menschen, warum sie zerstören; das Wissen – die *episteme* – darauf kommt es an. Das ist unser Ziel. Das Volk soll ruhig und sieghaft das Alte beiseiteräumen und das Neue ergreifen. Das wollen jene nicht verstehen.« Klumpf ereiferte sich. Seine Stimme nahm ihren weichen, ausdrucksvollen Klang an, und er bewegte seine schmale, weiße Hand lebhaft hin und her.

»Gut, gut!« unterbrach ihn Rotter, »sag' ihnen das. Verspar' das für sie. Also du kommst. Brückmann natürlich auch. Das ist brav. Kommt jetzt euch die Bäcker ansehen. Die armen Jungen sind behandelt worden wie die Hunde – unreinliche Schlafstellen, nichts zu essen, wenig Schlaf und ein lächerlicher Lohn. Denen wollen wir schon Recht verschaffen ... mit der ..., wie sagtest du doch, Klumpf? ... mit der *episteme* ...«

6

Es war sieben Uhr abends, als Rotter und Lothar sich in den überfüllten Wagen der Pferdebahn hineindrängten. Die Schwüle war drückend. In den Straßen atmete man wie schlechte Zimmerluft. Über der Menschenmenge auf der Ringstraße lag eine gelbe Staubwolke; am jenseitigen Ufer der Donau zeigte die große Laubmasse des Praters ein welkes, mattes Grün.

Weiter hinab, wo die Häuser kleiner, die Straßen enger werden, sah es kleinstädtisch aus. Nicht mehr das Hasten und Summen der Großstadt, sondern das Schreien von Kindern, die sich auf einem Platz um einen Brunnen hetzten, der Lärm sich beißender Hunde, das Ausklopfen von Betten. Die Leute stießen sich, schalten und lachten miteinander, wie es Bekannte tun. Die Wirtshausgärten waren brechend voll. Die Straße roch nach Kalk, Rostbraten und Bier. Türen und Fenster waren überall geöffnet und atmeten die tagsüber aufgesammelte Hitze aus, wie die Besitzer, die in Hemdsärmeln, mit aufgeknöpfter Weste vor ihrer Schwelle standen.

Rotter stieß Lothar an und zeigte ihm einen Herrn, der in der entgegengesetzten Ecke des Wagens saß. Dieses hagere Gesicht mit der großen Hakennase und dem dünnen schwarzen Bart war nicht angenehm. Langes, dünnes Haar fiel schlicht über den Kragen des braunen Überziehers; ein breitrandiger Filzhut bedeckte den Kopf; es war die Erscheinung des Künstlers in schlechten Verhältnissen. »Der fährt auch dorthin«, erklärte Rotter. »Feitinger, einer der unseren, Klumpfs begeisterter Bewunderer. Er ist Lehrer an einer Knabenschule und zittert davor, seine Vorgesetzten könnten sein Verhältnis zu uns erfahren; seiner neun Kinder wegen, weißt du. Dabei Ansichten – o, sehr scharf, sehr tüchtig. Er wird uns nächstens einen Artikel schicken.« – »Ja – der sieht bitter aus«, bemerkte Lothar.

Sie waren die Landstraßen-Hauptstraße hinabgefahren und stiegen an der Baumgasse ab, um durch das Rabengäßchen, Erdberger Straße in die enge, finstere Budengasse einzubiegen. Das Gasthaus »Zum goldnen Faßl« war das letzte Haus in einer Reihe kleiner, alter Häuser und lehnte sich an ein mächtiges Fabrikgebäude an, von dem es um das dreifache überragt wurde. – Sie durchschritten den Wirtshausgarten, einen engen, unsauberen Raum, wo an blauüberdeckten Tischen Männer in Arbeitskitteln ihr Bier tranken. Abseits saß eine bleiche Hausiererin, ihren Kasten voll bunter Krawatten neben sich, und verzehrte ein Gulasch. Zwischen den Stühlen und Tischen trieb sich ein Hahn mit zwei Hennen um, leise und gelangweilt vor sich hinpiepend.

Sie gingen in das Haus. In der Schwemme fanden sie den Wirt, einen schwammigen, bleichen Mann mit großem Kopf, der eine Schürze über seinem Frack trug.

»Die Ehre!« sagte er leise, »Herr Doktor wissen doch –, hier die kleine Stiege hinauf. Herr Doktor kommen spät.«

»Ja, ja«, flüsterte Rotter eilfertig und freundlich.

In diesem Augenblick erschien auch Feitinger, der einen Umweg hierher eingeschlagen haben mußte. Geheimnisvoll winkte er dem Wirt: »Schindler!«

Rotter führte nun Lothar eine dunkle Holzstiege hinan. Plötzlich befanden sie sich auf einem Dachboden. Lothar blieb stehen und blinzelte mit den Augen. Nach der Dämmerung der Wirtsstube und der Finsternis der Stiege überraschte ihn hier das lebhaft goldene Licht, welches, durch die Spalten der Dachpfannen hindurchsickernd, den Raum wie mit einem blanken Regen erfüllte. »Ja, hier war es«, meinte Rotter und stolperte über einen Wasserkübel. »Verdammtes Loch.« Eine Tür ward geöffnet; eine bleiche Frau erschien – begleitet von zwei schwammigen Kindern, die sich an ihren Rock klammerten; und hinter ihnen wieder das scharfgoldene Abendlicht, das eine Küche und den Flur erhellte.

»Die Ehre, Frau Schindler. Wir wollten zu den Herren hinüber; aber ich finde mich schon zurecht.«

Schweigend wies die Frau auf die gegenüberliegende Türe – und ihr Gesicht nahm einen verdrießlichen, mißtrauischen Ausdruck an.

Sie traten in ein großes, niedriges Zimmer. Es wurde laut gesprochen; Tabaksqualm erfüllte die Luft. Die Vorhänge an den Fenstern waren zugezogen und auf den Tischen brannten Kerzen. Den Eintretenden gegenüber auf einem Sofa saß Klumpf, die Zigarre im Munde, bleich und nachdenklich; ihm zur Seite ein langer Mann mit einem militärischen Schnurrbart und hoch emporstehendem braunen Haar – Lemke – der Führer von »jenen«, wie Rotter sagte. Dieses Gesicht hatte etwas Hartes, Prahlerisches mit den aufgedrehten Spitzen seines Wachtmeisterbartes. – Neben ihm saß der Drechslermeister Marbe, die kurze Pfeife zwischen den Zähnen und mit einem Bart, der ihm bis auf den Gürtel nieder hing. Noch andere hatten sich um Klumpf gesammelt: ein junger Mann mit lang herabwallendem blonden Haar und einem rötlichen Seemannsbart; endlich ein Greis, dessen dünnes, weißes Haar wie ein silbernes Netz über die Glatze gebreitet war. Das kleine, wie zusammengedrückte Gesicht verzog er zu einer Fratze. Die vielen Fältchen desselben bewegten sich unablässig, zogen sich zusammen und ließen wieder nach. Dieser sprach gerade, während die anderen zuhörten.

Lauter war ein anderer Kreis in der Ecke am Fenster. Auf einem Bett vor einem niedrigen Tisch saß Oberwimmer, erhitzt und erregt; neben ihm Tost. Lothar war diesem wunderlichen Menschen schon zuweilen begegnet, und er hatte ihn interessiert, weil das hungrige, geplagte Leben, welches er offenbar führte, sich so deutlich in seiner Erscheinung ausprägte. Seine Hautfarbe war ungesund ins Graue spielend, auf Lippe und Kinn gedieh ein dünner, zerzauster Bart. Das weiche, schwarze Haar sah ungekämmt aus, stand am Hinterkopf spröde ab und legte sich in wunderlichen Puffen um die schmale, hohe Stirn. Die hagere Gestalt war bis zum Halse in einem Rock, der nicht sitzen wollte, eingeknöpft, und der Hemdkragen wurde von einer schwarzen Halsbinde verdeckt. Im Café war er ein unermüdlicher Zeitungsleser. Von früh am Nachmittage an bis spät in die Nacht hinein blieb er dort, trank eine Melange und begann zu lesen; meist stehend unter der Gasflamme, die eine Hand in den Haaren vergraben. War eine Zeitung durchgelesen, dann machte er sich mit unsicheren Schritten, denn die Stiefel waren schiefgetreten, auf, eine neue zu holen. Mit der einen Hand schloß er vorne seinen Rock, besorgt, daß nicht jemand ein Geheimnis seines Anzuges erspähe. Die Kellner bedienten und behandelten ihn schlecht, er aber begegnete ihnen dafür stets mit einem sehr hochmütigen, spöttischen Gesicht. Mit diesem Gesichte saß er auch heute neben Oberwimmer, der munter und eifrig auf ihn einsprach. Noch zwei Freunde, die Rotter nicht kannte, gehörten zu der Gesellschaft; ein Mann mit einer Hasenscharte, die seinem Gesichte einen unangenehmen, höhnischen Ausdruck verlieh, und ein Jüngling, dessen bleiches Gesicht Züge von wunderbarer Regelmäßigkeit zeigte. Er trug einen alten Flausrock, der vorne offen ein nicht sauberes, grobes Hemd sehen ließ.

Endlich, in der anderen Ecke des Zimmers stand ein Kartentisch, an dem sich drei Herren niedergelassen hatten, ihre Biergläser vor sich, Tarockkarten in der Hand – um bei einer Überraschung durch die Polizei der Gesellschaft ein unschuldiges Ansehen zu geben. Da war Kökert, der Apotheker, »einer der Unseren« nach Rotters Aussage, sehr gut gekleidet, einen Scheitel über den ganzen Kopf und einen gepflegten Vollbart; ein roter, apoplektischer Gewürzwarenhändler vom Neubau und Remder, Lothars Hausgenosse.

»Wir setzen uns zu Klumpf, dort scheint es ernst«, beschloß Rotter und trat mit einem lauten »die Ehre!« vor. Die meisten schraken ein wenig zusammen; der Gewürzhändler begann die Karten zu mischen; als sie jedoch Rotter erkannten, lachten sie.

Klumpf freute sich, die Seinen zu sehen: »Kommt, setzt euch. Die Freunde kennen unseren neuen Kollegen noch nicht – Brückmann – Meister Marbe – Lemke – Studiosus Racher – Dr. Satzinger.«

Satzinger war der kleine Alte, der Lothar begrüßte, indem er die Augen schloß und das Gesicht zusammenzog. Übrigens war ihm die Störung unangenehm, denn er wollte weiter sprechen.

»Setzen Sie sich, meine Herren – nehmen Sie Platz. Ja, wie gesagt, diese Vereinigung der Arbeitgeber halte ich für einen Segen – hihi – was ich Segen nenne. Da wird es nicht mehr zu wässerigen Kompromissen kommen. Leute liefert's uns in die Hände, Leute, denen nichts übrig bleibt als – die Revolution.« Er ließ dieses Wort klingen; er blähte die krause, schlaffe Haut seines Gesichtes auf wie einen Handschuh, in den man hineinbläst.

Aber Lemke unterbrach ihn: »Da wir jetzt vollzählig sind, gehen wir, denke ich, auf den Kern der Sache ein – hier sind wir ungestört.«

Da erschienen auch Feitinger und der Wirt.

»Gut, Schindler«, rief Lemke, »daß Sie kommen. Wir beginnen ordnungsmäßig zu verhandeln; sperren Sie die Türe.«

Der Wirt jedoch widersprach, warum? Das erregt nur Verdacht. Dürfte er denn nicht Gäste bei sich sehen? Ein Namenstag. Was konnte die Polizei ihm anhaben? »Bleiben Sie nur sitzen, meine Herren – so sieht es sehr schön aus, ganz privat. Meine Frau bringt Bier.«

In der Tat erschien die bleiche Frau von vorhin mit Bier. Sie zeigte wieder das ergebene, mißmutige Gesicht, als dächte sie: »Ich will von euren Torheiten nichts wissen.« –

»Gut!« begann Lemke wieder und drehte sich mit beiden Händen die Spitzen seines Schnurrbartes in die Höhe. Seine Stimme war scharf wie ein Blechinstrument und unruhig wechselnd im Ausdruck. »Die Herren hier – ein neuer Club – suchen Fühlung mit uns. Man soll sich vereinigen, zusammen vorgehen. Mir ist das recht. Nur werden wir uns dann ein wenig über unsere Grundanschauungen aussprechen müssen. Auf Kleinigkeiten brauchen wir uns nicht einzulassen. Aber wissen müssen wir, wie weit einer auf den anderen zählen kann. Da ist gleich die Bäckeraffäre; eine hübsche Gelegenheit zur Vereinigung. Diese Affäre kommt uns allen recht – nicht wahr? Wir alle wünschen, daß diese Arbeitseinstellung möglichst in die Länge gezogen wird – wie? Keiner widerspricht? Natürlich – denn diese kleinere Bewegung kann der Anfang einer großen – der großen Bewegung sein. Das hab' ich den Leuten gesagt. Diese Leute haben die Kipfel, daher Wien in der Hand. Es fehlt jedoch an Geld. So frage ich denn: Sind die Herren bereit, mit uns zusammen in diesem Sinne zu arbeiten;

haben die Herren vielleicht Mittel zu diesem Zweck? Oben werden bereits Beschwichtigungspflaster vorbereitet. Lassen wir die Leute im Stich, so kriechen sie zu Kreuz. Das ist meine Meinung – was sagt Dr. Klumpf dazu?« Befriedigt leerte Lemke sein Seidel auf einen Zug und sah Klumpf erwartungsvoll an.

Klumpf beugte seinen Kopf auf den Tisch herab; sein Gesicht nahm einen leidenden Ausdruck an, und er dämpfte die Stimme, als er zu sprechen begann. »Die Mittel sind beschränkt. Der Zusammenhang der Partei hier in Österreich ist so lose, daß wir bei Arbeitseinstellungen – mehr dadurch zu helfen gezwungen sind, daß wir die Mittel angeben, wie ...«

»Das kenne ich«, rief Lemke. »Ich frage nur, was in diesem uns vorliegenden Falle geschehen kann.« – Auf Klumpfs Wangen zeigten sich rote Flecken; er wurde lebhaft.

»Ich verstehe wohl, was Sie meinen. Gewiß wollen wir den Leuten helfen, soweit es in unserer Macht steht. Nach Rücksprache mit den Genossen will ich Ihnen morgen genauere Auskunft über den Umfang unserer Mittel geben. Gewiß, recht gern. Nur vermag ich nicht allzu große Hoffnungen an dieses Ereignis zu knüpfen.«

»Oho!« meinte Lemke ironisch.

»Was wollen diese armen Burschen?« fuhr Klumpf fort. »Sie sind in grausamer und roher Weise von ihren Arbeitgebern ausgenützt worden. Sie wollen sich eine bessere Behandlung, materielle Vorteile erzwingen. Und soweit es an uns liegt, sollen und müssen sie dieselben erlangen. Nur möchte ich einem Mißverständnis vorbeugen. Ist dieses das Material, aus dem die große Bewegung – die Revolution, wie Dr. Satzinger sagt – gemacht wird? Wissen diese Leute etwas von dem, was wir wollen? Sie kämpfen um ein besseres Bett, einige Kreuzer Lohn, einen Teller Suppe. Geben Sie ihnen das Verlangte, geben Sie ihnen die Hälfte und sie werden nach unseren Zwecken, nach dem Schicksal unserer Gesellschaft nichts fragen. Unsere Aufgabe ist daher, zu verhüten, daß sie gänzlich besiegt werden und, ohne etwas erreicht zu haben, in ihr früheres Elend zurückkehren.«

Satzinger lachte und trommelte mit den Fingern munter auf den Tisch. »Das ist gut – das ist gut. Laßt sie nichts kriegen.«

»Und wird es auch nur ein halber Sieg«, fuhr Klumpf mit erhobener Stimme fort, »so gewöhnen sie sich doch an das Siegen, lernen – ihre Macht verstehen. Es hilft nichts, diesen armen Leuten die Köpfe zu erhitzen, indem wir ihnen sagen, sie seien die Träger der großen Sache. Sie kennen die große Sache nicht. Und meine Herren – hüten wir uns vor der Verwirrung um jeden Preis, vor der Revolution der Unwissenden. Mögen die Unterdrückten ihre Macht erkennen, ihr Bedürfnis nach der großen Umwandlung, und dann werden sie klarsehend, siegesgewiß, ruhig und edel zur Befreiung aufstehen. Die Lehre verbreiten, das ist unsere Pflicht. Als Lehrstunde nur sehe ich auch das gegenwärtige Ereignis an. Lehren wir die armen Unterdrückten siegen.« Er schwieg und lehnte sich zurück. Sein Gesicht trug noch den ernsten, schmerzvollen Ausdruck und er sah niemanden an, sondern ließ seinen Blick über die Köpfe der Anwesenden zur Decke schweifen.

Im Zimmer herrschte Stille. Auf dem Antlitz all dieser Männer war eine gewisse Spannung sichtbar. Ein jeder wollte etwas sagen; zögerte jedoch und ließ seine Blicke im Kreise umgehen, wartend, ob nicht ein anderer beginnen würde. Nur Satzinger kicherte wieder sein trockenes, leises Kichern und ließ zwei seiner runzeligen Finger gespreizt über den Tisch laufen wie zwei steife Beine: »Sieg – Sieg!« meinte er: »Wozu! Hunger ist der beste Lehrmeister. Wenn sie hungern, kriegen sie Courage – hihi.«

Endlich begann auch Feitinger zu sprechen, Klumpf mit blanken, begeisterten Augen anschauend. »Schön, sehr schön! Wissen um die Freiheit ist Zweck an sich. Die Bedrückten stehen auf, werfen ihre Fesseln ab. Das ist groß! Aber es hat Eile; wie lange sollen diese Qualen dauern ...?« Er konnte nicht weitersprechen, denn Lemke ergriff das Wort. Als hörte er ihn nicht, überdeckte seine scharfe Stimme die heisere Stimme des Lehrers, und er sprach so rasch, daß die Worte sich überstürzten.

»Schön, sehr schön! Das stand ja in Ihrem Blatte. Ich hab's gelesen. Das ist wohl das neue Evangelium? Alles still und ordentlich. Ein jeder lernt seine Lektion, und ist sie ausgelernt, so tut man sich eines Tages zusammen und macht die Sache. Ja – ja; ich kenne das! Dazu gehören Komitees und Kassierer und Präsidenten; wie drüben im Reich; und rührt sich einer zu stürmisch, so erhält er vom Komitee eine Nase – wie Most und Hasselmann. Man spielt Minister, vertrödelt die Zeit. Mir kann's recht sein! Wir werden ja sehen, welche Methode recht behält. Wissen soll das Volk? Ha ha! Ein jeder weiß nur, wo ihn der Schuh drückt. Wir – wir haben aus diesen Privatklagen die eine große Anklage zusammenzustellen. Die Bäckergesellen, der Teufel hole sie, wenn sie nicht meinem Zwecke dienen. Das ist es – Herr – das ist es! Sie sitzen in Ihren Schreibstuben und erdenken sich Methoden; so wird es sein, so muß es sein. Nein, meine Herren, so ist es nicht, das wissen wir, die mit dem Volke leben, die es kennen. Ja, in Ihrer – von der Polizei konzessionierten Redaktion werden Sie es nicht kennenlernen. Aber die Kneipen, die Bordells, das ist Ihnen zu schmutzig. Philosophie werden Sie dem Volke nicht beibringen, Sie können es aber lehren, seinen eigenen Schmerz verstehen: ›Wie ein Hund wirst du behandelt, schlimmer noch. Laß es dir nicht gefallen!‹ Das verstehen sie, das steigt zu Kopf. Zwar die Polizei liebt das nicht. – Übrigens, gleichviel. Wir wollten wissen, wie weit die Herren in diesem uns vorliegenden Fall mit uns zu gehen beabsichtigen. Dieser Punkt wäre erledigt.«

»Wir erwarteten mehr«, hub der Studiosus Racher zu sprechen an – errötend und mit dicker Zunge, die ihm zwischen die Zähne geriet. »Wir erwarteten einen offenen und entschiedenen Anschluß an uns … man könnte zusammen … dieses Trennen …« Er verwirrte sich, und Lemke mußte seine Gedanken beenden.

»Freilich! Racher spricht da allerdings eine Erwartung aus, die wir hegten. Aber Dr. Klumpf hat uns gezeigt, was uns trennt. Hie Statuten und Komitee – hie persönliche Arbeit, Krieg bis aufs Messer.«

»Das Ziel ist das gleiche«, sagte Klumpf freundlich, »und so mag es gut sein. Getrennt marschieren, gemeinsam schlagen. Der Weg, den die Herren einschlagen, ist nicht der meine, ich leugne es nicht. Das unbedingte Verwirren, Aufregen und Zerstören vergiftet die Gemüter derer, für die wir arbeiten, macht sie untauglich. Nun – ein jeder tue das beste nach seiner Art«, und er machte eine seiner sanften, fortschiebenden Handbewegungen.

»Prosit, Doktor! Prosit, Freund!« rief der begeisterte Feitinger und stieß mit Klumpf an: »Auf die Zukunft! Auf das Wissen!«

Im Hintergrunde des Zimmers wurde jetzt eine tiefe, rauhe Stimme laut; es war der Mann mit der Hasenscharte. Er drängte sich vor, die Daumen in den Armlöchern seiner Weste, und sein dunkles, schiefes Gesicht sah böse und verzerrt aus, als schmerzte ihn diese gespaltene Lippe, die er im Sprechen noch mehr verzog. »Ich wüßte gern, wer denn diese Herren von ›der Zukunft‹ überhaupt sind. Was vertreten sie? Welches Vertrauen verdienen sie?«

»Kehlmann, warum so giftig?« meinte der stets muntere Satzinger und kniff den Sprecher in das Bein.

Jetzt war der Augenblick wo Rotter sprechen konnte; er hatte lange darauf gewartet, und er sprach heftig und zornig: »Wir sind nicht hier, eine Rechenschaft abzulegen, denke ich. Unsere Ansichten findet jedermann in unserem Blatte. Hier handelt es sich um eine Beratung, nicht um ein Credo. Ich kenne übrigens den Herrn, der eben gesprochen, auch nicht, kenne seine Ansichten nicht. Aber ich weiß, daß Lemke keinen mitbringen wird, der unseres Vertrauens nicht würdig ist. Wenn nicht brüderliches Vertrauen und ein brüderlicher Ton herrschen, dann läßt es sich freilich nicht zusammen arbeiten.«

»Gewiß!« äußerte der Apotheker Kökert am Kartentisch, »will man Weltbürger sein, so muß man auch einen gewissen Weltton haben.«

Da mischte sich Oberwimmer in das Gespräch: »Was gibt's; warum so scharf? Freilich brauchen wir nicht Rechenschaft abzulegen; aber wir haben ja nichts zu verbergen. Wir sind doch hier, um uns auszusprechen? Kehlmann wird uns seine Ansichten auch darlegen. Wir – also – wir haben unsere Zeitung; der widmen wir uns ganz. Das Volk soll wissen ... Klumpf – sag' du's doch, du sagst's ja so schön – weißt du, das vom Wissen ...«

»Ich hab's den Herren soeben gesagt«, wehrte Klumpf ruhig ab.

Lemke hatte sich erhoben und war im Zimmer auf- und abgegangen, ohne dem Gespräch Aufmerksamkeit zu schenken. Nur als jetzt Tost zu sprechen begann, blieb er stehen und zog die Brauen zusammen.

Tost, mit der einen Hand in den Haaren wühlend, mit der anderen sich vorne den Rock zuhaltend, sprach sehr schnell, und seine trockenen, aufgesprungenen Lippen zuckten dabei in überlegenem Lächeln: »Noch eine Frage würde ich gern an die Herren vom neuen Club richten. Sie können antworten oder es bleiben lassen; das ist ihr Recht. Ich habe mich im Blatt ›die Zukunft‹ über die Richtung dieser Herren unterrichtet. Nur – es ist die gewöhnliche, offizielle, parlamentarische Sozialdemokratie. Nichts weiter! So finde ich in dem ersten Artikel eine Auseinandersetzung über das Glück. Da ist von einer Idee des Glückes die Rede, von welcher der Mensch eine angeborene Kenntnis haben soll. Das riecht nach Mystik. Soll diese Idee eine Art Gott sein? Es klingt fast so. Das Volk wird jedenfalls so etwas herauslesen. Das wäre nun unkorrekt. Solch ein mystisches Wissen um eine Urglücksidee gibt es nicht. Der soziale Staat entsteht nach natürlichen Entwicklungsgesetzen. Gott sind wir glücklich los; wozu dieses Gespenst einer Idee? Das verwirrt nur.« Er schwieg und blickte Klumpf herausfordernd an; da dieser jedoch ruhig weiter rauchte und keine Anstalten machte zu antworten, wurde Tost zornig; er rief mit heiserer Stimme, die umschlug: »So etwas brauchen wir nicht; altes, platonisches Gerümpel! Ahnungen! Wozu Ahnungen? Was ist das? Die Ahnungen liegen in meinem Bauche, der sich sattessen will; in meinen Gliedern, die ein gutes Bett brauchen; in dem, was in mir ein schönes Weib will; und ohne angeborene Idee weiß ich es, daß andere mir das rauben; ohne Idee weiß ich, daß ich nun an die Reihe komme und jene fort müssen. Wozu diese Idee? Die ist nur ein maskierter Gott. Das kennt man …«

Da Klumpf nicht antwortete, so fühlte Rotter sich dazu verpflichtet: »Erlauben Sie – ich bitte sehr –, Sie haben diesen Artikel nicht verstanden. Von Gott steht nichts in diesem Artikel, nicht das Geringste. Idee ist nicht Gott. Idee? Warum nichts? Kennen Sie nicht Plato?«

»Nein«, sagte Tost verdrießlich, »Plato war ein Aristokrat.«

»Wir sind alle Aristokraten!« schrie Rotter jetzt förmlich, »alle Menschen; und die Idee hat mit Gott nichts zu schaffen.«

»Jedenfalls«, bemerkte Kehlmann, »steckt etwas Mystisches dahinter. Der liebe Gott schlüpft überall wieder herein. Ich mag diese Idee auch nicht. Wozu diese vornehmen Worte. Mit dem lieben Gott müssen wir auf unserer Hut sein; jedes neue Wort müssen wir nach allen Seiten hin durchsuchen, wie die Heuwagen an der Linie, ob er da nicht darin steckt.«

Der dicke Gewürzhändler erhob sich, um feierlich auch seine Meinung abzugeben. »Gott? Gott ist abgeschafft seit dem sozialdemokratischen Arbeitstage zu Mainz 1872.«

»Glauben Sie denn an Gott?« fragte Racher und sah sich nach Rotter um. »Nein, gewiß nicht!« erwiderte Rotter, »natürlich nicht. Aber Idee ist nicht Gott. Idee ist – nichts eigentlich . . . «

»Wenn's nichts ist, wozu dann sprechen«, warf Tost verächtlich ein.

Die Unterhaltung zersplitterte sich nun. Die Herren vom anderen Tisch setzten sich wieder auf ihr Bett. Lemke führte mit Klumpf eine halblaute, höfliche Unterhaltung. Die Herren am Kartentisch, müde des Schauspieles, hatten eine wirkliche Partie Tarock angefangen. Rotter gab Lothar leise Auskunft über die Anwesenden. »Satzinger? Er soll in Ungarn Apotheker gewesen sein. Er ist Doktor der Chemie. Dann ist er in Amerika gewesen. Eine geheimnisvolle Persönlichkeit, die hier eine große, unheimliche Rolle spielt.

Tost gibt italienische Stunden; ein Hungerleider und bitter wie Chemie.«

Die halblaut geführten Unterhaltungen, das Zählen der Stiche und das Ansagen der Pagats, zuweilen ein leises Aneinanderklingen der Biergläser gab der Versammlung jetzt wirklich das Aussehen eines gut bürgerlichen Namenstages.

Da wurde es jedoch dort am Bett wieder unruhig. Kehlmann war von seinem Sitz aufgesprungen, rot im Gesicht, den

Mund fast unter dem Ohr, sprach er sehr laut, zornig auf den Tisch schlagend: »Das Material der Zukunft verderben; den Zukunftsbürger vergiften – das sind ja wohl die Redensarten? Wo ist dieses Material der Zukunft? Sind wir dieses Material? Sind die Arbeiter von heute vielleicht die Zukunftsbürger? Haha – da ist nichts zu verderben! Dünger sind wir, nur das, nur das! Dünger, der verrotten muß, ehe die Bürger der Zukunft wachsen können. Daß er schnell und ganz verrotte, das ist unsere Aufgabe. Zu verderben ist an der heutigen Generation nichts. Die ist da, um aufzuräumen. Die große Orgie muß kommen, in der die einen gefressen werden, die anderen fressen, bis sie bersten, dann ist Platz für die Zukunft da.«

»Kehlmann!« rief Lemke mit Donnerstimme: »Du bist betrunken. Schweige lieber.«

»Warum?« legte sich Oberwimmer ins Mittel, »wir sind ja unter uns; wir sprechen uns aus. Lassen Sie ihn doch. – Und was sagt Freund Heyser dazu?« wandte er sich munter an den jungen Mann im Flausrock.

»Ich? Oh! Nichts! Ich kümmere mich um dieses Reden nicht«, erwiderte dieser und schaute Oberwimmer ruhig an mit seinen grauen Augen, die so hell und durchsichtig waren, daß sie fast weiß erschienen.

Im Zimmer war es wieder sehr laut geworden; alle sprachen durcheinander. Feitinger hielt eine Rede, auf die niemand hörte. Satzinger lachte, daß ihm der Atem verging: »Dünger, Dünger – hihi – die Bankiers und Aristokraten sind der teuere Dünger – Guano; wir Hungerleider sind nur Knochenmehl – hi – hi.«

Die Herren am Kartentisch stritten sich um einen Pagat.

Klumpf erhob sich; er wollte fort. Da waren auch die anderen für den Aufbruch; man hielt es in dieser heißen, vollgequalmten Stube nicht länger aus.

»Gut, Doktor«, sagte Lemke und schüttelte kräftig Klumpfs Hand, »ich will Ihnen Gelegenheit geben, Ihre Prinzipien vor unseren Leuten darzulegen. Mehr kann ich nicht tun. Wir werden sehen, wer die Leute packt ...«

Oberwimmer wollte unten noch mit Tost und Kehlmann ein Glas trinken: »Sie können uns wichtig werden«, flüsterte er Rotter zu, »Tost ist heute betrunken ...«

Feitinger hing sich an Klumpfs Rockschößchen: »Wir bleiben heute zusammen – Doktor – Freund!« flehte er.

7

Schweigend gingen sie die enge Gasse entlang. Alle, außer Feitinger, nahmen ihre Hüte ab, weil es hier so schwül und beklommen war, und unwillkürlich bogen sie die Köpfe zurück, sahen zu den Dächern auf, über denen eine blinde, dunstige Luftschicht lagerte; sie suchten dahinter den Nachthimmel, um sich an ihm zu kühlen.

In der Hauptstraße erreichten sie die Pferdebahn. Der Wagen war leer, und Feitingers Miene erheiterte sich; er setzte sich nahe zu Klumpf, zündete sich eine Zigarre an und meinte: »Hier können wir ungestört plaudern.« Die anderen schienen jedoch zum Plaudern wenig aufgelegt, darum sprach der Lehrer allein, sehr geläufig, einzelne Worte stark unterstreichend: »Ich kann es nicht sagen, Doktor, wie jedes Zusammensein, jedes Wort aus Ihrem Munde mir immer aufs neue wieder Mut gibt! Weiß es Gott, daß ich dessen bedarf. Die ganze Woche über von kleinlicher Großtuerei geplagt, gezaust, beargwöhnt. Nicht einmal das tägliche Brot hat man. Und für alle Mühe nur Verachtung, Verweise, kein Avancement! Zwar, was sind die Leiden der einzelnen? Auf das Allgemeine kommt es an! Aber schließlich besteht das allgemeine Elend doch aus den Schmerzen der einzelnen. Und da kann die Geduld wohl zuweilen reißen. Aber Sie, Doktor, wissen Sie, Sie haben wieder alles in mir geklärt, meinen Haß geklärt. Denn Haß ist nötig – so wie die Liebe. Der rechte Haß ist moralisch. Nicht jenes qualmige Hassen der Leute dort, nein – der Haß, der um seiner Liebe willen haßt – wie groß – wie schön!«

Rotter stieß Lothar an und lachte leise; Klumpf aber fuhr aus seinen Gedanken auf: »Oh!« sagte er mit besorgtem Gesicht, »ich kenne diese Leute schon lange. Manche von ihnen mögen redliche Arbeiter sein, gewiß! Aber ich weiß es wohl, ihre Wege sind nicht meine Wege.«

»Gerade zu früh war es«, meinte Rotter, »wie diese Leute sich als Partei aufgespielt und uns um unseren Paß gefragt haben. Sie sind ja diejenigen, die sich absondern mit allerlei Heimlichkeiten.«

»Sie haben viel Einfluß gewonnen«, bemerkte Klumpf nachdenklich. »Manches in ihrem Treiben ist dunkel; doch ich kenne sie! Dennoch haben sie mich heute verwirrt, mir Gedanken gemacht, wie es zu geschehen pflegt, wenn jemand uns ein Stück Wahrheit zeigt, welches wir bisher übersehen haben. Lemke mag recht haben, ich setze mich zu wenig aus, ich kenne das Volk nicht. Sein Spott war ungerecht, denn gewiß, es war nicht Furcht, was mich zurückhielt. Ich habe eben nichts Gefährliches – wie er sagt – zu tun gefunden – wahrhaftig! Aber es mag solche Dinge geben. Hörtet ihr? Er forderte mich auf, in einer engeren Versammlung von Arbeitern – die er abzuhalten pflegt –, mein Programm, oder mehr Grundprinzip, wie er sagte, gegen das seine zu halten. Es sollte wohl eine Mutprobe sein«, setzte er lächelnd hinzu und zuckte die Achseln.

»Vortrefflich!« rief Rotter, »wir wollen ihnen zeigen ...«

»Das weiß ich gewiß«, begann Klumpf wieder, und seine Stimme zitterte sachte. »Sorge um meine Sicherheit hat mich von keiner Tat zurückgehalten. Seine Freiheit, sein Leben für die Sache einsetzen, denke ich, wäre das Leichteste; leichter als das stille, fortgesetzte Ringen mit Mutlosigkeit, Gemeinheit, Mißerfolg. Wäre der Sache damit gedient, daß ich gefangen gesetzt werde oder daß es mir ans Leben geht, ich würde das einen wohlfeilen Gewinn nennen. Nur das? Hier bin ich ...« Er breitete seine Arme aus, und das vorüberhuschende Licht der Straßenlaternen beleuchtete für einen Augenblick grell dieses bleiche Märtyrergesicht mit den dunklen, aufgeregten Augen.

»Ich kenne das Volk sehr gut«, versetzte Rotter. »Brückmann und ich fahren jetzt in das Samstagscafé an der Linie; mehr kann man nicht tun.«

»Doktor«, sagte Feitinger eifrig. »Kennen Sie den Metallarbeiter Stiller, der sich in dem Prozeß so schön verteidigt? Wie sagte er doch? ›Ich versuche Bildung unter meine Genossen zu verbreiten, denn das macht uns stark.‹ Ein seltener Mensch, und von großem Einfluß. Den finden wir drüben im Neubau – im ›Auge Gottes‹ – ich führe Sie hin.«

»Gut. Wohin Sie wollen«, erwiderte Klumpf und sah sehnsüchtig nach dem dunkeln Laubdach des Volksgartens hinüber, aus dem süße Düfte herüberwehten und die Klänge eines Walzers herübertönten, dort wäre es schöner und reinlicher als hier die finstere Straße zur Vorstadt hinauf.

In der Bergstraße stiegen Klumpf und Feitinger ab, während Rotter und Lothar noch weiter zur Linie hinabfuhren.

Das Café Zapp befand sich im unteren Stock einer langen, finsteren Zinskaserne. Über der Tür hing eine runde, halb rote, halb blaue Laterne; vor den erleuchteten Fenstern waren rote Vorhänge vorgezogen. Schon im Flur lag der Tabaksqualm wie dichter Nebel über den Gegenständen, im Lokal selbst vermochte Lothar in diesem Rauchschleier anfangs nur die Lichtflocken der Gasflammen zu unterscheiden; lautes Stimmengesumme und drückende Hitze schlugen ihm entgegen. Rotter drängte vorwärts zwischen den kleinen Holztischen hindurch. Alle waren besetzt, meist von Arbeitern in blauen Kitteln, deren viele schon schlaff und trunken waren; hie und da wurde Karten gespielt und laut dabei gestritten.

»Die Herren werden nebenan Platz nehmen müssen«, ertönte eine weibliche Stimme. Eine hochbusige Kellnerin stand vor ihnen, angetan mit einer blanken, roten Atlasjacke; das hochaufgetürmte, wirre Haar ließ nur einen geringen Teil des bleichen, grau angerauchten Gesichtes frei, das mit den schwarz umränderten Augen, den zu roten Lippen wie das Gesicht einer wohlfeilen Puppe aussah.

»Gewiß, Fräulein«, erwiderte Rotter, als hätte er ein Frauenzimmer vor sich, dem er allenfalls auch die Cour zu machen geneigt wäre; »wenn Sie einen Platz für uns übrig haben – so sind wir Ihnen sehr dankbar. Das Geschäft geht gut, wie ich sehe.«

»Ja, samstags«, erwiderte das bleiche, mißmutige Wesen und führte die Herren in das Nebenzimmer, welches ebenso voll, laut und unrein wie das erste war. Nur durch ein großes und glänzendes Buffet zeichnete es sich aus, an dem, vor der weißen Marmorplatte, die Herrin des Cafés an der Kasse saß. Eine alte, mächtige Frau mit zuviel falschem Haar auf dem Kopf, das ihr wie eine unförmige schwarze Haube das bleiche, weiche Gesicht umrahmte, in schwarze Seide gekleidet, eine goldene Kette um den Hals, Ringe an den weißen Fingern, saß sie in ihrem Mahagoni-Abschlag wie in einer würdevoll bürgerlichen Oase mitten in dem wüsten Treiben und schrieb beständig Zahlen in ihr großes Buch, den einzigen vernünftigen Untergrund des lauten Spukes vor ihr, den sie verachtete.

»Wie gefällt es dir?« fragte Rotter vergnügt. »Hier ist echtes Volk, das kann auch Lemke nicht in Abrede stellen.« Lothar starrte nachdenklich in die Menschenmenge hinein, die sich vor ihm im gelben Nebel drehte.

»Ich weiß nicht«, fuhr Rotter fort, »ob Klumpf sich hier erbauen würde, des Materials wegen, wie er sagt. Schau! Da ist auch einer unserer Bäckerrevolutionäre; seine Kappe ist noch weiß von Mehl. Der muß übrigens noch Geld übrig haben, denn er spielt und verliert, wie es scheint.« Er wies zum nebenstehenden Tisch hinüber, an dem vier Männer Karten spielten. Der Bäckergesell mit der weißbestäubten Kappe war noch jung; sein feines, bartloses Gesicht sah krank und verlebt aus; ein Vorderzahn fehlte ihm, was den hübschen Mund entstellte.

Mit beiden Händen hielt er die schmutzigen Karten; seine Blicke gingen ernst von einem Spieler zum anderen, und vor Aufregung biß er den Zigarrenstummel, den er im Munde hielt, daß er knirschte. Neben ihm saß ein junges Frauenzimmer in ein blaues Umschlagetuch gehüllt, einen Hut mit glänzenden neuen Atlasmaschen auf dem Kopf. Ihr spitzes, kupferiges Gesicht trug denselben gespannten, starren Ausdruck wie das des jungen Menschen; nur bei jeder ausgespielten Karte zuckte es nervös.

Zwei der anderen Spieler waren Arbeiter in blauen Kitteln; der vierte war ein dürres Männchen mit eingefallenen Wangen; die kleinen blauen Augen waren rot gerändert; eine schwarze Binde umschloß sein Gesicht, als habe er Zahnweh. Er sprach viel Lustiges, neckte seinen ernsten, jungen Partner, ließ Bier bringen und spielte, als gäbe er nicht acht. Diese Partie schien Aufsehen zu erregen – denn eine dichte Reihe von Zuschauern umstand den Tisch.

»Der kommt mit dem Freischupper nicht auf ...« hörte Lothar es flüstern. Das Männchen redete mit hoher, durchdringender Stimme immer zu.

»Freilich! Unsere Bäcker – das sind Teufelskerle, die zeigen's den da ... haha ... sucht Euch andere, wenn Ihr jemand schinden wollt! ... Du – ein Sechserl bekomme ich.«

Das Mädchen zog unter ihrem Tuch einen Tabaksbeutel hervor, entnahm ihm langsam ein Zehnkreuzerstück und legte es dem Bäckergesellen in die Hand.

Dieser drehte es einige Male hin und her; schob es dann hastig über den Tisch, wieder knirschend in seine Zigarre beißend.

»Das ist das Empörende«, philosophierte Rotter, »daß diese armen Leute, die sich die Woche über unmenschlich geplagt haben, kein anderes Vergnügen haben als dieses hier – sage – dieses! Diese Armseligkeit!«

»Armseligkeit ist nicht richtig«, erwiderte Lothar, »nein: sieh – wie sie die Karten in den Fingern biegen, wie sie sie auf den Tisch hauen; was sich in ihnen an Lebenslust und Leidenschaft aufgespeichert hat, muß alles in einer Nacht heraus. Schau den dort! Wie er tobt! Das ist seine Armseligkeit! ...«

An einem Tische abseits saß ein Mann im blauen Arbeitskittel vor seinem Liter Bier; er war bereits schwer trunken; sein Gesicht zeigte rote Flecken, die Nase war blau, die Augen klein und feucht. Schlaff stützte er sich mit den Armen auf die Tischplatte; der steife, halb eingetriebene Hut saß ihm im Nacken. Er lächelte und sprach beständig vor sich hin; bisweilen lachte er über seine eigenen Worte so herzlich, daß er beide Hände auf den Bauch legte, damit es diesen nicht zu stark erschüttere; doch die Lustigkeit ward übermächtig in ihm; mit der einen Hand schlug er auf den Tisch, mit der anderen trieb er sich den Hut ein und stieß einen schrillen Jodler aus.

»Freilich!« meinte Rotter und lachte, »daß sie aber nichts anderes haben.«

»Nein«, sagte Lothar, »weil diese Lebenslust in diese eine Nacht zusammengedrängt wird, darum wird das Vergnügen gewaltsam – tierisch, wenn du willst. Sie haben keine Zeit, Phrasen zu machen. Daß diese Kraft und Lust in ihnen wohnt, das bewundere ich, darum beneide ich sie. Übrigens sieh – unser Bekannter!«

Chawar trat in das Zimmer; neben ihm stand Tini, das Hausmeistermädl, mit sehr roten Wangen und übergroßen, blanken Augen; sie folgte dem Burschen mit schleppendem Gange und dem Wiegen in den Hüften, welches diese Mädchen annehmen, wenn sie müßig einhergehen dürfen. Chawar ließ sich an einem bereits dichtbesetzten Tische nieder, da die Anwesenden für ihn bereitwillig und wie ängstlich zusammenrückten. Langsam klopfte er mit einem Geldstück auf die Tischplatte, bestellte für sich und sein Mädel zu trinken und begann laut zu sprechen. Tini saß neben ihm, ernst den Kopf in beide Hände stützend, und musterte die Anwesenden. Als sie Lothar und Rotter bemerkte, stieß sie Chawar an und deutete mit dem Kopf hinüber – der Bursche lächelte und grüßte die Herren tief.

»Das ist richtig«, setzte Rotter das vorige Gespräch fort, da er sich bereitwillig für anderer Leute Gedanken begeisterte. »Diesem Lebensdrange muß ein geeignetes Feld angewiesen werden; das sage ich auch. Wieviel schöne Kraft wird hier vergeudet. Sie saufen hier und spielen eine Nacht: das ist das einzige, was die Gesellschaft ihnen bietet! Wenn man das bedenkt …« Rotter erhob seine Stimme, wurde tönender in seinen Perioden, denn er bemerkte, daß ein ältlicher Mann, der bisher der Kartenpartie zugesehen hatte, zugehört hatte. »Der Durst nach Vergnügen kann und soll auch nicht unterdrückt werden; er ist menschlich.«

Der Mann nebenan nahm seine Pfeife aus dem Munde, beugte sich zu Rotter vor und bemerkte: »Ja, lieber Herr, einmal in der Woche muß der Mensch sich was zu gut tun. Nicht? Nun und da kommt's auf einen Rausch, auf eine Rauferei – auf so was nicht an.« Er lächelte, spie aus und steckte seine Pfeife wieder befriedigt in den Mund.

»Das sag' ich ja«, erwiderte Rotter eifrig. »Aber, wenn ich sehe, wie es hier zugeht; findet der Arbeiter denn hier Erholung, hier – in diesem Loch?« setzte er leiser hinzu, damit die Dame an der Kasse es nicht höre.

»Ist nichts besseres da – so nimmt man vorlieb«, meinte der Arbeiter ruhig.

»Das ist's, lieber Freund, das ist's!« rief Rotter und war in seinem Element, denn jetzt hörten auch andere zu, selbst das Spiel stockte. Das Schlechteste ist für euch gut genug, für diejenigen, die sich am härtesten plagen. Die anderen, die Drohnen, die können es sich nicht gut genug sein lassen. Euch eine Erholung, ein Vergnügen zu schaffen, welches wirklich erholt und vergnügt, daran denkt die Gesellschaft nicht. Eine Nacht in einer Kneipe ist Lohn genug für eine Woche Arbeit. Nein, lieber Freund! Ihr dürft nicht sagen: Wenn nichts besseres zu haben ist, so nimmt man halt vorlieb! Es ist besseres zu haben – nur müßt Ihr es fordern ...« Rotter geriet in echte Rednerstimmung, machte mit den Armen weite Bewegungen, als er von dem dürren Männchen am Kartentisch unterbrochen ward, welches verdrießlich war, die Partie gestört zu sehen.

Es drängte sich vor: »Mit dem Fordern kommt auch nicht allemal was heraus. Die Bäcker fordern, wie der Herr sagt, schon eine Weile, fragen Sie, ob viel Vergnügen dabei herausgekommen ist. Fragen Sie hier den Masing.« Er wandte sich nach dem Bäckergesellen am Kartentisch um, dessen Stuhl war jedoch leer. »Wo ist der Masing?« rief er. »Und das Mädel ist auch fort.« Die Umstehenden kicherten.

»Der wird wohl auf dich warten«, hieß es.

»Ist das ein Linker! Er hat mir noch zu zahlen.« Dieser Vorfall nahm jetzt das Interesse in Anspruch.

Rotter mußte innehalten und sich enttäuscht niedersetzen. »Hol' sie der Teufel mit ihren Karten«, brummte er.

Eine neue laute Gesellschaft drang in das Zimmer ein. Unreinliche Gesellen, die lärmend und alle zugleich aufeinander einschrieen.

»Schau! Die Brüder! Sie kommen von der Beratung«, sagte der alte Arbeiter neben Rotter.

»Ja«, versetzte ein anderer, »nun ist's beschlossen; sie geben nicht nach, und wer arbeitet, der soll zusehen.«

Die Dame an der Kasse schaute mißmutig die Ankömmlinge an und unterhandelte leise mit ihrer Kellnerin.

Aller Blicke übrigens waren auf die neuen Gäste gerichtet, und diese fühlten das wohl, sie schrieen nach Stühlen, nach Bier, sie waren die Helden des Tages; bleiche, übermütige Helden, deren zerknitterte Kleider ein fahles Gemisch von Mehlstaub und Schmutz bedeckte. Sie bildeten mitten im Zimmer einen Kreis und tranken aus einem hohen Glase, welches drei Liter faßte.

»Dieses haben sie bezahlt«, berichtete die Kellnerin ihrer Herrin; »aber es hielt schwer. Sie haben alle ihre Säcke umgekehrt, bis sie das Geld zusammenhatten.«

»Geben Sie nichts her, wenn nicht vorher gezahlt ist«, beschloß die Dame.

Rotter hatte wieder einen Gegenstand der Begeisterung gefunden. »Da sind sie! Hörst du? Sie werden nicht nachgeben. Fräulein – Fräulein – hier ist Geld. Bringen Sie den Herren da drüben noch solch ein großes Glas. Sagen Sie, von einem Freunde. Die armen Jungen, mögen sie sich satt trinken.«

Die armen Jungen waren sehr heiter und führten eine lebhafte Unterhaltung. Obgleich alle Anwesenden zuhören konnten, so blieb es doch dunkel, wovon sie sprachen. Es schien, als erwarteten sie jemanden, dem es schlecht ergehen sollte – diesem jemand sollte gezeigt werden, was es heißt, sich auszuschließen. Einige Mädchen gesellten sich zu ihnen. Eins fiel durch die schöne, schlanke Gestalt und das bleiche, schmale Gesicht auf, das fast bis zur Nase von einer Wolke leichten, blonden Haares verdeckt ward, unter dem die Augen brennend und blau hervorglänzten. Sie hatte sich hinter einen der Bäckergesellen gestellt, einen schmächtigen, schwarzen Jungen, der wie ein Jude aussah, wickelte dessen krause Haare um ihre Finger und lächelte.

»Trink, Pepi!« meinte der Bursche und reichte ihr das Glas.

Sie ergriff es mit beiden Händen und führte es an die Lippen.

»Genug!« riefen die anderen. »Das Mäd'l hat einen Fall wie keiner. Genug!«

Pepi aber trank fort, ohne abzusetzen. Als einer ihr das Glas aus der Hand nahm, meinte sie ärgerlich: »Er vergönnt mir's nicht«, und begann wieder ruhig die Haare ihres Buben um die geschwollenen roten Finger zu wickeln.

Da trat Chawar in den Kreis, sein Glas in der Hand: »Servus, Kameraden.«

»Oho! Der rote Schabber«, sagte einer.

»Wenn Kameraden in Not sind«, fuhr Chawar fort, »so drückt der Chawar sich nicht abseits, hier trink!« und er bot sein Glas dem ihm zunächst Sitzenden hin; dabei schlang er seinen Arm um Pepi und kniff sie gelinde in die Seite, was das Mädchen mit einem sanften Lächeln quittierte.

»Du kannst halt trinken«, meine Chawar liebenswürdig.

»Wenn's was gibt«, erwiderte Pepi.

»Warum soll's nichts geben? Hier!« und er hielt ihr sein Glas hin. »Kameraden, rückt zusammen, wir wollen auch ein Platzerl. Fräulein – ein Bier.« Dieser Ruf bewirkte, daß dem Böhmen ein Platz eingeräumt wurde. Breitbeinig setzte er sich nieder, zog Pepi zu sich auf seine Knie und fühlte sich sofort als Hauptperson. »Haha – Kameraden, Ihr habt's ihnen gezeigt, das ist recht, sie sollen ihr Brot selber kneten!«

Tini war am anderen Tische sitzen geblieben, den Kopf mit der schweren Last der schwarzen Haare in beide Hände gestützt. Kein Zucken ihres Gesichts verriet, was in ihr vorging; ernst, fast schläfrig sah sie drein, nur die Augen, die unverwandt Pepi anschauten, schienen größer und schwärzer zu werden.

Im ganzen Lokal herrschte eine gewisse Spannung. Alles lauschte auf das Gespräch der Bäcker, und alle erwarteten etwas, erwarteten jemand, dem es übel ergehen sollte. Die Dame an der Kasse flüsterte mit der Kellnerin etwas von Sicherheitswache.

An der Außentüre erhob sich ein Getöse. Die Bäckergesellen horchten auf und lachten. Chawar schrie: »Laßt sie hereinkommen. Wer arbeitet, wenn die anderen hungern, muß Bier bezahlen. Das ist Gerechtigkeit!« Er schwankte zur Türe; andere folgten ihm; von außen ward die Türe aufgestoßen, rücklings drängten Leute in das Zimmer, sie schienen etwas zu ziehen. Das Gedränge an der Türe wurde groß; alles schrie durcheinander. Die Dame an der Kasse stand aufrecht hinter ihrem Tisch und rief nach dem Feuerburschen, nach der Polizei.

Rotter, dem der Lärm und der Tumult zu Kopf stieg, stürzte sich auch unter die Menge. Da stand er und redete: »Brüder! Seid einig. Nicht hier ist der Feind. Spart die schönen Kräfte eurer Entrüstung!«

Lothar, er wußte nicht wie, stand plötzlich mitten in dem Gedränge. Er verstand nicht, was vorging. Dort an der Türe schlug man sich. Er sah Chawar mit dem Arm ausholen; aber er ward zurückgestoßen, »was willst du? Was geht's dich an?« – und dann tauchte aus dem dichten Menschenknäuel eine Gestalt auf, halb nackt, nur mit leinenen Beinkleidern bekleidet; über die Köpfe der anderen emporgehoben, erschien dieser dürre, nackte Körper mit den spitzen Schulter- und Rückenknochen wunderlich fremd und bleich unter den blauen Kitteln und schäbigen Röcken; das blasse, junge Gesicht verzerrte sich, es weinte; nun verschwand es in der Menge – dort tauchte es wieder auf – blaß und verzerrt.

»Das geht nicht, sie schlagen ihn tot«, sprach Lothar vor sich hin.

»Er ist einer von den Buben, die weiter arbeiten, den haben sie sich von nebenan herübergeholt«, erklärte der alte Arbeiter von vorhin.

Hinter Lothar lachte jemand, ein kreischendes, krampfhaftes Lachen. Tini war es. Sie stand auf einem Stuhle, die Hände in die Seite gestemmt, und beugte sich aufmerksam über das Gewühl unter ihr – mit weit offenen, spähenden Augen. Das Haar hatte sich gelöst und fiel in schweren, schwarzen Strähnen ihr bis über den Gürtel; ihr ganzer üppiger Leib zitterte und wand sich unter dem dünnen blauen Kleid, mit den Füßen stampfte sie vor Erregung und beugte sich vor, wie bereit zum Sprunge – dort hinein – um mitzutun.

»Jesus Marie! Der arme Bub'! Den schlagen's tot!«

Lothar überlief es heiß bei diesem Anblick, seine Hände ballten sich, die Leidenschaft des Mädchens steckte ihn an.

»Jesus Marie! Der arme Bub'! Den schlagen's tot!« klagte eine andere Stimme neben Lothar. Da stand Pepi mit ihrem geduldigen, bleichen Gesichtchen, die Hände über den Bauch gefaltet, und seufzte.

Bei diesem Ausruf wandte sich Tini um. Es zuckte über ihr Gesicht. Sie schloß den Mund, und ihre Lippen wurden bleich. Heftig schüttelte sie sich die schwarze Mähne aus der Stirrn, und sich hastig niederbeugend, griff sie mit beiden Händen dem neben ihr stehenden Mädchen in die Haare – dieses kreischte auf; Tini verlor das Übergewicht, und nun rollten die beiden Frauenzimmer auf dem Boden über einander hin, von Tinis Haar wie mit einem blanken, dunklen Schleier umhüllt.

»Mädchen, was tut ihr!« rief Lothar.

Sie aber ließen einander nicht los, und Tini wiederholte immer wieder mit einem eigenen, wütigen Kehlton: »Schlangen – Schlangen – wirst du noch beim Louis sitzen, sag?« …

Wie in einem Tollhause tobte alles um Lothar her in dem gelben Tabaksnebel; selbst Rotter, dort oben auf einem Tisch, war verändert, wie er erhitzt, den Hut im Nacken, immer wieder schreiend zur Einigkeit, zu einigem Angriff auf den gemeinsamen Feind ermahnte.

Lothar selbst war vom Schwindel erfaßt, er mußte etwas tun – etwas Gewaltsames; alle seine Glieder bebten. Gedankenlos stürmte er auf den Haufen vor ihm ein: »Laßt den Buben frei. Seid ihr Tiere?« rief er.

»Was will der?« erwiderte ein stämmiger Geselle und holte mit dem Arm aus, um Lothar zurückzustoßen.

Dieser jedoch ergriff ihn: »Ihr sollt den nackten Buben dort nicht quälen, hört ihr – hört ihr!« wiederholte er und warf den Gesellen mit voller Wucht zu Boden. Dann atmete er auf; das tat wohl!

Plötzlich ward es in dem Gedränge an der Türe stiller. Die Menge bewegte sich zurück, in das Zimmer hinein. Jemand klopfte Lothar auf die Schulter. Rotter war es. »Komm«, sagte er leise, »sie ist schon da.«

»Wer?«

»Die Polizei! Hier haben wir nichts mehr zu tun. O die Halunken, die Halunken!«

Lothar ließ sich mit fortziehen, der Türe am entgegengesetzten Ende zu. Als er noch einmal zurückschaute, sah er die Dame an der Kasse aufrecht hinter ihrem Mahagonigeländer stehen, und das müde, schlaffe Gesicht lächelte triumphierend und säuerlich.

Hinausgelangt, gingen sie mit eiligen Schritten der Stadt zu. Rotter sprach immerfort, heftig mit den Armen in der Luft hin- und herfahrend. Alle Reden, welche die Aufregung in ihm erzeugt hatten, mußten heraus. »Mit Tieren können wir keinen Staat gründen … und was seid ihr besser als Tiere? Es lauert ein jeder nur darauf, wie er den Bruder zerreißen kann. Sprecht ihr nicht von Brüderlichkeit? Bei den Wölfen will ich eher Brüderlichkeit finden als bei euch!« Oh, er schonte sie nicht. Kühn und unerbittlich trat er ihnen entgegen.

Auch Lothar fühlte das Bedürfnis zu sprechen. So gingen sie laut redend nebeneinander her, ohne daß der eine auf den anderen hörte.

Am Ferdinandtor, als der Burgplatz hell vom Monde beschienen vor ihnen lag, schwiegen sie beide plötzlich. Lothar fröstelte … Hier war es still, leer und kühl. Die Kieswege, die kleinen Kastanien, die lang sich hinziehende Fensterreihe der Burg – alles weiß von Mondglanz; nur die beiden Reiter inmitten des Platzes standen sich wie riesenhafte, tintenschwarze Schatten gegenüber.

Rotter lachte – und setzte dann schwermütig hinzu: »Ach – ach – dieser Ekel!« »Und doch wieder«, meinte Lothar, »manches Schöne.« Er dachte an die Gestalt des wütenden Mädchens drüben.

Als sie vom Graben in den Stephansplatz einbogen, sahen sie vor dem Dom zwei hagere Gestalten stehen. Sie erkannten Klumpf und Feitinger, die dort in die Betrachtung des Domes versunken waren. Klumpf sprach lebhaft und wies zum Turm empor, der sich aus der schattigen, dunkeln Masse des unteren Baues sehr hoch in das Mondlicht emporreckte.

»Nein!« sagte Klumpf, »so etwas wird man sich künftig nicht mehr erdenken. Wenn die Menschheit das große Problem gelöst haben wird, dann werden wir so nicht bauen. Der Zukunftsbau wird sich mehr an der Erde hinbreiten, klar, sicher, fröhlich. Dieses hier spricht zu sehr das Ringen und Sehnen nach Unverstandenem und daher Überschwenglichem aus. Sehen Sie, Doktor – diese düsteren Massen, wie es sich übereinanderschiebt und schwer aufeinander lastet – traurig und gespenstisch … Und hier der Turm, wie ein Märchen steigt er plötzlich aus all der Drangsal auf; er kann nicht hoch genug steigen, nicht leicht, nicht überirdisch genug; er hat mit dem da unten nichts mehr gemein. Da haben Sie das Bild der unversöhnten Gegensätze! Hier schwer, peinvoll – dort überirdisch – mystisch. Das Ideal wohnt nicht im irdischen Körper – es steigt selbständig über das Irdische empor … Aber lieben werden wir auch in Zukunft diese schönen Denkmäler einer Zeit, in der dic Menschheit noch suchte, was wir dann schon halten werden – so wie wir unsere Kindheit lieben; nicht wahr? In der Kindheit werden wir ja auch von einer dunkeln, unverstandenen Welt umgeben, die uns schreckt, durch die wir angstvoll unseren Weg suchen; und denken wir an das

Schöne, auf das wir hoffen, dann ist es ein Märchen, ganz licht, ganz überirdisch – wie dieser Turm.«

»Sehr schön, sehr wahr!« bemerkte Feitinger. »Solange wir nicht wissen, wird uns alles zur Legende!«

Dieser Zwischenruf schreckte Klumpf aus seinem Traume auf. Er bemerkte Lothar und Rotter und streckte ihnen die Hände entgegen.

»Ah, da seid ihr! Wir haben einen schönen Abend erlebt. Einige Arbeiter habe ich kennengelernt, die nach meinem Herzen sind. So hoffnungsvoll wie heute habe ich mich lange nicht gefühlt. Kommt in das Café – ich erzähle euch davon!«

8

Der Sonntagmorgen war so heiß und hell über Wien aufgestiegen, daß man die Augen nicht aufhalten konnte, ohne geblendet zu sein, und den Mund nicht auftun durfte, wollte man die Kehle nicht voller Staub haben. Der Hof des Hauses Nr. 2 in der Margaretenstraße lag so voller Glut, daß die Passanten vor der Hauptstraße in die Margaretenstraße unter dem Torweg zögerten, ehe sie sich in den heißen Raum hineinwagten. Dennoch gingen die Hausbewohner fleißig ab und zu. Auf allen Stiegen war Leben. Die Köchinnen kamen vom Gemüsemarkt heim, die Arme in die Schürzen gewickelt. Sonntäglich geschmückte Ladendiener stürmten die Treppe hinab und gingen pfeifend ihren Sonntagsvergnügungen nach. Im Café wurde vom frühen Morgen an hinter den niedergelassenen gelben Strohvorhängen Billard gespielt.

Auch auf der dritten Stiege war es lebhaft. Mit klingenden Goldsächelchen behangen, rauschte Fräulein Würbl hinab, um die Messe in der Universitätskirche zu besuchen, während Frau Pinne, von der Messe in der Paulanerkirche kommend, mühsam die Stiege hinankeuchte. Hinter den gelben Türen rumorte es – Tellergeklapper, Stimmengewirr. Zuweilen flog eine Türe auf, und ein Kleidungsstück ward lärmend in den Vorraum hinausgestäubt. Dabei zog ein warmer Bouillon- und Zwiebelduft die Stiege entlang.

Im vierten Stock, beim Telegraphenbeamten Gerstengresser, herrschte große Unruhe. Herr Gerstengresser hatte heute keinen Dienst, und wenn er keinen Dienst hatte, dann machte er mit seiner Familie eine Landpartie. Er verstand es überhaupt nicht, wie man eine freie Zeit anders verwenden konnte. Auch die Mädchen waren frei; Ella brauchte nicht in die Post, Elsa nicht in das Café, wo sie Kassiererin war, zu gehen. Es sollte früher gegessen werden, daher stand Frau Gerstengresser seit 8 Uhr morgens in der Küche. Herr Gerstengresser – einen alten Leinewandrock über dem zerknitterten Hemde, Morgenschuhe an den Füßen – ging vom einen zum andern und wurde überall fortgeschickt. »Franziska!« ermahnte er in der Küche: »Du sollst dich tummeln. Schauen wir, das wir fortkommen.«

Franziska war an solchen Landpartiemorgen meist unfreundlich und ausfahrend. »Wo brennt's denn, daß's solche Eile hat?« meinte sie, »und wenn das Fleisch nachher hart ist, wer wird raunzen?«

Herr Gerstengresser schlich leise fort zum Zimmer seiner Töchter. »Mädl, tummelt euch. Die Mutter ist mit dem Essen gleich fertig.«

Aber auch die Mädchen schickten ihn fort. »Vater, komm nicht! Jetzt kannst du nicht herein!« Elsa schnürte gerade Ella, die ein wenig stark war; und Elsa mußte mit all ihrer Kraft ziehen.

»Den Poldl will ich wecken«, beschloß Herr Gerstengresser. »Meiner Seel', der liegt noch im Bett!«

Leopold Gerstengresser lag allerdings noch im Bett, kehrte das Gesicht der Wand zu und regte sich nicht; das ärgerte seinen Vater.

»Was ist das? Wo bist' denn gestern gewesen? Hat man so was gesehen! Schlaf' nur; wir gehen fort.«

»Geht!« scholl es aus dem Bett zurück.

»Ja, bist du denn krank?«

»Freilich; ich habe Kopfweh.«

»Das will ich glauben, wenn einer die ganze Nacht herumvagabundiert. Eine Schand' ist dies Leben und ich will's nicht haben. Steh' nur auf, dann wird's schon mit dem Kopfweh besser. Ist das ein liederlicher Bub'! Glaubst, wir werden mit dem Essen warten?«

»Eßt nur«, meinte Leopold verdrießlich.

Herr Gerstengresser zuckte die Achseln. Was war das mit dem Buben? In letzter Zeit war er wie umgewandelt. War er krank? Man sah ihn viel mit dem Mädl vom dritten Stock. Ja, aber dabei war ja doch nichts Besonderes. Ob er mit Herrn Punzendorf, dem Chef der Seidenwarenhandlung, in der Leopold Kommis war, darüber sprechen sollte? Aber der weiß von seinen jungen Leuten gerade so viel, als er sie hinter dem Ladentisch sieht. Herr Gerstengresser seufzte. Der Poldl war solch ein hübscher, fescher Junge, er hätte ihn gern glücklich, glücklicher, als er selbst im Leben gewesen war, gesehen!

Frau Gerstengresser steckte ihr erhitztes Gesicht zur Türe herein. »Steh' auf, Poldl«, rief sie, »heute gibt's Apfelstrudel. Du Alter, du könntest wohl anfangen, dich anzukleiden; wann kommen wir sonst fort?«

Ja, darin hatte die Frau recht. Herr Gerstengresser begab sich in sein Zimmer, setzte sich vor den Spiegel und begann seine eingefallenen Wangen zu rasieren. »Ella«, rief er, »gib mir heute deine Pomade.« Er wollte sich den struppigen grauen Schnurrbart, der ihm zu sehr in die Zähne wuchs, zurückstreichen.

Die Mädchen waren fertig und standen im ersten Zimmer um den gedeckten Tisch und warteten, daß die Mutter das Essen bringe. Sie selbst konnten nichts angreifen, ihrer schönen Kleider wegen. Ella hatte sich mit unsäglicher Mühe in eine knappe rote Taille hineingezwängt und war dennoch nicht zufrieden; sie fand sich nicht schlank genug.

Elsa, die Kassiererin, war zu sehr erhitzt, sie hatte sich zu sehr beim Schnüren ihrer Schwester angestrengt. Sie selbst kannte Ellas Sorge nicht, denn ihre feine, schlanke Gestalt schlüpfte mühelos in das engste Mieder und das knappste Leibchen. Ihr Kopf erschien durch das sich wirrlockende Haar fast zu groß für den zierlichen Körper. Das Gesicht mit den weitoffenen, runden Augen trug den geduldigen und müden Ausdruck der geplagten Kassiererinnen, und doch konnte es wieder plötzlich, wenn es lachte, lustig und kindlich aussehen.

»Ob der Poldl nicht mitkommt?« fragte Elsa. Sie ging an die Türe ihres Bruders, guckte in das Zimmer: »Poldl, das Essen ist fertig.« Keine Antwort. »Poldl, schau, komm mit. Es ist lustiger, wenn du mit bist.« Im Bett blieb es still. Elsa entfernte sich wieder. Was war mit dem Poldl geschehen? Sie liebte diesen Bruder über alles und sorgte sich um ihn. War die Mietzi im dritten Stock an allem schuld? Das dumme Mädl. Was wollte sie denn? Der Poldl war der hübscheste Junge im ganzen neunten Bezirk; warum quälte sie ihn noch? Hatte er Geld nötig? Ach! Heute konnte Elsa ihm keines geben, beim besten Willen nicht. Leopold hatte ihr so eine Geschichte erzählt, er erzählte ihr alles; vorigen Sonntag hatte ein vornehmer Herr im Theater an der Wien der Mietzi den Vorschlag gemacht, sie zum Sacher zu führen. Die Mietzi hatte es nicht angenommen, aber sie hatte es dem Leopold immer wieder vorgehalten. Wo sollte der arme Bub das Geld hernehmen, um sie zum Sacher zu führen? Da war nicht zu helfen! Am besten wär's, er käme mit dem hochnasigen Mädl ganz auseinander.

Die Mutter trug die Suppe auf. »Eßt nur«, sagte sie, »ich muß mich frisieren.« Herr Gerstengresser erschien im langen schwarzen Sonntagsrock und frisch rasiert. »Also der Poldl kommt wirklich nicht«, versetzte er streng. »Mit dem Buben ist's nicht richtig. Da werd' ich Ordnung schaffen müssen.«

»Aber wenn er krank ist«, wandte Elsa ein, die stets bereit war, Leopold zu verteidigen.

»Ach!« erwiderte Herr Gerstengresser ärgerlich. »Die Krankheit, die man sich im Bierhause holt, das kennt man!«

»Kann er denn nicht ohnedem auch Kopfweh haben?«

»Ach geh'!«

Ella beteiligte sich nicht an diesem Streit. Steif und gerade saß sie auf ihrem Stuhl und aß ihre Suppe, vorsichtig mit der Linken die üppigen Maschen an der Brust niederdrückend, damit kein Tropfen sie beflecke. Sie kannte das, an solchen Landpartietagen lag eine gewisse Gereiztheit in der Luft; und man plagte sich doch nicht die Woche über, um sich am Sonntag zu streiten. Sie hatte es durchgesetzt, daß nach Weidling statt nach Vößlau, wie die Mutter es wollte, gefahren wurde, denn ihr Postschreiber wollte auch in Weidling sein. Alles übrige ließ sie kalt, und sie schob ein Unckerl nach dem anderen in den Mund – gleichmütig, wie sie die Briefe in den Schalter warf.

»Mutter, komm essen«, rief Herr Gerstengresser.

»So wie ich in der Küche stehe, kann ich nicht unter die Leute gehen«, scholl es ingrimmig aus dem Nebenzimmer zurück.

Ella machte sich schon an den Apfelstrudel.

»Warum ißt du denn deinen Strudel nicht?« fragte der Vater Elsa.

»Weil ich nicht mag«, war die kurze Antwort.

»Bist du vielleicht auch krank?«

»Ja, vom Bierhause.« Dabei erhob sie sich, ergriff ihren Teller, auf dem ein Stück Strudel lag, und trug ihn zu Leopold hinein. Vielleicht aß er das, wenn er aufstand.

Endlich konnte man aufbrechen. Schief auf einem Stuhle sitzend verzehrte die Mutter ihren Teil des Mittagmahles, während die Töchter sich vor dem Spiegel die Hüte aufsetzten.

»Vorwärts, vorwärts!« trieb Herr Gerstengresser an.

Die arme Mutter mußte zwischen dem Aufsetzen ihres Hutes und dem Umstecken ihres Tuches ihr Stück Apfelstrudel hinabwürgen.

»So nimm es doch mit«, rief ihr Gatte in höchster Ungeduld. – Nun waren sie auf der Stiege, alle ernst und ein jeder gegen den anderen gereizt.

Leopold hörte das Rascheln und Schelten des Aufbruches; dann ward die Türe geschlossen, es klappte die Stiege hinab – jetzt war es still. Die Sonne schien blendend hell in das Gemach, die Fliegen summten unerträglich laut an den Fensterscheiben ... Leopold vergrub sein Gesicht in das Kissen. Er mochte dieses Licht nicht sehen. Dieser Tag war ihm zuwider, er konnte sich nicht dazu entschließen, ihn zu beginnen. Und wenn er so dalag und an nichts dachte, ließ ihn ein Gedanke, der ihm doch jählings durch den Kopf schoß, wieder auffahren. Er schaute um sich. Etwas mußte ja doch geschehen. Dort, neben der Türe, am Nagel, hing der schöne braune Sommerüberzieher, den er sonst so liebte. Heute konnte er ihn nicht ansehen. Gedrückt sank er wieder in sein heißes, zerwühltes Bett zurück.

Das war gewiß, solche Qualen, wie er sie die beiden letztvergangenen Sonntage ausgestanden, wollte er nicht mehr ertragen. Gott, ist es ein Fluch, arm zu sein! Warum mußte auch dieses unglückliche Mädl auf den Gedanken geraten, sich als Statistin verwenden zu lassen? Er hatte sie zu häufig in das Theater geführt, und die bunten Röcke hatten ihr den Kopf verdreht. Wie friedlich und hübsch war es, wenn sie beisammen im vierten Stock des Theaters saßen, eng aneinandergedrängt, verloren in der Menschenmenge! Und dann später, wenn sie Arm in Arm in ein verstecktes Vorstadtgärtchen wanderten, etwas kalte Küche, ein Stück Torte, einige Glas Wein genügten, um sie glücklich zu machen. Und nun! Wenn die Mietzi in irgendeinem abenteuerlichen Anzuge auf der Bühne stand und engelschön aussah, dann dachte sie gewiß nicht an ihren Poldl; sie warf blanke Blicke in die Logen zu den alten Herren und Offizieren hinüber, die sie mit ihren Operngläsern anstarrten. Und wenn er sie nach Schluß der Vorstellung im Dreihufeisen-Gäßchen erwartete, dann trat solch ein Offizier an sie heran und flüsterte ihr etwas zu. Die Mietzi tat sehr empört, aber dennoch war sie verändert. Sie quälte ihn mit den Erzählungen ihrer Triumphe. Gestern hatte ein Graf sie zum Sacher führen wollen; heute hatte ein Baron ihr einen Schmuck versprochen. Das Biergärtchen war ihr zu klein. An jenem Schaufenster hatte sie eine hübsche Pelerine gesehen. So ging es fort. Und er, der arme Junge, hatte in letzter Zeit gerade gar kein Geld; Mietzi merkte das und war gereizt darüber. Nein, sie entschwand ihm, das merkte er. Hatte er früher schon das Mädchen geliebt, jetzt mit den Theaterkostümen und Erfolgen machte es ihn toll. O hätte er Geld! Das dumme Geld! Alte Bankiers mit krummen Nasen und dicken Bäuchen, die hatten Geld wie Heu, und er, der fesche Poldl, der das Leben so hübsch zu genießen verstand, mußte mit leeren Taschen einhergehen. Das war eine schreiende Unbilligkeit des Schicksales.

Stöhnend wandt er sich auf die andere Seite – und nun plötzlich durchlebte er im Geiste wieder jenen furchtbaren Augenblick im Geschäft. Eine dicke Dame, auf den abstehenden blonden Locken ein rotes Seidenhütchen, geschmückt mit einem Strauß kleiner goldener Beeren, stand vor dem Ladentisch –; er sah sie wieder so deutlich, als stände sie vor seinem Bett. »Ich bitte mir seidene Shawls zu zeigen – von den ganz großen.« Leopold schleppte die teuern Lyonner Shawls herbei, eine Schachtel nach der anderen. Die Dame konnte sich nicht entscheiden, und diese Unschlüssigkeit brachte den Kommis zur Verzweiflung. Er war heute ohnehin krank vor Mißmut, denn Mietzi hatte ihm mitgeteilt, daß sie am Abend auftreten würde, und er hatte keinen Kreuzer, um in das Theater zu gehen. Der Laden unter den Tuchlauben war so finster, daß das Gas angesteckt werden mußte. Die Dame wühlte noch immer in der Seide, und Leopold nannte die Preise: »18 Gulden, dieser kommt auf 25, ein sehr schönes Stück – dieser kommt auf 30 zu stehen.« Die Dame wollte nächstens wiederkommen. – »Sehr wohl, küß die Hand, gnädige Frau.« Alle Mühe war umsonst gewesen.

Ärgerlich begann Leopold die Shawls zusammenzulegen und fortzupacken; und, was ihm bisher noch nie begegnet war, die Preise klangen ihm dabei immer wieder und wieder in den Ohren: 30 – 25 – das gibt 55 –; welch ein Sonntag! Das Fräulein an der Kasse wechselte einem Herrn Geld. Die beiden anderen Kommis bedienten einige Damen am anderen Ladentisch. Wie es gekommen, wußte Leopold jetzt selbst nicht mehr so recht – aber zwei Shawls saßen unter seinem Rock. Ja – und jetzt steckten sie in seinem Überzieher, dort an der Türe. Wie fremd und wunderlich das war! Er ein … Nein! Es war vielleicht nur ein Traum gewesen, und der Überzieher war leer. Und wenn nicht … noch war ja nichts geschehen. Er konnte morgen die Sachen wieder an ihren Ort stellen. Der Sonntag war dann allerdings verloren. Gleichviel, vor allem wollte er aufstehen! Es würde sich finden. Jetzt brauchte er an diese Dinge noch nicht zu denken. – Bleich und müde erhob er sich. Sorgsam wie immer kämmte er sich die Lockenhäkchen über die Ohren, drehte das Schnurrbärtchen hinauf, band sich die Krawatte um. Das ein wenig überwachte Aussehen stand ihm gut, wie er meinte. Mietzi konnte unmöglich diesen hübschen Jungen mit den großen blauen Augen, eines alten jüdischen Bankiers wegen, verlassen! Nun war er bereit. Er griff nach dem Überzieher; die Seitentaschen waren arg angeschwollen, drum legte er ihn nur so über den Arm und ging hinaus.

Langsam dahinschlendernd ging er der Stadt zu. Das war wieder diese heiße, glitzernde Sonntagsluft, die ihm stets so wohltat. Die Sonne brannte auf den schwarzen Sonntagsrock nieder, der blanke Staatshut drückte die Stirn ..., ringsum eilige, erhitzte Menschen ..., und nichts, nichts zu tun, als vergnügt zu sein. – In dieser Festluft, durch diese Vergnügungshast ohne Geld in der Tasche einhergehen müssen, das ist die Hölle auf Erden! Auf dem Stephansplatz da blieb er stehen und dachte nach: Sollte er zum hohen Markt hinaufbiegen? Nein – nein! Er wollte den Quai entlanggehen; er mußte auch etwas genießen, bevor er einen Entschluß faßte. Erleichtert schritt er weiter. Das Schreckliche war wenigstens um ein Geringes hinausgeschoben. In den Alleen an der Donau musterte er die sonntäglichen Dienstmägde; lehnte sich an einen Baum und rauchte eine Zigarette, dann ging er in das Gartencafé des Hôtel Metropole. Wie hübsch es hier war! Auf dem Donauufer lagen halbnackte Buben und rauchten Zigarrenstummel; Arbeiter saßen dort, die Hände um die Knie geschlungen, und schauten schläfrig den Fluß hinab. Aus dem Grün der Büsche leuchtete der rote Rock einer Iglauerin, die blaue Hose eines Soldaten hervor. Unten auf dem Wasser lag das kleine Dampfschiff, dessen Abfahrtsglocke eifrig in das gleichmäßige Summen hineinläutete, welches sich die Ufer entlangzog. Und über all das bunte Treiben legten die Bäume ihren Schatten; unten aber, im vollen Sonnenglanze, lag die Donau, ein breites blendendes Lichtband.

Es mußte guttun, hier zu sitzen, wenn man ein leichtes Herz hat. Nächstens, wenn alles Unangenehme vorüber sein würde, beschloß Leopold hier seinen Sonntag zu beginnen. Heute zwar war es etwas anderes, heute hatte er noch schwere Arbeit vor. Daß er Geld haben mußte, stand fest. Es wird sich wiedergutmachen lassen; er wird irgendwie Geld verdienen. »Kellner zahlen!« Vorsichtig legte er den Überzieher über den Arm und eilte fort.

Der hohe Markt lag öde und gelb von Sonnenschein vor ihm. Einige Weiber, die Obst verkauften, drängten sich unter dem Torwege des Rathauses zusammen; zwei Buben spielten am Brunnen. Leopold zögerte. Er scheute sich, über diesen großen, hellen Platz hinüberzugehen. Ihm gegenüber öffnete sich das schwarze Loch der Judengasse. Dort rührte und regte es sich im tiefen Schatten. Ein breitschultriger Mann trat auf den Platz hinaus, den eingedrückten Hut tief auf das erhitzte Gesicht herabgezogen. Er trug einen roten Bart und einen langen grüngrauen Rock. Mit der Hand schirmte er die Augen und sah zu Leopold hinüber, als erwartete er ihn.

»Ich kann's nicht tun!« sagte sich Leopold, und doch, in demselben Augenblick begann er schon zu gehen, gerade auf den Mann dort an der Ecke zu.

»Haben Sie was?« fragte dieser.

»Ja.«

»Zeigen Sie her.« Der Mann ging voran die Judengasse entlang, bog rechts in einem Hof ein und blieb stehen: »Zeigen Sie.«

Leopold holte seine Shawls hervor und reichte dem Mann das Paket ungeöffnet. Dieser untersuchte die Ware genau – eine Ewigkeit, wie es Leopold schien. Nicht weit von ihnen saß eine unreinliche Frau auf den Steinstufen einer Treppe und säugte ihr Kind; auf der anderen Seite hockten zwei schwarzhaarige Buben auf dem Boden und ließen ein Papierschiffchen die Gosse hinabschwimmen. Gott, wie traurig, wie häßlich war das alles! Würde er je wieder hinauskommen in die reinliche Welt?

»Was verlangen Sie?« fragte der Mann und schaute Leopold mit seinen blanken, sirupbraunen Augen forschend an.

»Vierzig –« versetzte Leopold leise.

Der Mann lachte. »Vierzig! Zehn – fünfzehn geb' ich.«

»Gehen Sie!« rief Leopold; er hätte den Juden schlagen mögen. »Glauben Sie vielleicht, ich hab's gestohlen? Ich brauche Geld, darum verkauf' ich's.«

»Schon gut«, meinte der andere, »warten Sie hier, hier können Sie ruhig warten.«

Leopold blieb allein. Ein dumpfes, stumpfes Gefühl der Verzweiflung bemächtigte sich seiner. Was kam es jetzt darauf an, er saß ja doch bis zum Halse im Schlamm. Das Schiffchen in der Gosse wollte nicht weiterschwimmen, es scheiterte an einer Zwiebel, die dort faulte. Der Säugling begann leise zu wimmern; ein Sonnenstrahl drang durch irgendeinen Spalt in die Dämmerung des Hofes und hing einen lustigen Goldflitter an die rötliche Perücke der Jüdin. Wie fern lag das sonnige, geputzte Wien, wie unendlich fern die helle Gestalt der Mietzi! Wüßte sie, wo ihr Poldl jetzt stand; was er um sie litt!

Der Mann kehrte, von einem zweiten begleitet, zurück, einem kohlschwarzen Juden, der etwas besseres zu sein schien, denn er trug ein Jackett und eine goldene Krawattennadel. »Sie haben seidene Tücher«, schnurrte er, »zeigen Sie her. Der Preis?«

»Ich hab' ihn schon genannt«, erwiderte Leopold mürrisch.

Der Jude zuckte die Achseln. »Vierzig Gulden – lächerlich! Das werden Sie nie bekommen, junger Mann. Hier sind fünfundzwanzig Gulden. Dieses Mal will ich's zahlen, damit Sie wiederkommen, wenn Sie etwas haben. Hier nehmen Sie nur das Geld, es ist gut gezahlt.«

Leopold nahm es; und als er die schmutzigen Scheine in der Hand hielt, überlief es ihn heiß vor Freude. Jetzt war es vorüber! Jetzt war er frei! Er griff an seinen Hut und rannte davon.

Sobald er die Judengasse hinter sich hatte, mäßigte er seine Schritte und atmete tief auf. Er gehörte wieder zum feinen, reinlichen Wien, hatte keine Gemeinschaft mehr mit der finsteren Judenhöhle; nein! Das wollte er vergessen; und nun zur Mietzi.

*

Mietzi war allein zu Hause geblieben. Das hatte manchen Kampf und manches bittere Wort gekostet. Mietzi aber hatte bestimmt und unfreundlich erklärt: »Macht, was ihr wollt, ich gehe nicht mit.«

Jeden Sonntag gab es beim Diurnisten Hempel unangenehme Auftritte. Der Vater und die Töchter hatten ein jeder etwas vor, wollten sich still fortschleichen; die arme Frau Hempel aber, die die Woche über unermüdlich arbeitete, den Haushalt besorgte, Kleider nähte und unablässig über die Vergnügungssucht und Verschwendung ihres Gatten und ihrer Töchter schalt, wollte am Sonntage auch ihren Teil an den Vergnügungen und Ausgaben haben. Sie drang auf eine Landpartie, konnte das jedoch nur schwer durchsetzen. Kati war heute schon vor dem Mittagessen verschwunden. Toni weigerte sich, an der Landpartie teilzunehmen. Sie hatte es einer Freundin versprochen, in den Prater zu gehen. »An diese Freundinnen glaubt kein Mensch«, höhnte die Mutter. Dennoch setzte Toni den teuren blauen Hut auf, der ihrer Mutter ohnehin ein Ärgernis war, und zog ab. Mietzi gar wollte zu Hause bleiben, ohne Grund; sie hatte keine Lust auszugehen. »Warum? Ja, wenn ich einmal was will, dann hat keiner Lust«, grollte Frau Hempel. Die anderen wußten es wohl, warum Mietzi zu Hause blieb, der Mutter aber wurde das neue Künstlertum ihrer Tochter sorgfältig verheimlicht, sie hätte sich entschieden dagegen aufgelehnt.

»Du hast wohl auch nicht Lust?« wandte sich Frau Hempel drohend an ihren Gatten.

»Doch – Pepi – warum nicht«, erwiderte dieser verlegen, »eine Landpartie, na weißt, vielleicht ist's heute doch zu heiß dazu.«

»Zu heiß! Gestern, vorgestern – da war's dir nicht zu heiß. Wo warst du da? Aber wenn ich mal hinaus will, dann ist's gleich zu heiß.«

»Ich sag' ja nichts – Pepi. So schrei doch nicht gleich.« Herr Hempel sah wohl, heute war an kein Entrinnen zu denken.

So zogen sie denn ab; Herr Hempel einsilbig und niedergeschlagen, seine Gattin erhitzt und zornig.

Mietzi, nur mit einem roten Unterrock und einer weißen Nachtjacke bekleidet, streckte sich in dem großen Lehnsessel des Vaters aus, legte die Füße, die in roten Strümpfen steckten auf einen anderen Stuhl und erwartete den Abend. Wenn sie am Abend auftreten sollte, so lag es ihr den ganzen Tag über wie Fieber im Blut; sie konnte nichts beginnen, sondern mußte stillehalten und an den hellerleuchteten Theatersaal denken, an die vielen Menschen, jenes Meer runder, fleischfarbener Punkte bis an die Decke hinauf, an den heißen, schwülen Duft, halb Gas – halb Parfüm – halb Schminke, an das Knistern ihres Atlas-Anzuges, an die blanken, bewundernden

Augen, die aus den Logen sie anstarrten. Das Orchester begann zu spielen, die Menschen klatschten und lärmten … Mietzi rieb ihre Fußspitzen aneinander, schauerte in sich zusammen und blinzelte mit den Wimpern.

Es schellte. Mietzi fuhr auf. Wer konnte das sein? Sie schlich zur Türe und schaute durch das Guckloch. Ach, der Poldl, der kam ihr recht. Dennoch fragte sie: »Wer ist's?«

»Mach nur auf«, rief Leopold, »die anderen sind fort, sagte die Hausmeisterin.«

Mietzi schob den Riegel zurück und ging wieder, sich in ihrem Sessel auszustrecken.

Leopold trat in das Zimmer und machte eine hübsche Verbeugung: »Grüß dich Gott.«

Mietzi antwortete nicht, sondern sah ihn nur schläfrig an.

»Was gibt's? Du bist noch nicht angekleidet?«

»Nein, wozu auch?«

»Ich dachte, wir würden miteinander ausgehen.«

»Ach! Keine Idee! Bei der Hitze!«

»Bist du krank?«

»Nein, ich erhole mich. Du weißt, heute abend trete ich auf.«

»Ach ja, ich hab's gehört.« Leopold trat nun an Mietzi heran und küßte sie auf den Mund; sie ließ es geschehen, als merkte sie es nicht.

Er schob einen Stuhl heran, setzte sich und zog langsam seine Handschuhe aus.

»Ich gehe auch in das Theater«, begann er feierlich.

»So«, meinte Mietzi und schloß die Augen.

»Ja –; ins Parkett.«

»Ah so!« Mietzi öffnete die Augen ein wenig und lächelte.

»Ja – und dann hol' ich dich ab«, fuhr er zufrieden fort, »und wir gehen zum Leidinger, in ein Kabinett – weißt du.«

Mietzi lachte jetzt. »Das wird schön! In ein *chambre à part.*«

»Teufel, *chambre à part!*« wiederholte Leopold und dachte, wo das Mädl die neuen Worte her hat!

Mietzi schlug jetzt voll die Augen auf, um Leopold freundlich anzusehen. »Komm, gib mir einen Kuß, Poldl. So! Nun kannst du gehen.«

»Wie – gehn? Ich bleibe hier.«

»Geh' lieber. Du weißt, ich muß mich vorbereiten.«

»Ach, was ist da vorzubereiten!«

»Gewiß!« meinte Mietzi gereizt, »glaubst du, ich will heute abend aussehen wie eine Vogelscheuche? Tue, was du willst; ich schlafe.« Sie kreuzte die Arme über der Brust und schloß die Augen.

Leopold blieb neben ihr sitzen.

Einmal sagte sie noch: »Weißt, Poldl, diese langen blauen Seidenstrümpfe; führt ihr die auch im Geschäft?«

»Strümpfe? Nein, die führen wir nicht.«

»Schön sind die; bis über das Knie. Die mögen teuer sein.«

»Das will ich meinen!« erwiderte Leopold und seufzte.

Dann schwiegen beide. Mietzi schien wirklich zu schlafen, und Leopold sah sie unverwandt an.

»Um ein solches Mädl«, dachte er, »kann man schon viel leiden; kann man zu … zu allem – möglichen werden!«

In dem großen schwarzen Sorgenstuhl sah Mietzi sehr licht und kindlich aus. Das runde Gesichtchen ruhte ein wenig schief auf einer Seitenlehne und war über und über rosig. Die kurze Stirn hing voll Löckchen, die so hell waren, daß sie fast grau schienen. Die Augen waren geschlossen, und Leopold wunderte sich, wie lang die dunkeln Wimpern waren; am Ende ein wenig hinaufgebogen; der Mund war fast zu klein, und halb geöffnet zeigte er eine Reihe kleiner, spitzer Zähne. Die ganze rundliche Gestalt regte sich sachte, von dem regelmäßigen ab und zu des Atemholens gewiegt.

9

Die Morgenstunden in der Redaktion waren für Lothar die Zeit der Ruhe und Sammlung. Der Raum still und dämmerig; von nebenan vernahm er Linis eintönige Stimme, die der Frau Fliege den Roman aus dem Extrablatt vorlas; der Lärm der Straße, sich im engen Lichthof fangend, drang wunderlich gedämpft, wie durch ein Rohr, hinauf. Lothar schrieb, las und rauchte. Wenn er sich mit ganzer Seele in seine Arbeit vertiefte, erschien es ihm, als nähme der Zukunftsstaat, der still und siegfest an die Stelle des Alten treten sollte, wirklich greifbare Gestalt an. Jeden Morgen berauschte er sich an diesen – Visionen.

Gegen elf Uhr ward es unruhig in der Redaktion; die anderen kamen. Oberwimmer war der erste. Schon im Vorzimmer ließ er seine hohe, muntere Stimme vernehmen: »Die Ehre, Frau Fliege! Ah, der Roman. Nun, haben Sie schon den Mörder der schönen Mechthilde entdeckt? Nicht? Ach! Glauben Sie's mir, sie ist nicht ganz tot. Das tut das Extrablatt nicht, daß es ein so schönes Mädl ermorden läßt, die lebt wieder auf!« Dann trat er zu Lothar ein, sehr hübsch, mit seinen rosa Mädchenwangen. »Servus! Was gibt's? Was hast du fertig?« und er stöberte in den Papieren umher; las alles, machte sich Notizen, erzählte, fragte, rittlings auf einem Stuhl sitzend. Er lachte über alles und bewunderte alles. »Das hast du gut gemacht. Sehr schön! Wo nimmst du das nur her?« Der war auch einer, der nie zweifelte, der den Sieg der Sache für selbstverständlich hielt; das tut wohl.

Rotter erschien mit seiner Aktenmappe unter dem Arm, von den Gerichten kommend, heiß von Entrüstung über alles, was er dort erlebt hatte.

Auch die anderen fanden sich ein: Lippsen, Feitinger. Alle sprachen zu gleicher Zeit, saßen auf den Tischen und Fensterbänken umher; die Luft war dick von Zigarrendampf ... und dann plötzlich flog alles auseinander, fort, zur Mittagsmahlzeit.

Das Redaktionszimmer blieb ungeordnet zurück, als wäre hier eine Schlacht geliefert worden; die Stühle waren schief in das Zimmer gerückt, einige umgestürzt; der Fußboden mit Zigarrenstummeln und zerrissenen Briefen übersät; die Tische waren wüst mit Papieren, Büchern, Sodaflaschen und Gläsern bedeckt, und oben von der Decke, im blauen Tabaksqualm, hing die Lampe mit ihrem großen, angeräucherten Schirm herab, wie ein grüner Raubvogel, der sich auf dieses Schlachtfeld niederlassen will.

Lautlos, auf Filzschuhen, schlich dann Frau Fliege in das Gemach und ordnete. Sie trug ihre horneingefaßte Brille, und sie las alles, die liegengebliebenen Briefe und Schriftstücke; die über den Fußboden verstreuten Papierfetzen sammelte sie und steckte sie sorgfältig in die Tasche. Den übrigen Teil des Tages ging Lothar seinen Geschäften nach. Er hatte viel zu tun, das war es, was ihn befriedigte; er brauchte nie mehr mit dem schläfrigmüden Gefühl eines unnützen Menschen sich zu fragen ... was jetzt beginnen? Er mußte endlose Wanderungen durch das glühende, mit hartem Sonnenlicht gefüllte Wien machen. So ging er in die Margaretenvorstadt hinaus, um einen Arbeiter zu besuchen, der sich in einer Versammlung hatte hinreißen lassen, leidenschaftliche Reden zu halten und dem Polizei-Kommissär Gehorsam zu versagen. Für dieses Vergehen war er zu einigen Wochen Gefängnis verurteilt worden und befand sich in großer Not.

Um diese Zeit war der Verkehr in der Margaretenstraße nur schwach. Schusterbuben und Geschäftsleute stahlen sich an den Häusern hin, Hunde lagen mitten auf dem Trottoir, so matt, daß die Vorübergehenden über sie hinwegsteigen mußten; den Trödlerläden, in denen die alten Sachen glühten und kochten, entströmte ein fader Staubgeruch, und die Verkäuferinnen schlummerten hinter ihren Ladentischen. In der Hundsturmstraße, in die Lothar nun einbog, ward gebaut. Die Straße war mit morschen Brettern verlegt; aus großen Schutthaufen erhoben sich Staubsäulen wie Rauch. Auf ihren Gerüsten standen die Arbeiter von Kalk befleckt, wie weißbemalte Statuen sich gegen den hartblauen Himmel abhebend. Unten schleppten Weiber die Kalkeimer heran; in mißfarbene Röcke gekleidet, die schmutzigen Tragpolster auf dem Kopf, gehörten sie in dieses Chaos von Brettern, Schutt und Kalk hinein; der Vorübergehende streifte sie, ohne sie zu bemerken; und lachte eine oder schimpfte sie, so war man verwundert, daß diese staubigen Sachen auch zu leben begannen.

Weiter fort erhoben sich mächtige Fabrikgebäude. Lothar konnte durch die Fenster der Untergeschosse die riesigen schwarzen Arme der Maschinen sich regen sehen; rußige, halbnackte Menschen gingen zwischen ihnen hin und her. Ein Pusten und Zischen und eine heiße Luft voll von Öl- und Kohlengerüchen drang heraus, der unreine Atem dieses schwitzenden, stöhnenden Ungeheuers dort unten.

Lothars Ziel war eine alte Zinskaserne. Immer wieder war ein Ausbau, ein neuer Flügel, ein Stockwerk diesem baufälligen Gebäude hinzugefügt worden, daß es aussah wie jene alten Storchnester, wo der Storch jedes Jahr auf das alte Nest ein neues baut.

Lothar irrte in den unsauberen Höfen umher. Auf den Holzstiegen mit den wackeligen Geländern, in den kleinen Wohnungen wimmelte es von Kindern und Frauen; die Außentüren standen alle offen, weil die Leute in den engen Räumen erstickten. Überall die graugelbe Farblosigkeit, wie sie altes Holz und alte Lumpen haben, überall fiel das Licht durch blinde Scheiben auf bleiche Gesichter.

»Franz Walke, wohnt er hier?« erkundigte sich Lothar und ward immer weiter gewiesen. Endlich fand er ihn.

Wieder eine Stube voll trüben, staubigen Lichtes und voll farbloser, grauer Gegenstände; und trug hier und da ein Gegenstand eine hellere Farbe, wie das rot und weiße Überbett, das blaue Tuch dort auf dem Stuhl, so schienen diese Farben sterben zu wollen, so welk und blaß waren sie. Franz Walke saß an seinem Tisch, ein Glas mit einem Weinrest darin vor sich, den Kopf in die Hände gestützt. Im Bett lag seine kranke Frau; auf dem Fußboden spielte ein siebenjähriges Mädchen mit seiner Puppe. Der Arbeiter begrüßte Lothar mit einem leisen: »Die Ehre«, ohne seine Stellung zu verändern, als wunderte er sich nicht über diesen Besuch und erwartete auch nichts von ihm. Das Gesicht des Mannes, über das die bräunliche, blanke Haut so knapp gezogen war, daß es schien, als müsse sie an den scharfen Backen- und Augenknochen reißen, drückte nur schläfrige Abspannung aus.

»Guter Freund«, begann Lothar. »Ich komme vom Dr. Klumpf. Wir haben von Ihnen gehört und würden Ihnen gerne helfen. Für seine Überzeugung zu leiden, das muß man ertragen können; aber wir möchten es den Genossen erleichtern. Zusammenstehen in solchem Falle ist unser erster Grundsatz.«

Der Mann verzog den struppigen Schnurrbart zu einer Art Lachen, die nicht freundlich war.

»Seien Sie unbesorgt, für Ihre Familie wird in der Zeit Ihrer Abwesenheit gesorgt werden; Sie müssen morgen bei uns vorsprechen. Ihre Frau ist krank; das Fräulein Remder wird sie besuchen. Nur den Kopf oben behalten, lieber Freund. Sie stehen nicht allein. Entschließen wir uns, denen oben die Wahrheit zu sagen, so dürfen wir uns nicht wundern, wenn sie nicht oben freundlich antworten; noch haben sie die Macht ...«

... »Und wissen's, Herr?« begann der Mann plötzlich und schlug mit der Faust auf den Tisch. »Wissen's, daß ich ein Narr gewesen bin? Ja, ein Narr. Hätt' ich keinen Rausch gehabt, so hätt' ich's nimmer gesagt. Der Marbe aber hat mir zugeredet und hat Wein geben lassen; da hab' ich mich nimmer ausgekannt; der Kommissär hat schreien können, wieviel er gewollt, ich hab' nur so drauflosgesprochen. Ja und nun ... ha – ha ... Wozu habe ich das alles denn zu sagen gebraucht? Wem hat's geholfen? Ein Narr bin ich gewesen. Jetzt stecken sie mich ein, nachher kündigt mir die Fabrik. Mir ist's besser ergangen als den anderen allen; ich hab' mein Auskommen gehabt. Warum reden die anderen nicht? ... Ich mußte der Dumme sein! Solche Herren wie Sie, die können reden, denen kostet's nichts, aber unsereins soll das Maul halten ... Ein Narr bin ich gewesen.«

Von der Ecke aus dem Bette verlautete eine hohe, heisere Stimme: »Ich hab's dir gleich gesagt, du sollst nicht hingehen.«

»Schweig!« donnerte Walke und schlug wieder auf den Tisch, daß das Glas klirrte.

Vom Bette her tönte ein tiefer Seufzer herüber, und Lothar sah, wie der Kopf der Kranken in der weißen Nachthaube sachte und ruhelos auf dem Polster hin und her rollte.

Lothar fühlte sich von Traurigkeit und Mutlosigkeit ergriffen. Er wußte wohl, was er vorzubringen hatte: Die Lehre ... aber sie erschien ihm jetzt so kühl und leer – gegen die rohe

Kraft dieses gegenwärtigen Unglückes; doch – mit leiser Stimme begann er zu sagen, was er zu sagen hatte. Walke hatte recht. Ein aussichtsloses Entgegentreten nützt nichts; man muß seine Entrüstung niederhalten, ausharren, zusammenstehen, in der Stille wirken. Erst wenn die Partei sich stark genug fühlt, darf sie hervortreten und wird der Sieg ihr gehören. Unnütze Opfer müssen vermieden werden ... Schweigend hörte der Mann zu. Die Kranke seufzte zuweilen und rollte ihren Kopf ruhelos hin und her ... und ein leises Wispern begleitete beständig Lothars Vortrag; es war das Kind, welches mit seiner Puppe spielte; ein mageres, halbnacktes kleines Mädchen, dessen gelbweißes Gesichtchen und durchsichtige graue Augen einen unkindlichen Ausdruck ruhiger Erfahrung, kummervollen Verständnisses trugen. Sie spielte das Wochenbett ihrer Puppe, eines unreinlichen Pappscheusals mit nur einem Auge. In Lumpen gehüllt lag sie in einem Holzkasten, neben ihr ein unkenntliches Ding aus Lumpen als Kind. Das Mädchen sprach ununterbrochen auf die Puppe ein, während ein Sonnenstrahl durch die trüben Scheiben fallend ein wenig zitterndes, schmutziges Gold in die Ecken streute, das dünne, bleiche Beinchen des Mädchens und das garstige Gesicht der einäugigen Wöchnerin beschien.

»Drum guten Mut«, schloß Lothar mit dem schmerzlichen Gefühl, daß seine Worte hier keinen Trost brachten. »Es muß ja besser kommen, kommen Sie morgen zu uns.«

Walke lachte wieder sein unerfreuliches Lachen. »Schön Dank; werde schon kommen. Was einmal sein wird, weiß ich nicht. Ich weiß nur, besser wär's gewesen, wenn's so geblieben wär' wie's war und ich das Maul gehalten hätt'! Hab' die Ehre – Herr!«

Als Lothar die Familie verließ, zerrte er nachdenklich und mißmutig an seinem roten Schnurrbart. In dem Evangelium, das er dort oben vorgebracht, mußte doch ein Fehler sein, weil es in dieser elenden, armen Stube ihm selbst so hohl geklungen … jedoch er tröstete sich; Klumpfs *episteme* fehlte, die mußte man den Leuten bringen. –

Er ging in die Mariahilfervorstadt hinüber, um Rotter zu treffen; dann war eine Schusterversammlung, die er besuchen wollte; endlich mußte er nach den Bäckern sehen … so ging es hin, bis das Abendlicht in den Straßen rot aufleuchtete. Dieses war die Stunde, in der sich die Genossen vor dem Café an der Elisabethbrücke versammelten. Die ganze Redaktion fand sich ein, selbst Amalie Remder kam mit ihrer Musikmappe von ihren Unterrichtsstunden in der Stadt. Man war müde von der Hitze der Arbeit des Tages; ein jeder vertiefte sich in sein Abendblatt und warf nur kurze Bemerkungen hin, die alle sofort verstanden, als Leute, die den Gang ihrer Gedanken kennen.

Um sie war das Leben der Straße lärmend geworden; Kopf an Kopf strömten die Menschen über die Brücke. Die Mädchen, mit der linken Hand leicht ihr Kleid fassend, die Rechte im Arm des Geliebten; Näherinnen und Ladenmädchen mit ihren weißen Pappschachteln, Arbeiter, Ladendiener; in dem rosenroten Abendlicht, das allmählich einem durchsichtigen Grau wich, atmete Wien in seiner traulichen, verliebten Weise von der Last des Tages auf. Über der Kuppel der Karlskirche hingen schon einige blasse Sterne, und auf der Straße leuchteten die Gasflammen auf – noch matt und weißlich.

Die sozialdemokratische Gesellschaft vor dem Café wurde zerstreut und unruhig. Rotter sprang auf; er hatte der Pepi versprochen, noch einen Gang mit ihr zu machen. »Auf Wiedersehen im ›Auge‹.«

»Ich begleite dich ein Stück«, rief Oberwimmer.

Auch Branisch legte sein Abendblatt fort, griff an seinen Hut und verlor sich unter der Menge. So verschwand er jeden Abend; niemand wußte, was er trieb.

»Trinken Sie heute bei mir Tee, Doktor?« fragte Amalie Remder und blickte Klumpf plötzlich mit ihren großen Augen ernst und böse an.

»Nein, liebe Freundin«, erwiderte Klumpf ruhig und freundlich. »Ich gehe in das Theater an der Wien. Aber kommen Sie heute denn nicht in das Gasthaus? Die Genossen werden dort sein.«

»Ach nein! Es ist besser, der Vater geht heute nicht mehr aus«, und ihr Mund verzog sich ein wenig schief, als lächele sie höhnisch. »Übrigens, wenn Sie in das Theater wollen, so ist's Zeit.«

»Ja, Sie sind meine Vorsehung, liebe Freundin«, erwiderte Klumpf und entfernte sich.

Lippsen schaute ihm nach, indem er das Kinn auf den Knopf seines Spazierstockes stützte und ein Auge zukniff.

»Ich habe es nicht gewußt«, sagte Lothar, »daß Klumpf das Theater, und zumal diese Art Theater liebt. Das stimmt nicht zu ihm.«

»Je nachdem«, brummte Lippsen, »wenn ein hübsches Madl dabei ist.«

»Wieso?«

»Nun ja, das Madl, dem wir auf der Stiege zur Redaktion so häufig begegnen, ist dort Statistin. Die sieht er sich an.«

»Wie, Klumpf?«

»Was ist weiter dabei? Man kann ein noch so großer Geist und doch für solch sauberes Frätzchen nicht unempfindlich sein. O, er hat mir einen Vortrag über das Mädchen gehalten, so – in seiner Art. Sie ist ihm gleich die Zukunftsjungfrau, die Vertreterin der Anmut in der Gesellschaft, eine Diotima geworden, oder er will sie wenigstens zu all dem machen. Ich würde mich freuen, wenn er es schnell zu einem gewöhnlichen, sterblichen Verhältnis brächte, denn sonst, solche wunderliche Herzen machen oft gefährliche Sprünge; obgleich wieder, wenn so eine kleine Wiener Maus an einem großen Prophetenherzen zu nagen anfängt, so weiß man auch nicht, was daraus werden kann! Ja, dem Menschenlos entgeht keiner. Dabei hat er mit dem Mädl noch nie ein Wort gesprochen; sie soll, glaube ich, seine Liebe durch Intuition erraten.«

»Lippsen«, sagte Amalie mit rauher Stimme, »Sie haben kein Herz. Sie verstehen den Klumpf gewiß nicht. – Gute Nacht.« Mit diesen Worten ergriff sie ihre Mappe und ging fort. In dem schmalen, dunkeln Kleide, den kleinen Herrenhut auf dem Kopfe, wie sie mit großen, energischen Schritten dahinging, nahm sie sich absonderlich streng und fremd in der behaglich dahinschlendernden Menge aus.

Lippsen wollte etwas sagen, schwieg jedoch und ließ nur seinen Schnurrbart bedeutungsvoll auf seiner Oberlippe wippen; dann brach auch er auf. »Also pünktlich im Auge Gottes.«

»Schön! Heute sind die von der Gemeinschaft da …«

»Servus.«

Nun begann für Lothar eine wunderliche Stunde des Tages. Er wollte sich erholen, er bedurfte dessen. Die Dunkelheit war hereingebrochen. Die Spaziergänger hatten sich verzogen. In den Anlagen, wo nur ein Baum und eine Bank war, saßen die Paare beieinander. Die Luft war noch schwül. Akazien und Linden dufteten stärker. Unruhig wanderte Lothar in den Straßen umher; setzte sich endlich im Volksgarten auf eine Bank, dem kleinen Springbrunnen gegenüber. Im Wasser, unter den wenigen Schilfstengeln, die hier angepflanzt sind, sang ein Erdkrebs stets denselben hellen, feuchten Ton vor sich hin, der hier mitten im Menschengedränge dennoch einsam und weltvergessen klang. Auf der Bank, neben Lothar, saß ein Soldat mit seinem Schatz. Sie hatten die Hände ineinander gelegt; sprachen nicht – sondern hörten dem einschläfernden, sanften Lied des Wassertieres zu. »Komm«, sagte endlich das Mädchen. Sie erhoben sich, grüßten und verschwanden in der Finsternis der Allee.

»Hat einer ein Mädchen neben sich, so genügt das wohl, still dazusitzen, die warmen Mädchenhände zu halten und die Geborgenheit, die uns aus solch warmer Nähe fließt, einzuatmen. Was das eine dem andern zu sagen hat, ist so einfach, daß es wohl auch das sachte Fiebern der Handfläche oder ein Blick tut, und darum ist es der Friede. Man ist zu zweien; nur mit seinem Mädchen ist man zu zweien, weil man das andere fühlt; sonst ist ein jeder doch allein! Gott, die Narren, welche die Sinnlichkeit, das einfache Nehmen und Fühlen seines Mädchens nicht verstehen und deshalb verachten. Darin liegt mehr und wohl auch Schöneres als in allem Gerede!« Lothar seufzte. Stets an die Zukunft denken, über den Staat spotten, tiefe Gedanken anhören, macht müde. Auf eine Stunde wenigstens sehnte er sich nach jenem einfachen, das auch nur durch einen Händedruck gesagt werden kann und tiefer sein sollte als manches Gerede. Und dann dachte er plötzlich an Tini, da ihm nichts besseres einfiel.

Im Wirtshausgarten zum »Auge Gottes« in der Leimgrubengasse fanden sich, solange die Jahreszeit es erlaubte, die Genossen allabendlich an dem langen Tisch unter der Veranda zusammen.

Wie ein enges, nicht helles Zimmer sah dieser Garten aus mit seinen blauüberdeckten Tischen und den zwei alten Linden, deren fahle Blätter hier und da von den Gasflammen versengt und deren Stämme mit Anzeigen beklebt waren. Man vergaß hier, daß man sich im Freien befand, und wunderte sich, emporblickend ein Stück sternbestreuten Nachthimmels zu sehen.

Außer von den Genossen wurde das Lokal von den kleinen Kaufleuten, Hausbesitzern und Beamten der Umgegend besucht; ruhige, ehrliche Leute, die mit der Sozialisierung der Gesellschaft nichts zu tun hatten noch haben wollten. Dennoch waren sie alle stolz auf ihren Sozialdemokratentisch; sie kannten die Namen, besprachen jede neue Erscheinung. Dieser Tisch, an dem leise und bedeutungsvoll gesprochen wurde, erregte ein geheimnisvolles und unheimliches Interesse in der nüchternen Runde der Stammtische, und die Spießbürger genossen es wohlgefällig zum Glase Pilsener.

Lemke, Kehlmann und Tost befanden sich heute auch in der »Zukunftsgesellschaft«. Branisch hatte es klug gefunden, diese Leute mehr heranzuziehen, und hatte ein leidliches Verhältnis mit ihnen herzustellen gewußt. Gleich als Lothar an den Tisch herantrat, merkte er, daß etwas Besonderes vorgefallen war. Man sprach leise und erregt. Rotter war sehr rot im Gesicht und schlug mit der Hand auf den Tisch. Oberwimmer klammerte sich an Tosts Rockaufschlag und flüsterte eifrig. Als Lothar sich setzte, ward ihm sogleich mitgeteilt: »Mit den Bäckern ist's aus!«

Wie? Was war geschehen? –

Lippsen hatte die Nachricht gebracht. »Ja, das muß man mitangesehen haben«, berichtete er und rollte zornig seine großen Hummeraugen, »wie die armen, schmutzigen Kerle, übernächtigt, angetrunken auf der Gasse herumlungern und warten, ob die da oben es nicht endlich satt haben, ohne Bäcker auszukommen, warten, ob sie's bald durchgesetzt haben werden – ›noch ein wenig aushalten, dann haben wir, was wir wollen‹. Und plötzlich – trapp – trapp – all diese blauen Jungen in Reih und Glied, blank und gut genährt; und die Straßenbuben marschieren voraus und schreien: Die Militärbäcker sind da! Das muß man gesehen haben, um zu fühlen, wie's den armen Schelmen zumute war. Hätte in jenem Augenblick einer nur die Courage gehabt anzufangen, ich weiß nicht, was geschehen wäre; der Haß stand deutlich genug auf diesen bleichen Gesichtern geschrieben. Der Rocher hat das auch gefühlt; er sagte zu einem der Bäckerbuben: ›Wenn wir jetzt auf sie losgingen!‹ Aber nein! Die armen Narren sind zu verhungert, zu schwach, diese reinliche, blanke Staatsgewalt scheint ihnen unüberwindlich. Sie drückten sich die Wände entlang, ich sah es wohl; jetzt tun sie, was die da oben wollen. Gegen dieses Trapp-trapp halten sie nicht stand. Verflucht!«

Oberwimmer lachte bitter. »Ja, sie vergessen diesen Ton zuweilen und versuchen es, sich mit denen dort oben einzulassen; aber beim ersten Trapp-trapp sind sie wieder in ihren Löchern.«

»Das wollen wir sehen!« schnarrte Lemke und riß seinen Schnurrbart in die Höhe.

»Doch!« sagte Lothar traurig; er dachte an Walke, »sobald einer sich ein wenig aufrichten will, stößt er an dieses unerbittlich harte Oben. Wie in einem unterirdischen Gange; man geht gebückt dahin, bis der Rücken schmerzt, man muß sich aufrichten, man erträgt es nicht länger, und versucht man's – bums, stößt man mit dem Scheitel an die Steinwand, so daß man sich schnell wieder bückt. So geht's den armen Leuten!«

»Hat einer einen sehr harten Schädel, so geht's vielleicht doch«, bemerkte Lippsen ruhig.

Da ergriff, zu Lemkes Unzufriedenheit, Tost das Wort. Auf seinen schlecht genährten Körper wirkte schon ein Glas Bier aufregend. Auf den grauweißen Wangen zeigten sich runde, rote Flecken, seine Augen waren blank und er lachte viel. »Ein Schädel ist vielleicht nicht das rechte Instrument. Man sprengt solche Würde mit anderen Mitteln – haha!«

»Solche Vorfälle sind ganz normal«, überschrie ihn Kehlmann. »Bei einer Krankheit wird der Körper auch nicht mit einemmal ganz ergriffen, zuerst kommen kleine Anfälle, Symptome – was weiß ich –, bis dann die Krankheit Kraft gewinnt und den Körper auflöst. Und auflösen muß er ihn.«

»Ich weiß das doch nicht«, erwiderte Klumpf mit seinem sanft spöttischen Lächeln. »Ich kann diesen Körper krank nicht gebrauchen, er soll im Gegenteil gesunden – und ich möchte schon bei den kleinen Anfällen zu kurieren anfangen.« Tost konnte darüber nur rauh und höhnisch lachen; Kehlmann aber verzog fürchterlich seine kranke Lippe, und seine Worte überstürzten sich, als wäre dieser schiefe Mund zu eng, sie alle herauszulassen. »Um diese Ansicht zu teilen, müßte man blind sein. Gesunden! Lächerlich! Als ob das möglich wäre! Sehen Sie sich doch ein wenig um; merken Sie nicht, wie das alles fiebert, fault, krank ist? Warten Sie nur, wenn Sie's nicht glauben, sprechen wir uns in einigen Tagen.«

»Kehlmann!« donnerte Lemke, rot vor Zorn.

Kehlmann war ungewöhnlich aufgeregt; lachte hysterisch, so daß die übrigen Tischgenossen verlegen schwiegen. Nur Oberwimmer fragte leise: »Wieso? Was wird geschehen?«

»Es ist wohl Zeit«, meinte Lemke dann, »daß ich den Kehlmann nach Hause bringe. Hier können wir ohnehin nur in Bildern reden. Sparen wir uns das auf. Ich habe mit Dr. Klumpf schon eine bessere Gelegenheit, diese Fragen auszufechten, verabredet. Komm, Kehlmann! Auf Wiedersehen.«

Die anderen gingen. Nur Oberwimmer und Tost blieben und bestellten sich noch einen halben Liter Wein.

10

Im Salon bei Zweigelds waren die gelben Seidenvorhänge an den Fenstern alle niedergelassen. In der goldenen Dämmerung saß Frau Zweigeld. Sie hatte eine Weile in einem dicken Bibelkommentar gelesen, denn es war Sonntag. Es wurde jedoch schwül im Gemach; die Rosen in den Glasschalen welkten in der heißen Luft und streuten einen betäubenden, süßen Duft aus; das macht matt. Frau Zweigeld lehnte sich in die Sofaecke zurück und blickte nachdenklich vor sich hin. Im Nebenzimmer sang Gisela am Klavier das Kückensche Lied vom Schwan und der weißen Blume. Die klaren Töne dieser kindlichen Stimme nahmen heute einen gefühlvollen Schmelz an, der Frau Zweigeld auffiel. »Er singt so süß, so leise – und will im Singen vergehen« – das klang herzbrechend, und Frau Zweigeld wurden die Augen feucht. Ach, Gott! In jedem Menschenherzen wächst immer aufs neue der wunderliche Glaube an etwas unnennbar Schönes, Ersehnenswertes auf – wieder – ob – gleich – wer hat's gefunden?

Frau Zweigeld seufzte. Die stets straffgespannte, in sich gesammelte Natur hatte Augenblicke, in denen sie sich widerstandslos und ganz ihrem Gefühl – und zugleich einem sehr weichen, schmelzenden Gefühle hingab. Ihr strenges, regelmäßiges Gesicht nahm einen erregten, weinerlichen Ausdruck an – sie schloß die Augen halb. Sie dachte an die ferne Zeit, da auch sie auf dieses unbekannte Schöne hoffte – drüben in Prag, in dem großen, stillen Hause.

Alles drehte sich dort um den majestätischen alten Mann, ihren Vater. Er war Oberlandesgerichtsrat und ein Haupt der nationaldeutschen Partei. Mutter und Tochter saßen den Tag über in der großen Stube über ihre Handarbeiten gebeugt und warteten, ob der Vater nicht ihrer bedürfen würde, denn er liebte es, sich bei seinen Arbeiten seiner Frau und seiner Tochter mitzuteilen. Dann kam er aus seinem Arbeitszimmer, ging auf und ab, erzählte, erklärte; zuweilen mußte Mathilde einen Abschnitt aus einem wissenschaftlichen Buche und eine Akta vorlesen. War Gesellschaft, so kamen strebsame junge Leute, die dem Vater andächtig zuhörten, selbst patriotische Gesinnungen äußerten und Mathilde eine ernste, zurückhaltende Verehrung bezeigten. Da erschien in diesem kühlen und gemessenen Kreise der Wiener Advokat Zweigeld mit seinen Witzen, seinem hübschen Lachen, der leichten Art, all die großen, heiligen Sachen zu besprechen. Anfangs wunderte sich Mathilde über ihn; dann interessierte er sie. Sie begann ein sonniges, heiteres Leben zu ahnen, dessen Verkörperung ihr dieser junge Mann war, den sie liebte. Oh, es war eine schöne Zeit! Der Vater war gegen diese Heirat, denn er urteilte streng über den »Wiener Leichtsinn«. Aber all die Kämpfe und die Tränen waren doch süß, denn es waren Kämpfe und Tränen um ein übergroßes Glück, welches sie deutlich in der Zukunft zu sehen glaubte … Und nun? …

Die Türe ward geöffnet und der Doktor steckte den Kopf herein. »Mathilde, es ist wohl noch Zeit, daß ich mich ein wenig niederlege, um fünf Uhr fahren wir in den Prater.«

»Leg' dich nur nieder.« Sie richtete sich auf, strich sich die Haarbänder an den Schläfen glatt und beugte sich über ihren

Bibelkommentar. Sie war wieder die ruhige, majestätische Frau Zweigeld.

Dr. Zweigeld begab sich in sein Arbeitszimmer, zog sich den Rock aus und legte sich auf die Couchette. Er hatte gestern zuviel Sekt getrunken und fühlte Kopfweh. Hier war es angenehm. Gedämpft und zart klang Giselas Lied zu ihm herüber. Einige unangenehme Gedanken schossen ihm zwar durch den Kopf – an Waisengelder, an einen Wechsel –, aber er wies sie ab. Heute war Sonntag, da ließ sich ohnehin nichts tun; und dann an Geschäfte muß man denken, wenn man sich ausgeschlafen hat, sonst kommt nichts Gescheutes dabei heraus. »Das ist mein Grundsatz«, murmelte er, gähnte und streckte sich.

Die Türe, die zur Kanzlei führte, ward behutsam geöffnet. Welch ein widerwärtiges Knarren doch die Türe hatte. Verstimmt wandte sich der Doktor um. Da stand sein Diener und schaute ihn ängstlich an.

»Was willst du, Joseph? Was stehst du da?«

»Ein Herr ist da. Er fragt nach dem Herrn Doktor.«

»Heute? Ein Herr?«

»Ich kenne ihn nicht. Er sagt, er heißt Morgenstern und muß durchaus den Herrn Doktor sprechen.«

»Hast du gesagt, daß ich zu Hause bin?«

»Ja, Herr Doktor.«

»Trottel! Ich lasse bitten!« Wütend erhob sich der Doktor, das Haar stand ihm von der einen Seite schief ab; die eine Wange war rot abgedrückt. Schlaff saß er auf seiner Couchette und erwartete seinen Besuch. Natürlich wird es etwas Unangenehmes sein, das ahnte ihm …

Endlich erschien ein ältlicher, feingekleideter Herr mit einer großen Hakennase, einem kohlschwarzen Backenbart und zwei schwarzen Lockenkoteletten auf der Stirn. Er entschuldigte sich, daß er störe – aber die Dringlichkeit der Angelegenheit …

»Oh, bitte!« unterbrach ihn der Doktor und wies auf einen Stuhl. Dieser Mann war ihm bereits zuwider.

Als der Fremde sich bequem zurechtgesetzt hatte, zog er ein Papier aus der Tasche, und es zwischen Zeigefinger und Mittelfinger haltend wiegte er es während des Sprechens hin und her. »Ich fühlte mich verpflichtet, Ihnen – Herr Doktor – mitzuteilen, daß ich hier diesen Wechsel von Rosenbaum und Comp. angekauft habe – das Vergnügen gehabt habe, anzukaufen«, verbesserte er sich.

Der Doktor errötete und sagte nur: »Ah – wirklich!«

»Hier dieser Wechsel«, fuhr Herr Morgenstern fort, »ist nun morgen fällig. Ich dachte mir, der Herr Doktor ist mit Geschäften überladen, da übersieht man ein Datum leicht. Ich dachte mir, du gehst heute zum Herrn Doktor und rufst ihm diesen kleinen Posten – 10 000 Gulden – in das Gedächtnis zurück. Es wird ihm angenehm sein.«

Es schien zwar dem Doktor durchaus nicht angenehm zu sein. Er antwortete hochmütig und gereizt: »Ich danke Ihnen, mein Herr. Sie haben sich unnütz herbemüht, ich vergesse meine Termine nie. Daß Rosenbaum den Wechsel weiter begeben, wußte ich allerdings nicht. Das ändert an der Sache jedoch nichts. Ob Morgenstern, ob Rosenbaum, ist gleichgültig.« Dabei stand er auf; ruhig und imposant.

Der Fremde war ganz erschrocken. »Ich bitte um Entschuldigung, wenn ich gestört habe. Aber zuweilen … ich dachte …« Der arme Mann war sehr verlegen, was den Doktor nur noch kühler und vornehmer machte.

Kaum war jedoch Herr Morgenstern fort, so änderte sich die vornehme Haltung des Doktors. Er fuhr sich mit beiden Händen in die Haare und begann wie toll im Zimmer auf und ab zu gehen. »Das ist eine Schweinerei! Wie kommt dieser Rosenbaum dazu, den Wechsel weiter zu begeben? Dieser räudige Wucherer! Ich hatte sicher darauf gerechnet, ihn zu prolongieren. Aber was dieser Morgenstern bedeutet, weiß ich. Wo soll das Geld denn herkommen? Nun – Herr Rosenbaum, warten Sie, ich werde für Sie schon einen kleinen Wucherprozeß ausfindig machen.« – Aber das Geld? Er konnte wohl wieder eine kleine Anleihe bei den Waisengeldern machen, die er verwaltete. Ja, wo sollte das Geld denn auch anders bis morgen beschafft werden? Fatal war es immerhin. Die Abgabe des Rechenschaftsberichts, die Sitzung stand vor der Türe. Nun – bis dahin wird sich etwas finden. »Jesus – dieser Rosenbaum!« – Schwer warf er sich wieder auf die Couchette und schloß die Augen. Ein wenig Schlaf wird jetzt wohltun. Wie hübsch das Kind singt, und schläfrig sang er mit: »O Blume – weiße Blume! Kannst du dies Lied verstehn?« –

Er war eben im Begriff einzuschlafen, als das Knarren der Türe ihn wieder weckte; da stand Joseph und hielt einen Brief.

»Teufel! Kann man denn auch am Sonntag nicht seine Ruhe haben«, fuhr der Doktor auf.

»Er bittet um Antwort«, berichtete Joseph.

Das auch noch! Ärgerlich öffnete der Doktor den Brief mit einem Riß durch das ganze Couvert. »Wer schreibt denn? F. Benze. Was will denn der? Nachlässig überlief er die Zeilen. »... Ernster Schritt ... ich habe mich bis in die geheimsten Tiefen des Herzens geprüft ... große, ernste Meinung ... Günstige Lebensstellung.« Der Doktor rieb sich die Augen. Was war das ... Unzweifelhaft – der junge Mann hielt um Gisela an. »Das ist eine schöne Geschichte!« Er stürmte in den Salon hinaus.

»Mathilde – Mathilde!«

Ruhig schaute Frau Zweigeld von ihrem Bibelkommentar auf. »Nun? Ist der Wagen schon da?«

»Ach was! Lies hier«, rief er und hielt seiner Frau den Brief hin – konnte es jedoch nicht erwarten, bis sie ihn gelesen. »Er hält um die Gisela an. Da haben wir die Bescherung.«

Frau Zweigeld las den Brief aufmerksam und, wie es ihrem Gatten schien, sehr langsam durch.

»Er spricht von auskömmlicher Stellung«, sagte er aufgeregt. »Von seinem Vater erhält er, wie ich höre, 1500 Gulden. Das ist wenig. Nun, und seine Einnahmen? Sehr glänzend ist die Partie jedenfalls nicht.«

Frau Zweigeld faltete den Brief zusammen und sah so ernst vor sich hin, daß ihr Gatte verlegen wurde.

»So sag doch deine Meinung.«

»Die Geldfrage ist hier wohl nicht so schwerwiegend«, erwiderte sie und zog die Augenbrauen ein wenig empor; ein Zeichen, daß sie mit ihrem Gatten nicht zufrieden war. »Wir sind, denke ich, in der Lage, unserem einzigen Kinde genügende Mittel zu bieten, um einen standesgemäßen Haushalt zu gründen.«

»Gewiß, gewiß!« meinte Herr Zweigeld verwirrt, »aber die Zeiten sind schlecht – man weiß nicht ...«

»Die Hauptsache ist«, fuhr Frau Zweigeld fort, »was das Kind dazu sagt.«

»Die Hauptsache!« Der Doktor lachte. »Ich denke, die Meinung der Eltern geht vor. Das ist doch so Komment in diesen Affairen.«

»Ja – hast du denn etwas gegen Benze?«

»Nein, das sag' ich nicht. Übrigens muß das Kind gewiß gefragt werden.«

»Nun also!« Seufzend erhob sich Frau Zweigeld, und beide gingen an die Türe von Giselas Zimmer und horchten. Gisela sang nicht mehr, sondern spielte nur leise mit einer Hand die Melodie des Liedes – klagend und langsam.

»Das arme Kind!« flüsterte Frau Zweigeld, und ihre Mundwinkel zuckten. »Da sitzt es jetzt so still und weiß von nichts, und wir sollen hinein und ihm all die Aufregung und Unruhe bringen; ein neues, vielleicht dunkles Schicksal!«

Der Doktor sah seine Gattin bewundernd an. »Wo sie nur, bei jeder Gelegenheit, die hübschen, würdigen Worte hernimmt, die jeder Lebenslage Schwung geben?« dachte er. Dabei fiel ihm ein, daß sein Anzug vom Mittagsschlafe her noch in Unordnung sein müßte, was zu der Situation nicht stimmte. Er eilte zum Spiegel, um das zurecht zu stellen. Als er damit fertig war, hatte seine Frau sich schon zu Gisela begeben und die Türe hinter sich geschlossen. »Hm – das hat Eile!« brummte er enttäuscht. Übrigens war es ihm auch so recht; die Frauenzimmer mögen sich aussprechen, und er konnte später seinen väterlichen Segen erteilen. Im Zimmer auf und ab gehend, überlegte er sich den Wortlaut dieses Segens. Da fiel ihm etwas Wichtiges ein. Er klingelte nach Joseph und befahl diesem, sofort einige Flaschen Champagner zu besorgen – Röderer – natürlich.

Unterdessen trat Frau Zweigeld leise an das Klavier und legte ihrer Tochter sanft beide Hände auf die Schulter.

»Fahren wir schon?« fragte Gisela.

»Nein«, sagte Frau Zweigeld, und in diesem »Nein« mußte etwas Besonderes gelegen haben, denn Gisela schaute verwundert auf.

»Ist etwas geschehen – Mama?«

»Geschehen – mein Kind? Ja – es ist etwas geschehen – etwas – das dich betrifft.«

Jetzt bemerkte Gisela den Brief, errötete, und die Hände, mit denen sie nach den Händen ihrer Mutter griff, waren kalt.

Beide schwiegen eine Weile – erregt und ein wenig unsicher, was jetzt zu tun sei. Gisela hörte, wie ihr Vater im Nebenzimmer auf und ab ging … wie der Kanarienvogel im Fenster leise zu schlagen begann.

»Komm«, sagte Frau Zweigeld und zog ihre Tochter zum Sofa hin. Gisela kniete vor ihrer Mutter nieder, das Gesicht halb zum Weinen, halb zu einem Lächeln verzogen. »Ja, es ist etwas geschehen – etwas – das dich – nah betrifft. Der Dr. Benze schreibt an den Vater; er hält um deine Hand an … Bedenke, liebes Kind, was das heißt. Der Vater und ich wollen dich in keiner Weise beeinflussen …«

Gisela verbarg ihr Gesicht in den Schoß ihrer Mutter und sagte leise: »Ja – ja – Mama.«

»Ja!« wiederholte Frau Zweigeld erstaunt und ein wenig gereizt. »Was denn ja?« Gisela wollte ihr Gesicht jedoch nicht erheben, sondern nickte nur im Schoß ihrer Mutter, bis diese streng versetzte: »Liebes Kind, du kannst unmöglich schon entschieden haben. Ich habe dich wohl nicht recht verstanden. Es handelt sich hier um den entscheidensten Schritt deines Lebens …, es handelt sich darum, dein Elternhaus zu verlassen und dein Leben an einen Mann zu binden, den du verhältnismäßig noch wenig kennst. Bedenke mit voller Fassung deines Geistes diesen Schritt, mein …« Jetzt begann Gisela zu weinen und zu schluchzen, so daß ihr ganzer Körper bebte.

»Aber Kind!« Frau Zweigeld wurde ungeduldig. »Was sollen diese Tränen? Dazu ist keine Veranlassung da. Komm, setze dich neben mich. Der Vater und ich haben nichts gegen den Dr. Benze; im Gegenteil! Nur wünsche ich, daß du die Sache gründlich dir überlegst.«

Gisela mußte sich erheben und neben ihrer Mutter Platz nehmen. Da saß sie denn und sagte kläglich: »Ich will bei dir und dem Papa bleiben.«

Diese Antwort war Frau Zweigeld auch nicht recht. Sie zog die Augenbrauen in die Höhe und zupfte nervös an den Spitzen ihres Kleides. Sie faßte die Sache nicht richtig an, das sah sie ein; auch tat ihr das arme, erregte Kind leid. »Sieh – meine Tochter«, sagte sie dann sanft: »Die Geschichte ist uns beiden ein wenig schnell gekommen; da verliert man leicht den Kopf; ja – ja – ich auch. Nun, ich bin alt; bei mir ordnen sich die Gedanken schneller; und das ist gut, denn eine Mutter muß für zwei denken. Ich weiß sehr gut, wie es jetzt in deinem Köpfchen aussieht; da geht jetzt alles darunter und darüber und es weiß selbst nicht, was es will. Da ist es denn gut, wenn die alte Mutter da ist, die seit siebzehn Jahren in diesem Herzen und diesem Köpfchen täglich so andächtig liest wie in ihrem Gebetbuch. So will ich dir denn sagen, daß es mit dem ersten Ja doch seine Richtigkeit hat, und so Gott will, wird es zu unser aller Besten sein. Nicht wahr? Oder sollen wir noch eine Bedenkzeit fordern?« Gisela schüttelte kaum merklich den Kopf. »Also so ist es denn beschlossen!« Frau Zweigeld küßte ihre Tochter und seufzte. »Ich werde den Vater rufen.«

Der Vater umarmte seine Tochter: »Gott segne dich.« Dann nannte er sie Frau Dr. Benze. »Die Idee«, meinte er, »ist mir nie gekommen, daß dieser tugendhafte, solide Prager mir hier im Hause was anbandeln würde. Das heutige Drama also wird so in Szene gesetzt. Ich schreibe an den Betreffenden –, er kommt –, ich führe ihn in den Salon –, du erwartest ihn – wir lassen euch allein.«

»Warum? Wo werdet ihr sein?« fragte Gisela.

»Das weiß ich nicht. Hat man je so etwas gehört! Verloben – heiraten wollen diese Damen, aber Papa und Mama dürfen nicht fortgehen. Nein, ihr bleibt allein, plaudert von euren Angelegenheiten. Dann öffne ich die Türen – gebe meinen Segen …«

»Wieder, Papa? Den mußt du doch schon gegeben haben.«

»Ah so! Nun, davon kann man nie genug haben. Ein Wagen steht vor der Türe, wir fahren in den Prater, damit die Leute sehen, wen du eingefangen hast. Fünfter Akt, Souper mit Sekt. So! Jetzt putz' dich aus, mein armes Opfer, der junge Herr wird wohl nicht allzu lange auf sich warten lassen.« Damit ging er.

Gisela, allein gelassen, stand mitten im Zimmer und dachte nach. Sollte sie ein anderes Kleid anziehen? Warum kam die Mutter nicht, die ja sonst über jedes Band bestimmte, welches Gisela anlegte? Was hatte sie denn getan, daß alle sich zurückzogen? Das Weinen war ihr nah; sie überwand sich jedoch und setzte sich, mit einem zornigen Gesichtchen, vor den Spiegel. Gott! Sie hatte sich das alles anders gedacht.

Da wackelte Marie, die alte Köchin, in das Zimmer. »Jesus Maria! Das will auch heiraten!« rief sie. »Meine besten, schönsten Wünsche auch. Gott segne dich, Kind!« Sie umarmte Gisela und küßte ihr die Hände. »Aber du hast dich ja noch nicht herausgeputzt. Ein anderes Kleid – das rosa – oder – wenigstens deine Perlen – warte, ich lege sie dir an.« Gisela ließ die Alte gewähren. Die runzeligen Hände, die sich liebevoll an ihr zu schaffen machten, taten ihr wohl. »So – jetzt geh' hinaus, Herzel, ich muß noch in die Stadt.«

Wesentlich erheitert trat Gisela in den Salon. Ihre Mutter saß an ihrem Nähtisch und nähte; sie machte ihr ernstes, trauriges Gesicht und hatte rote, geränderte Augen. Gisela blieb in der Türe stehen. Wieder ergriff sie das bange Gefühl, von den Ihrigen verlassen – in irgend etwas schuldig zu sein. Frau Zweigeld hob den Kopf, ließ ihren Blick auf ihrer Tochter – wie es dieser schien, unzufrieden – ruhen und bemerkte trocken: »Ah so – du hast deine Perlen umgetan. Nun, das wäre kaum nötig gewesen.«

Gisela wurde purpurrot. »Der Vater meinte ... Marie ...« stotterte sie.

»So – so«, ließ Frau Zweigeld verlauten und beugte sich über ihre Arbeit.

Oh! Gisela schämte sich dieser Perlen! Sie hätte sie sich vom Halse reißen mögen. Sie verstand es wohl, ihre Mutter fand es nicht mädchenhaft, daß sie sich für Dr. Benze schmückte. Traurig setzte sie sich auf das Sofa, faltete die Hände in den Schoß und schaute vor sich nieder. Sie war sehr unglücklich! Der Vater hatte wohl recht, von dem armen Opfer zu sprechen.

Als sie wieder aufschaute, hatte die Mutter ihre Arbeit fortgelegt und hielt die schönen, braunen Augen, blank von Tränen, auf Gisela gerichtet. Da schwoll auch dieser das Herz; sie flog zu ihrer Mutter hin und warf sich ihr in die Arme.

»Mein liebes Kind, Gott segne dich«, rief Frau Zweigeld und drückte ihr Kind leidenschaftlich an sich.

Draußen ward an der Klingel gezogen.

»Das ist er«, rief Frau Zweigeld. »Sei nur ruhig, Kind. Es wird schon gehen. Ich will ihn empfangen.«

Wie oft hatte Gisela nicht mit Emmy Begus von dem Augenblick der Verlobung gesprochen! Nun war er da, und Gisela fand, daß sie es in ihren Gesprächen stets übersehen hatte, daß in dem großen Moment auch die ganze altgewohnte Umgebung da sein würde. Sie stellten sich ein Meer von Gefühlen und Aufregungen vor. Nun standen die bekannten Stühle da und machten sich breit – der Nähtisch, der Fingerhut der Mutter –, und sie hinderten Gisela daran, sich wesentlich anders – hübscher, poetischer zu benehmen, als es die Gisela, die sonst zwischen ihnen ab und zu ging, zu tun pflegte. Ja, wie sollte sie sich benehmen? Nebenan hörte sie das Scharren von Füßen. Der Vater sprach; jemand antwortete.

Das war er. Jetzt machte sich die tiefe, metallene Stimme der Mutter vernehmbar. Jemand drückte auf die Türklinke. Gisela preßte ihre Hände ineinander. Sie fror vor Aufregung.

Da erschienen sie. Dr. Benze trug einen langen Visitenrock und nahm eine ernste, feierliche Miene an. Gisela fiel es auf, daß der Vater ihn an der Hand führte, wie ein Kind.

»Du hast ihn dir bestellt, hier bringe ich ihn dir«, rief Dr. Zweigeld.

Gisela ging ihrem Bräutigam entgegen und reichte ihm die Hand – die dieser küßte. »Ach ja – natürlich!« dachte sie.

Dann begann der Vater wieder zu sprechen, jetzt würdevoll und andächtig: »Liebe Kinder! Den Segen des Allerhöchsten flehe ich – oder vielmehr wir – auf euch herab. Es wird Sie nicht befremden, lieber Kollege, daß wir mit einigem Bangen hier dieses unser teuerstes Gut Ihnen übergeben und auch fernerhin mit aufmerksamen, ich möchte sagen, eifersüchtigen Blicken über das Schicksal dieses unseres teuersten Gutes wachen. Machen Sie unser Kind glücklich, wir vertrauen Ihnen. Seien Sie uns als Sohn willkommen.« Er umarmte Benze und Gisela; auch die Mutter küßte ihren künftigen Schwiegersohn auf den Scheitel; alle waren sehr gerührt. Hinter der halbangelehnten Eßzimmertüre stand Marie und schluchzte.

»Gut! Also wir lassen euch allein«, schlug Dr. Zweigeld wieder seinen munteren Ton an, »sagt euch in einer Stunde, was ihr euch zu sagen habt. Der Wagen ist bestellt. Kind! Sieh nicht so bange aus, der Doktor beißt nicht. Komm, Mutter!«

Das Brautpaar stand nun allein mitten im Salon, den die Nachmittagssonne mit ihrem derben Golde erfüllte. Der Kanarienvogel schlug, als sollte ihm die Brust springen. Von der Straße scholl das Rollen, Klingeln und Rufen des Sonntags lustig herauf.

»Gott, mein Gott! Wie wunderbar das alles ist«, dachte Gisela. »Und was soll nun werden?«

Benze begann zu sprechen: »Ach – Gisela – ich kann es nicht sagen; mein Glück, dieses große Glück, macht mich linkisch, aber Sie wissen es wohl.«

Gisela ging es heiß über den Körper, und Tränen schnürten ihre Kehle zusammen; dieser aufgeregte junge Mann rührte sie zu sehr. Wie schnell er atmete, er, der sonst so ruhig und sicher auftrat. Wie sollte sie ihm zeigen, daß sie ihn liebte? »Wollen Sie sich nicht setzen?« sagte sie leise. Sie hätte das vielleicht nicht sagen sollen, meinte sie; aber nun es heraus war, ging sie zu einem Sessel und setzte sich.

Benze blieb vor ihr stehen und sprach wieder, jetzt ruhiger und geläufig: »Nicht wahr? Ich brauche es Ihnen nicht erst zu sagen, was diese Zeit über in mir vorgegangen ist? Müßte ich glauben, Sie wüßten es nicht, ich hätte nie gewagt, zu Ihnen zu kommen. Aber ich glaubte es verstanden zu haben, daß Sie mir meine Liebe gestatten, daß Sie darum wissen – und so«, er setzte sich neben sie und ergriff ihre Hand, »war es nicht so?«

»Doch!« erwiderte Gisela. Sie errötete zwar, sah ihren Bräutigam jedoch voll an. Die Befangenheit war fort; sie fühlte sich sehr wohl, so ihre Hand in der seinen; nun wußte sie es auch wieder, wie gut sie ihm war.

»Noch eins«, sagte er, »noch eins muß ich hören«, und seine Stimme nahm einen heimlichen, süßen Klang an. »Und du – du warst mir auch schon zuweilen gut.« Die klaren, ruhigen Mädchenaugen sahen ihm freundlich in das Gesicht.

Gisela nickte ein wenig und versetzte treuherzig: »Aber erst war ich betrübt. Ich dachte, ich bilde mir alles vielleicht nur ein und kein Mensch denkt an mich.«

»Wie – du armer Engel; um mich konntest du leiden, auch nur einen Augenblick?« Er umschlang sie mit seinen Armen und küßte immer wieder ihre Lippen.

Gisela ließ es ruhig und ein wenig erstaunt geschehen. Als er sie wieder freiließ, schauerte sie leise in sich zusammen und richtete sich auf. Diese Männerarme, die sie umschlangen, dieser schwarze Schnurrbart auf ihren Lippen waren so wunderlich und fremd, das mußte wohl so sein. Behaglicher jedoch war es, Hand in Hand dazusitzen, sich in die Augen zu sehen, zuzuhören, wie schön und gefühlvoll er sprach.

»Ja«, meinte er und streckte die Brust vor – wie er tat, wenn er feierlich und überzeugungsvoll sprechen wollte, »wenn ich bedenke, daß in mein Leben, das sich mit soviel Hartem, oft Häßlichem herumzuschlagen hatte, das jedenfalls meist ein lichtloses oder doch sehr materielles Tagewerk verrichtet, plötzlich etwas so Reines und Heiliges wie du – kommen soll, so scheint es mir, als müßte dieses Leben selbst rein und heilig werden.«

»Jesus!« rief Gisela, erschrocken, daß er sie heilig nannte. Dieses Leben mit seinem Tagewerk, das sie nun teilen sollte, erschien ihr wie eine unendlich trauliche Geborgenheit.

»Und sieh«, fuhr Benze fort, »ich habe es oft schon gesagt, daß ich meinen Beruf liebe, und du wirst ihn auch lieben. Bei etwas so eng Verbundenem wie Mann und Frau, wie sollte da der Beruf des Mannes, der ein Teil seiner Seele ist, der Frau fernstehen? Du wirst, wie ich hoffe, einigen Anteil an ihm nehmen. Nicht durch Laufen in die Gerichtssäle und Anhören von Verbrechergeschichten. Das Harte bleibt mir. Du wirst ihn weihen. Das Schöne und Hohe in ihm lieben und pflegen. Du wirst mich daran erinnern, daß tiefer Abscheu vor dem Ungeraden und Unreinen zugleich mit Mitleid, Gerechtigkeit mit Liebe Triebfedern dieses Berufes sind.«

»Liebe?« wiederholte Gisela nachdenklich, »kann man diese schrecklichen Verbrecher lieben?«

»Gewissermaßen«, erwiderte Benze – ein wenig lehrhaft. »Das Hassenswürdige … der Ekel vor der verbrecherischen Tat, der Verteidiger fühlt es wie jeder andere, er soll es lebhafter noch fühlen. Wenn er dem Verbrecher dennoch sein Wissen zur Verfügung stellt, so tut er es im Bewußtsein, daß die ahndende Gerechtigkeit nur dort strafen kann, wo alles, was für den Schuldigen spricht, ins Licht gerückt ist. Sie überrumpelt nie. Sie sagt: tue für dich, was du kannst; bist du schuldig, so werde ich dennoch stärker sein …«

»Gütiger Himmel! Sie sprechen von Jurisprudenz! Ha ha!« Der Vater stand in der Türe und lachte. »Das ist mir ein kurioses Brautpaar. Aber jetzt ist's genug – der Wagen ist da; wir wollen unseren juristischen Bräutigam der Stadt zeigen.«

Die Fahrt über war Herr Zweigeld sehr munter, während seine Frau schweigsam und ernst dreinschaute.

Das machte auch Gisela befangen; sie fühlte sich ihrer Mutter gegenüber wieder wie von einer Schuld bedrückt. Aber draußen auf dem Ring war es doch zu lustig, um die trübe Stimmung aufkommen zu lassen. Die Alleen voller Spaziergänger, die Terrassen der Cafés dicht besetzt, vom Stadtpark wehten Akaziendüfte herüber.

Der Fiaker fuhr so schnell, daß Giselas Hutbänder und Locken wild zu flattern begannen. »Das ist hübsch!« meinte sie und lächelte ihren ernsten Bräutigam an.

Herr Zweigeld war in seinem Element; er grüßte nach allen Seiten hin, nannte die Namen der Vorübergehenden, »Ah, der junge Schauber mit seinen Juckern. Sehr fein! Donnerwetter! Die Veilchen – Rosi! Ist die jetzt vornehm. – Seht dort den deutschen Botschafter. Jetzt – aufgepaßt – Seine Majestät.«

Jetzt rollte der Wagen über den Sand der großen Allee. Ein lautes, beständiges Klingen, die Töne der Orchester, Drehorgeln, Spielbuden erfüllten die Luft. Wenn sie an Biergärten vorüberfuhren, wehte ihnen der eigentümliche Praterduft – nach seinen sonnenwarmen Blättern und Bier – entgegen.

Herr Zweigeld war außer sich vor Vergnügen. Er sprach beständig und lachte, daß man die ganze Reihe seiner weißen Zähne sah. »Kutscher«, rief er, »wie fahren Sie? Bedenken Sie, ein Brautpaar sitzt im Wagen.«

»Theodor!« mahnte Frau Zweigeld streng.

Aber der Kutscher lachte, trieb seine Pferde an und jagte wie toll die Alleen hinauf und hinab.

Gisela jubelte. Sie verstand ihren Vater und fühlte wie er das Bedürfnis, etwas besonders Lustiges zu unternehmen. Und auch die Vorübergehenden verstanden ihn. Sie blieben stehen und schauten dem Wagen mit wohlwollendem Lächeln nach.

»Aber Theodor! Wie kann man so kindisch sein? Was werden die Leute denken!« tadelte Frau Zweigeld.

»So laß doch«, meinte ihr Gatte kindlich, »wenn es mir Vergnügen macht.«

Zwischen zwei Cafégärten befahl er dem Kutscher zu halten.

»Wir wollen das Konzert anhören.«

Von ihrem Halteplatze aus konnten sie die Musik von beiden Gärten zugleich hören, ein wirres, betäubendes Durcheinander von Tönen. In dem einen spielte eine ungarische Kapelle einen Czardas, in dem anderen eine Militärkapelle einen Walzer. Das nervöse, rastlose Gesumme der ungarischen Geigen kämpfte rüstig mit dem Schmettern der Trompeten.

Gisela stand aufrecht im Wagen und lachte laut. Die Menschen blieben bei dem Wagen stehen und lachten mit; sie verstanden den Spaß wohl. Die Sonne schien rötlich durch die Bäume, glänzte in den Biergläsern, warf grelle Lichtflocken auf die bunten, sonntäglichen Kleider und erfüllte die Luft wie mit rötlichem Staub.

Ein Bündel Gasbälle, welches dem Verkäufer dort an der Ecke entschlüpft sein mochte, flog langsam über die Menge hin, ein lustiges grün und rotes Fahrzeug, das immer höher in den tiefblauen Himmel hineinsegelte. Und die Leute bogen die Köpfe zurück, schauten ihnen lachend nach, Kinder jubelten auf, und die Pauken, Trompeten und Geigen schmetterten schrill und betäubend drein.

II

Lothar stand unter dem Haustor, pfiff leise vor sich hin und erwartete Tini, die versprochen hatte, mit ihm in den Prater zu gehen. Noch andere standen dort in dem dämmerigen Raume, und sie waren alle ungeduldig, schlugen sich mit dem Spazierrohr auf die Stiefel, pfiffen gelangweilt vor sich hin, und wenn's die Stiege herabkam, wurden sie alle aufmerksam.

Tini kam, ernst und befangen. Sie hüllte sich fest in ein dunkles Umschlagetuch und ging schweigend neben Lothar hin.

Das war es, was er wollte! – Um diese Stunde mit seinem Mädchen durch die Straßen gehen, auf einer heimlichen Bank sitzen, zu dem abendlichen, wispernden Wien gehören.

»Geben Sie mir den Arm«, sagte er, während sie die Anlagen am Wien-Fluß entlangschritten. »Heute wollen wir lustig sein. Alles, was' unten im Prater zu tun gibt, wollen wir tun.« Er beugte sich zu ihr nieder. In der Finsternis, hier zwischen den Sträuchern, konnte er nur an der Reihe ihrer weißen Zähne sehen, daß sie lachte. Ihr Arm lag schwer in dem seinen, und sie machte große Schritte, als hätte sie Eile. Lothar sprach dieses und jenes, ohne Antwort zu erlangen, erst in der Praterstraße wurde Tini munterer, in der Praterallee begann sie zu plaudern mit ihrer tiefen, verschleierten Stimme: »Wenn die Mutter nicht wär'«, meinte sie, »käm' ich jeden Abend hierher.«

»Nun – und jetzt?«

»Jetzt – nur zuweilen. Was kann die Mutter mir tun?«

»Mit wem denn?«

»Allein.«

»Nicht mit dem Arbeiter, wie heißt er – Chawar, nicht?«

»Der!« – Tini zuckte die Achseln. »Ja, zuweilen geh' ich auch mit dem Lois.«

Jetzt lag die Reihe der hellerleuchteten Schaubuden vor ihnen, viele kleine flimmernde Häuschen mitten in dem Dunkel des umgebenden Landes. In dem Glanz der Gasflammen, der Glas- und Spiegelscheiben bewegten sich wunderliche Gestalten – Wachsfiguren mit zartrosa Wangen, ein Äffchen neben einem Kakadu, ein Mann mit mehlweißem Gesicht, zu roten Lippen und einer Zipfelmütze. Unablässig und schimmernd drehten sich die Ringelspiele – all das wie fremdes, abenteuerliches Spielzeug in die Sommernacht geworfen, die ringsrum schwarz und still dalag.

»Jenes dort, mit den Spiegeln, ist das beste«, versetzte Tini und wies auf eines der Ringelspiele.

Da es ein Wochentag war, waren all diese Vergnügungsanstalten fast leer. Nur einige stellenlose Dienstmägde, einige Straßendirnen, Soldaten und Ladendiener trieben sich dort umher.

Die Leute im Ringelspiel waren schläfrig, als drückte sie die Trivialität ihrer flitterbehangenen Bude und der stets sich wiederholenden Walzertakte.

Ein Mann schnarrte Lothar und Tini zerstreut an: »Versuchen Sie's mal, meine Herrschaften, eine Rundfahrt«, und war erstaunt, als seine Einladung Erfolg hatte.

Tini wählte mit ernster Miene ein weißes Pferd und setzte sich auf ihm zurecht. Sie war die einzige. Lothar stand daneben und schaute zu. Die Musik setzte mit ihrem schnarrenden

Walzer ein, und die Pferde, Spiegelscheiben, Stahlperlquasten begannen sich zu drehen.

Ein Gefühl der Langeweile und des Überdrusses stieg in Lothar auf. All dieser Flitterstaat sah in der Verlassenheit eines Werktages zu sinnlos und schal aus. Er wäre so gern mit seinem Mädchen lustig gewesen. Doch fühlte er wohl, er verstand das nicht mehr. Die Fähigkeit, einfach das Leben zu genießen, schien verloren, und das dünkte ihn jetzt ein sehr ernster und wichtiger Verlust. Wie mißmutig auch Tini auf ihrem Pferde saß! Was konnte er ihr bieten? Sie vermißte wohl Chawar und die anderen – die sie und das Leben besser verstanden.

Da huschte Tini wieder an ihm vorüber. Der Strohhut war ihr in den Nacken gefallen. Eine schwarze Haarsträhne flatterte über der niedrigen Stirn; die Wimpern zuckten. Sie lächelte Lothar an. Nein, mißmutig sah sie nicht mehr aus.

Jetzt sauste sie wieder heran. Die Zügel hatte sie fahren lassen und die Arme über der Brust gekreuzt. Das Gesicht war leicht gerötet. Die Lippen öffneten sich halb, und die Augen sahen blank und wild vor sich hin. Es war, als horchte das Mädchen in sich hinein auf eine starke, süße Leidenschaft, die es innerlich erschütterte. Sie sah Lothar nicht an, und das ärgerte ihn. Das war es ja. Dieses Starke, Heiße und Wilde, das in diesen schwarzen Augen zuweilen aufblitzte, begehrte er für sich; zu ihm sollte es gehören.

Als das Spiel anhielt, machte Tini ein ungeduldiges Zeichen: »Nur weiter!« Und es begann wieder.

Lothar ward schwindlig von dem Anschauen dieses sich drehenden Glanzes, von dem gespannten Warten auf das Vorüberblitzen der schwarzen Augen.

»So! Jetzt gehen wir weiter!« beschloß Tini endlich und sprang von ihrem Pferde herab. »Hier nebenan ist eins mit Eisenbahnwagen, auf dem bin ich noch nicht gefahren.« Das

Haar hing ihr wirr um das Gesicht, und sie lachte wie ein Kind.

Nun versuchten sie das Ringelspiel mit den Eisenbahnwagen, dann eine russische Schaukel, endlich eine Schaukel, die ein großes hin- und herschwankendes Schiff vorstellte. Tini konnte nicht genug von all dieser Bewegung haben.

»Was nun?« fragte Lothar.

Tini strich sich das Haar aus dem heißen Gesicht und begann laut und anhaltend zu lachen! »Von mir aus könnt's die ganze Nacht so gehen. Schlafen könnt' ich im Ringelspiel und in der Hutschen – ganz allein, die ganze Nacht. Aber schwindlig bin ich, und einen Durst hab' ich!« Sie hob beide Arme in die Höhe und streckte sich.

In der »Weißen Rose« wurde getanzt. Eine Militärkapelle spielte im Saal, der nach dem Garten hin offen war. Tini und Lothar setzten sich vorn unter einen Ahornbaum und bestellten Bier.

»War's hier, wo Sie schon früher getanzt haben?« fragte Lothar.

»Freilich! Hier bin ich auch schon gewesen«, erwiderte Tini. Ihr Gesicht hatte wieder den besorgten, aufmerksamen Ausdruck angenommen. »Aber – ich kann nicht gut tanzen«, fügte sie hinzu. Dann errötete sie plötzlich – ein gewaltsames Erröten, welches ihr das Gesicht bis zur Stirn und den Ohren mit dunklem Rot überdeckte. »Sie mögen wohl nicht mit mir tanzen?« fragte sie.

»Oh, doch!« meinte Lothar zögernd, »wir trinken aber zuerst aus.«

Gehorsam ergriff Tini ihr Glas und leerte es auf einen Zug. »So jetzt gehen wir.«

Allerdings tanzte Tini nicht gut. Sie lag mit dem ganzen Gewicht ihres mächtigen Körpers ihrem Tänzer im Arm, und beim Drehen einmal in Schwung gebracht, riß sie alles mit sich fort. Den Kopf ein wenig zurückgebogen, richtete sie ihre Augen voll auf ihren Tänzer.

Lothar fühlte diesen Blick auf sich ruhen wie etwas Heißes.

»So, jetzt erholen wir uns ein wenig«, sagte er atemlos. Diese Art des Tanzes strengte ihn an.

Tini trocknete sich mit ihrem Taschentuche die Stirn und machte ein böses, gelangweiltes Gesicht. Es verdroß sie, daß es schon zu Ende sein sollte.

Da erschien Chawar, nahm die Mütze ab und bat Lothar um die Erlaubnis, mit dem Mädl da einmal herumtanzen zu dürfen.

Tini verzog keine Miene, als kennte sie den Mann gar nicht; nur als er seinen Arm um ihren Leib schlang, schob sie die Unterlippe, wie schmollend, vor.

Chawar tanzte mit krummen Knieen, schlug stark mit den Absätzen seiner zerrissenen Stiefel auf, aber er hatte seine Tänzerin in seiner Gewalt. Mit Leichtigkeit warf er das große Mädchen hin und her, und Tini überließ sich dieser Kraft, die sie rücksichtslos drehte und zerrte, mit sichtlichem Behagen. Ihr Gesicht nahm einen ernsten, fast schmerzlichen Ausdruck an; es war wieder jenes stillerregte In-sich-hineinhorchen von vorhin.

Lothar ward ärgerlich. Sie hörten auch nicht mehr auf. Er trat hinaus auf den Altan. Der Vorgarten lag im gelben Gaslicht ziemlich leer vor ihm; die Luft war schwer vom Duft der Lindenblüten, in den sich der Qualm des Tanzsaales mischte. »Pfui!« murmelte Lothar und schüttelte sich. Am liebsten wäre er gegangen. Da drinnen tanzten sie noch; wenn er sich umschaute, sah er Chawars roten Kopf und Tinis schwarze Zöpfe. Gleichviel was es war, und er mochte darüber nicht nachdenken, aber dieses Mädchen mußte zu ihm gehören, das fühlte er – trotz allem.

Die Musik schwieg. Lärmend drängten die Menschen ins Freie.

Lothar spähte nach Tini aus, als er sie hier nicht sah, suchte er sie im Saal; doch dieser war leer. Nun ward er ungeduldig, ging um das ganze Haus herum, stieg wieder auf den Altan – schaute sich wieder im Saal um. Da trat ein Mann, ein Handwerker, auf ihn zu und sagte: »Bitte, suchen Sie das Mädl? Die ist mit dem roten Chawar hier hinten hinaus, gleich nach dem Tanz.«

»Ja – ja, ich danke«, erwiderte Lothar. – Mit dem roten Chawar? Natürlich! Daß ihm das nicht gleich eingefallen war! Nun konnte er gehen.

In der stillen, dunkeln Allee freute er sich, wieder in reiner Luft zu sein. Er blieb stehen, nahm den Hut ab; atmete tief auf. Gott! Was war denn an all dem? Nichts! Ein sehr gewöhnliches, albernes Ereignis.

In seiner Wohnung fand er die Zimmer voll kühler Nachtluft. Die vertraute Ordnung um ihn tat ihm wohl. Er lehnte sich zum Fenster hinaus. Der Hof war einsam und dunkel, bewacht von der langen, schwarzen Gestalt der Mutter Gottes auf dem Brunnenrohr.

Wie sagte doch Rotter? »Das bringt Frieden.« Ob die dort unten im Prater Frieden bringen kann? Wieder sah er die dunkle Gestalt des Mädchens vor sich. Zorniges Verlangen schüttelte ihn. Und mit diesem Böhmen, in dieser schmutzigen Kneipe! Es war zu unrein – und doch ... er hatte gut sich in die Brust werfen, jene dort waren die Starken, die Unbekümmerten ... für sie, die es zu nehmen verstanden, war das Leben da – und er, der nicht einmal lustig zu sein verstand, mußte abseits stehen ...

Seufzend steckte er seine Lampe an; er kam sich heute wie der Enterbte vor. Auf seinem Tisch lag ein Brief seiner alten

Tante, die ihm regelmäßig viermal im Jahre schrieb, wenn sie ihm seine Pension schickte.

»Lieber Sohn!« hieß es in dem Briefe. »Ich habe durch Jürgensohn Dir das Quartal Deiner Pension übersenden lassen. Ich hoffe, es wird pünktlich ankommen. Ich bin, Gott sei Dank, gesund. Auch meine Füße schmerzen diesen Sommer nur selten, so daß ich zuweilen selbst nach den Arbeiten sehen kann. Die Heuernte ist schwach ausgefallen, der Mai-Monat war zu trocken, und wenn der Klee uns nicht heraushilft, dürfte es einen schweren Winter für das Vieh geben. Wir stecken mitten in der Roggenernte. Der Roggen ist nur mittelmäßig; auch der Wurm hat viel Schaden angerichtet. Das Sommergetreide, besonders die Felder zum Bach hin, verspricht mehr. Es wird Dich vielleicht interessieren, daß die alte Kathrin nun auch dahingegangen ist; sie hat Dich ja auch in Deiner Jugend gepflegt. Ich vermisse sie sehr. Mit den jungen Mädchen hat man nur Ärger. Sie laufen den Burschen nach und wollen keine Arbeit tun. Lebe wohl, lieber Sohn. Gott behüte Dich. Es betet täglich für Dich Deine alte Tante L. v. Taufen.«

Diese einfachen Zeilen beruhigten Lothar, taten ihm wohl … Ja dort … dort hatte er auch leben können ohne Theorien – hatte er die Erde verstanden ohne Gedanken. Und als er sich zur Ruhe legte, träumte er noch lange jenen fernen Zeiten nach. Er lag auf der kleinen Wiese am Bach. Um ihn glühte alles in der Mittagssonne. Die zerfahrenen Föhrenwipfel am Waldsaume glänzten wie Metall, und über sie hin im tiefen Blau revierte der Falk und stieß immer wieder seinen scharfen, klagenden Jagdruf aus.

12

Die Vorstellung im Theater an der Wien war zu Ende. Es hatte den Abend über geregnet, jetzt zerteilte der Wind die Wolken. Zwischen den grauen, rissigen Ballen zeigte sich ein Stück Nachthimmel mit kleinen, schwachscheinenden Sternen überstreut. Die nasse Straße glänzte im Licht der Laterne wie Eis. Vor dem Theatereingang der Dreihufeisengasse hielten einige Equipagen; an der Mauer, an den Laternenpfählen lehnten dunkle Gestalten. Die einen standen regungslos unter ihren Regenschirmen da und ließen aus dem Dunkel nur das rote Glimmen einer Zigarre hervorleuchten; andere gingen ungeduldig auf und ab und schauten zu der erleuchteten Reihe der geöffneten Fenster über ihnen empor. Rege Schatten huschten dort vorüber; ein stetes Zwitschern, Kichern, Schelten tönte herüber, und die heiße Zimmerluft dampfte heraus, mit scharfem Moschus- und Opoponax-Düften gemischt. Aus der Türe schlüpften vermummte Gestalten und verschwanden in die Wagen, oder sie trippelten mit unsicheren Rebhuhnschritten das Trottoir entlang, bis einer der Harrenden auf sie zuschoß – und sie dann beide, eng unter einem Regenschirm vereinigt, ihrer Wege gingen.

Der Platz hatte sich geleert; die Wagen waren fort. Nur an der Laterne stand noch eine Gestalt und blickte empor zu den Fenstern. Leopold Gerstengresser war es, der auf Mietzi wartete. Er stand dort schon eine geraume Weile, trommelte mit dem Regenschirm auf die Pflastersteine und nagte an seiner Unterlippe. Es war ihm nicht möglich gewesen, heute die Vorstellung zu besuchen. Er hatte nicht rechtzeitig aus dem Geschäft fortkommen, oder vielmehr nicht rechtzeitig sein Geschäft in der Judengasse abmachen können. Der Gedanke aber, daß Mietzi im kurzen Röckchen, in Trikots und Perlen in den Haaren sich von all den fremden Menschen bewundern ließ und er nicht dabeisein durfte, verursachte ihm unsägliche Pein. Gestern schon hatte er die Vorstellung versäumt, auch war Mietzi zwei Stunden nach Schluß der Vorstellung heimgekommen. Bei Hempels hatte es einen schlimmen Auftritt gegeben, wie Elsa erzählte. Und nun heute dieses Zögern, was hatte das zu bedeuten? Ach Gott, es war ungerecht, daß ein Mensch allein so viel Leid tragen sollte! Denn drüben im Geschäft war es auch nicht geheuer; Leopold spürte das deutlich; die Luft war dort schwül. Seine Kollegen steckten die Köpfe zusammen, und der Prinzipal sprach von Inventur. Über kurz oder lang mußte etwas Entsetzliches sich ereignen. Oben aus den erleuchteten Fenstern scholl es wie helles Lachen. War das Mietzi? Konnte sie so lachen, wenn er litt? Über dem dämmerigen Platz mit seinem gelben Gaslicht lag unendliche Traurigkeit. Ab und zu klatschte ein niederfallender Tropfen laut auf das Pflaster. Das trieb Leopold Tränen in die Augen, er wußte nicht warum; es brachte ihm Todesgedanken. Ja, lieber sterben, als so leben! Drüben ertönte ein leises Husten. Neben dem Theaterausgang stand ein Mann in einem langen Überrock. »Ein Leidensgefährte«, dachte Leopold.

Jetzt regte es sich im Rahmen der Türe. Ein grauer Regenmantel und ein weißes Köpfchen erschienen. »Die Mietzi; Gott sei Dank!«

Sie schaute sich um; Leopold sprang herbei; seltsam, auch der Mann im langen Überzieher näherte sich ihr, nahm den Hut ab, streckte die Hand aus; Mietzi wich zurück – und Leopold hörte das helle, scharfe Lachen, wie Mietzi es ausstieß, wenn sie böse war. Leopold begriff den Vorgang nicht. Nur fühlte er den Arm seines Mädchens in dem seinen.

»Komm«, flüsterte Mietzi.

»Was gibt's denn?«

»Ach, laß nur; ich sag's dir später, komm«, damit drängte sie vorwärts.

Leopold hatte ein Zimmer in der »Blauen Krone« unten in der Magdalenenstraße genommen und ein Nachtmahl bestellt. Er wollte Mietzi ganz allein für sich haben. Seine Liebe und seine Eifersucht hatten sich zu einer Art Wut gesteigert. Er hätte das Mädchen töten können, um es nicht all den Gaffern in den Logen zu lassen.

»Wohin?« fragte Mietzi.

»In die ›Blaue Krone‹«, erwiderte Leopold angstvoll. »Dort ist für uns alles hergerichtet.« Sonst hatte Mietzi sich stets geweigert, mit Leopold in ein Hotel zu gehen; heute schwieg sie und seufzte schwer.

Das kleine Hotel zur »Blauen Krone« ist eines der alten, baufälligen Häuser, die sich den Wien-Fluß entlangziehen. Der Portier stand vor der Türe, eine Zigarre zwischen den Zähnen und Pantoffeln an den Füßen.

Leopold verlangte herrisch den Schlüssel von Nr. 7.

»Ah – Sie sind's!« meinte der Mann verächtlich und stieg langsam vor dem Paar die Stiege hinan.

Leopold wußte wohl, wie sehr dieser grobe Mensch, die dunkle Stiege, der Zwiebelgeruch, der ihnen entgegenschlug, Mietzi mißfallen mußten. Warum sagte sie nichts? Sie war doch sonst nicht so zurückhaltend, wenn ihr etwas nicht recht war.

Ihnen wurde ein geräumiges Gemach angewiesen. Zwei Kerzen brannten auf dem runden Tische vor dem Sofa. In einer Ecke des Zimmers stand ein Bett, in einer anderen ein Spiegelkasten.

Leopold rief nach dem Kellner, schalt, daß das Nachtmahl noch nicht bereit war, dann wandte er sich Mietzi zu. Diese, in Tuch und Mantel gehüllt, saß auf dem Sofa und starrte in die Flamme der Kerze.

»Nun, Schatz, wie gefällt es dir hier?« begann er munter.

Mietzi antwortete nicht. Ihr Gesicht war ganz rosig. Einige feuchte Löckchen hingen ihr tief in die Stirn, und von den Augen hatten sie vergessen, die schwarzen Kohlenstriche fortzuwischen, was diese größer erscheinen ließ und ihnen einen fremden, aufgeregten Ausdruck verlieh.

»So sprich doch. Gefällt's dir nicht?« wiederholte Leopold ziemlich jämmerlich.

»Ach!« meinte Mietzi, »daran denk' ich gar nicht. Hier oder anderswo, was kommt es darauf an?«

»Woran denkst du denn? Was ist geschehen? Wer war der Herr dort am Theater? Was gab er dir?«

»Der!« Mietzi stieß wieder ihr kurzes, böses Lachen aus. »Ja – mein Lieber, weißt du, wer das war? Der Diener eines Grafen.«

»Eines Grafen«, wiederholte Leopold tonlos. Er wollte jedoch ruhig erscheinen. »Was wollte der von dir«, warf er wie gleichgültig hin.

Statt zu antworten ergriff Mietzi eine der Kerzen, stellte sich vor den Spiegel, bog ihr Gesicht nah an das Glas heran und begann es aufmerksam zu betrachten; von der einen Seite, von der anderen Seite, die Augen, die Zähne; sie trat ein wenig zurück, zog die Augenbrauen empor, ihr Gesicht nahm einen feierlichen, betrübten Ausdruck an, die Arme ließ sie schlaff herabsinken.

»Ah, jetzt macht sie's wie die Collin im Theater!« dachte Leopold, der schwermütig, den Kopf in die Hände gestützt, am Tische saß. Dieses fremde, putzige Wesen, welches über das Mädchen gekommen war, seit es zum Theater gehörte, entzückte ihn und war ihm dennoch schmerzlich; es entfernte Mietzi von ihm.

Sie kehrte nun langsam zum Tisch zurück und warf sich auf das Sofa.

»Willst du's mir nicht sagen?« fragte Leopold ärgerlich; als er jedoch aufschaute, war er bestürzt, denn Mietzi hatte wirklich die blauen Augen voller Tränen. Es war nicht mehr das tragische Antlitz der Collin, sondern das weinerliche Gesichtchen der Mietzi. Da zog er sein Mädchen an sich. »Warum weinst du? Hab' ich dir was getan? Geh', sag's mir; ich helf' dir.«

Mietzi schüttelte den Kopf. »Du armer Hascher, wie kannst du mir helfen! Mir kann niemand helfen!«

Das kränkte Leopold wieder. »So sag's wenigstens. Gestern – nicht wahr – ist was passiert. Deine Mutter hat alles erfahren.«

»Ja, die Mutter! Jesus, war die böse! Sie hat's erfahren, daß ich zum Theater geh' ... und weil ich gestern ein wenig später heimgekommen bin – hat sie mich genannt – nein, ich kann's nicht sagen. Ach Poldl, ich bin sehr unglücklich!«

»Warum bist du denn spät heimgekommen?« forschte Leopold.

»Das ist's eben. Der Graf – du weißt – der Alte in der ersten Rangloge links ...«

»Ah!« meinte Leopold. »Der mit der gelben Perücke und dem gefärbten Schnurrbart, der Kater.«

»Ja – der. Er ist ein wirklicher Graf. Was sollte ich tun? Die anderen haben mir zugeredet. Ich bin mit ihm gegangen.«

»Wohin?« Jetzt war auch Leopold das Weinen nah.

»Zum Sacher«, erwiderte Mietzi, und es klang etwas wie Stolz durch.

Zum Sacher! Das hatte Leopold längst befürchtet, dem konnte Mietzi nicht widerstehen. Sie aber berichtete weiter, leise, fast flüsternd: »Freilich! Hübsch ist's dort. Ein blaues Stübel; seidene Bezüge auf den Stühlen, seidene Vorhänge, ein Kronleuchter, und es duftet dort so süß. Das wär' schon recht gewesen. Wir haben Champagner getrunken und gegessen. Anfangs hab' ich über den Alten gelacht. Ja – wie ein Kater schaut er aus, das ist richtig. Aber später, mein Poldl, ich kann's dir nicht sagen, ich hab' mich zu sehr gegraust. Was er alles tat! Und geküßt hat er mich. Ich mag mein Gesicht deshalb nicht mehr leiden. Pfui! Ich hab's nicht mehr aushalten können. Ich hab' mein Tuch genommen und bin fortgegangen. Die ganze Nacht hab' ich nicht schlafen können, weil ich mich so gefürchtet hab' vor dem Alten und vor mir selber. Nein, all das überleb' ich nicht! Und nun noch die Mutter. Was soll ich tun? Lieber sterben!« Sie bedeckte ihr Gesicht mit beiden Händen und schluchzte. »Und heute wartet die Mutter auf mich. Sieh, was ich alles um dich ausstehen muß. Am besten wär's, ich wäre tot.«

»Um mich ausstehen!« wandte Leopold gereizt ein. »Hab' ich's dir geschafft, mit dem Alten zum Sacher zu gehen?«

»Wie? Du fängst auch schon an?« fuhr Mietzi auf und schluchzte lauter.

Da begann er sie zu trösten. In all dem war doch etwas, was ihm Befriedigung gewährte. Mietzi war nicht mehr das bewunderte, über ihn erhabene Mädchen, unnahbar in ihrem Glück. Ging es auch ihr schlecht, so war sie ihm näher, und er konnte ihr auch seine Leiden eingestehen, konnte ihr zeigen, wieviel mehr er um sie, als sie um ihn gelitten hatte. Liebevoll strich er mit der Hand über den blonden Mädchenkopf und küßte die feuchten Augen. »Laß's gut sein, Mietzerl! Was kann die Mutter uns tun? Ach! Wüßtest du, was ich um dich aussteh', du würdest von deinen Geschichten gar nicht sprechen.«

»Du!« rief Mietzi und richtete sich entrüstet auf.

Leopold aber wurde so weich und wehmütig zu Sinne, daß er seinen Kopf matt auf den Busen seines Mädchens sinken ließ, als wollte auch er weinen.

Das setzte Mietzi in Erstaunen, sie wurde neugierig.

Der Kellner öffnete die Türe und brachte das Nachtmahl, was die Unterhaltung auf einige Augenblicke unterbrach, und als er fort war, nahmen sie auch nicht sogleich das Gespräch wieder auf, sondern griffen schweigend nach Messer und Gabel. Gute Schnitzel mit Reis und gerösteten Erdäpfeln, Linzer Torte und eine Flasche Ruster Ausbruch waren ihnen aufgetischt worden. Beide waren hungrig, beugten die erhitzten, betrübten Gesichter auf die Teller nieder und aßen. Erst als die Schnitzel verzehrt waren und Mietzi anfing, kleine Stücke von der Torte abzubröckeln und in den Mund zu schieben, blickte sie auf und sagte:

»Was war's, wovon du vorhin sprachst?«

Leopold schob seinen Teller fort. Jetzt, da er daran dachte, verging ihm die Eßlust. »Ach, da ist viel zu erzählen!« meinte er.

»Gar so groß«, sagte Mietzi, zerstreut an der Torte weiterbeißend, »gar so groß wird's auch nicht sein.«

Leopold lachte bitter und stürzte ein Glas Wein hinab. »Gar so groß! Es ist so groß, so schlimm, daß du nimmer es denken kannst. Für dich – nur für dich konnte ich das tun. Du sagst, du wolltest, du wärest tot. Ich – liebe Mietzi – kann wohl wünschen, doppelt tot zu sein. Trink', Schatz, du wirst Kraft nötig haben.«

Mietzi wurde doch ein wenig ängstlich, als sie ihren Geliebten so ernst und kummervoll sah. Gehorsam trank sie ihr Glas aus, leckte sich vorsichtig, wie eine Katze, die Lippen und blickte Leopold scheu an. Dieser goß langsam und leidensmüde die Gläser wieder voll und erzählte mit halblauter, vor Erregung heiserer Stimme; er vermochte es ohnehin allein nicht mehr zu tragen. Er erzählte, wie er in Angst, Mietzi zu verlieren, und aus Verlangen, ihr Freude zu bereiten, ihrer würdig zu sein, beim Geschäft eine Anleihe von Shawls gemacht habe. Das ging nun so fort. Er fürchtete, im Geschäft fing man an, etwas davon zu merken. Bei der Inventur müßte alles herauskommen, wenn er das Geld bis dahin nicht beschafft und der Kasse zugeführt haben würde. Und dann ..., kalt überlief es den armen Jungen; die Folgen seiner Handlung standen ihm plötzlich klar vor Augen; er schüttelte sich vor Angst. Auch Mietzi erbleichte.

»O Poldl! Das hättest du nicht tun sollen!« flüsterte sie. Sie verstand sofort die ganze Tragweite dieser Anleihe.

Das war für Leopold zuviel. »Wie? Das kannst du sagen? Für wen hab' ich's denn getan? Ja, verachte du mich nur. Und wenn sie mich fest haben, dann weißt du, für wen ich das trage.« Er wandte sich von ihr ab und verbarg sein Gesicht in die Sofakissen.

So hatte Mietzi es nun nicht gemeint. Ihr leichtsinniges Herzchen wollte sofort vor Mitleid springen, einem Mitleid, das ihr wehtat, sie elend machte, ihr die Tränen in die Augen trieb. »Geh'! Poldl! Das hab' ich nicht gesagt. Ich mein' nur, wie willst du in diesem Monat so viel Geld zusammenbringen?«

»Weiß ich's denn!« antwortete er aus seinen Kissen hervor. »Ich wollte für die Zeitung schreiben. Aber ich bring's nicht zusammen. Ganze Nächte hindurch hab' ich mir den Kopf zerbrochen; aber – wie ich die Feder in die Hand nehme, kommt kein Gedanke.«

Mietzi nickte traurig. »Ja, was dann?«

Leopold wußte nichts mehr. Verzweifelt zuckte er die Achseln. »Aus! – Komm – trink.«

Die armen Kinder ergriffen ihre Gläser und tranken.

»Wie – aus?« fragte Mietzi dann und lehnte ihren Kopf nachdenklich an die Schulter ihres Geliebten.

Der Wein machte sie schwindlig; eine große Mattigkeit kam über sie.

»Nun freilich aus. Was können wir tun?« versetzte Leopold leise. »Lieber sterben; hab' ich nicht recht? Weißt – wie die beiden Liebenden, die gestern im Extrablatt standen? Die sind auch in ein Hotel gegangen.«

»Ich weiß«, flüsterte Mietzi und schauerte in sich zusammen.

»Siehst«, fuhr Leopold fort, »können wir's nicht ebenso machen? Wir sind ja beide unglücklich – nicht? Man liebt sich, man umfaßt sich einander und stirbt.«

»Ja, Poldl! Anderes bleibt uns nicht übrig.«

»Nein, das ist das einzige«, bestätigte Leopold. Dann tranken sie schweigend ihren Wein. Draußen hatte es wieder zu regnen angefangen. Die Tropfen pochten an die Scheiben. Mietzi fröstelte. Sie schmiegte sich fester an Leopold und fragte endlich angstvoll: »Wie fängt man's denn an?«

»Oh! Das ist leicht«, erwiderte Leopold. »Zyankali ist wohl das beste, nur bekommt man das schwer. Aber der Vater hat zu Hause eine kleine Flasche Opium, von der Zeit seiner Krankheit her. Da ist noch genug für uns beide darin. Das nächste Mal bring' ich's mit.«

»Ja, ja; das nächste Mal«, sagte Mietzi schnell. Sie wollte sterben, denn sie war so unglücklich; dennoch war es ein

Trost, daß es erst das nächste Mal sein mußte. Sie umschlang ihren Geliebten mit beiden Armen. »Es ist schon spät«, sagte sie schüchtern. Sie dachte an den Heimweg, und doch schien es ihr fast unmöglich, mit diesen Sterbeplänen durch die Dunkelheit nach Hause zu gehen, mit diesen Sterbeplänen allein in ihrer Kammer zu sein.

»Es regnet«, meinte Leopold, und sich tief auf sie niederbeugend flüsterte er: »Schau! Jetzt ist auch alles eins.«

Ja, jetzt war's alles eins! So blieben sie beisammen …

Wie zwei verschüchterte Kinder zogen sie sich die Decke über die Ohren. Draußen klatschte und rauschte der Regen; durch die Vorhänge drang das Licht der Straßenlaterne und warf einen zitternden gelben Lichtstreif über die Zimmerdecke. Gott, wie herzbrechend traurig das alles war! Sie drängten sich fest aneinander. So von warmen Armen umschlungen, fühlten sie sich eher geborgen vor all dem Feindlichen, das sie umgab, und vor dem furchtbar fremden Todesgedanken, der ihnen aufgestiegen war.

13

Frau Zweigeld rauschte in ihrem veilchenfarbenen Atlaskleide ernst und langsam im Eßsaal um den langen, geschmückten Eßtisch herum. Auf ihrer schönen Stirn stand eine lotrechte, mißmutige Falte. »Ist der Herr noch immer nicht gekommen, Jeani?« fragte sie die beiden für den heutigen Tag gemieteten Schanis, zwei hübsche Wiener Jungen, die ihr blondes Haar in spiegelblanken Streifen wie Scheuklappen über den Ohren nach vorne gekämmt hatten.

»Drüben hörte ich die Türe gehen, gnädige Frau«, antworteten beide zugleich.

»Ah!« Eilig begab sie sich in das Zimmer ihres Gatten.

»Endlich bist du da!« begann sie ziemlich aufgebracht. Die Gäste werden gleich kommen, und du bist nicht einmal angekleidet.«

»Ist schon einer da?« fragte der Doktor gleichmütig. Er kehrte seiner Frau den Rücken zu, um seinen Überzieher an den Nagel zu hängen.

»Nein. Aber sind sie erst da, dann ...«

»Es wird noch Zeit genug sein«, unterbrach sie der Doktor und wandte sich jetzt ihr zu.

»Was ist geschehen?« rief Frau Zweigeld erschrocken.

»Oh, nichts. Ich bin umhergelaufen, Geschäfte«, meinte er. Dabei sah er bleich und verstört aus. Matt ließ er sich in einen Sessel fallen und zog nachdenklich an seinem Schnurrbart.

Nun trat seine Frau nahe an ihn heran und schaute ihm besorgt in das Gesicht. »Du bist krank?« fragte sie teilnehmend.

Das ärgerte ihn. »Nein doch! Ich sag's ja, ich bin müde. Man hat den Kopf so voller Geschäfte, und nun dieses Diner noch ...«

»Du hast's ja selbst gewollt.« Frau Zweigeld lächelte ihr ruhiges, überlegenes Lächeln; und wie einem Knaben strich sie ihrem Gatten mit der Hand über das lockige, lichtergraute Haar. »Du bist nervös, die Gesellschaft wird dich zerstreuen. So etwas tut dir ja immer gut. Kleide dich jetzt um, es ist spät.« Damit ließ sie ihn allein.

Der Doktor streckte sich, wiegte den Kopf sachte hin und her, als schmerzte er ihn, und murmelte zwischen den Zähnen: »Die Troddeln, die verdammten Troddeln. Neuntausend Gulden, diese Lumperei, und nicht aufzutreiben!« Er fing an, heftig mit den Armen umherzufahren. Das war ja nicht möglich! Ihm, dem eleganten Dr. Zweigeld, sollte es nicht gelingen, neuntausend Gulden zu schaffen? Aber verdammt gekniffene Gesichter hatten einige der Herren gemacht, die ihm heute das Geld abschlugen; so der dicke Lederfabrikant Mayer, den Zweigeld jahraus, jahrein mit seinen Trüffeln und seinem Champagner gefüttert hatte. Eine halsbrechend dumme Geschichte. Gleichviel! Das Geld *mußte* sich finden.

Eilig sprang er auf und begann sich umzukleiden. Mit Wollust tauchte er sein Gesicht in das kalte Wasser, immer wieder, und er rieb es unaufhörlich, als wollte er alle Sorgen und trüben Gedanken fortwischen; und wirklich tauchte das Gesicht aus dem Waschbecken um vieles jünger und heiterer wieder auf; dieser jugendliche Eindruck vermehrte sich mit jedem

Kleidungsstücke, welches er anlegte; als er endlich im Frack vor dem Spiegel stand und vorsichtig das Taschentuch in den Ausschnitt seiner Weste schob, war er ganz wieder der elegante Dr. Zweigeld und sah aus, als habe er niemals eine demütigende Geldabsage erhalten.

Im Wohnzimmer hatte Dr. Benze lange und ungeduldig auf seine Braut gewartet. Endlich erschien sie und blieb mit einem vorwurfsvollen Lächeln in der Türe stehen. Sie trug heute ein hellblaues Seidenkleid und hellrote Azaleen im Haar, und weil sie sich besonders hübsch wußte, war sie neugierig, welches Gesicht ihr Verlobter dazu machen würde. Er machte ein verlegenes, ernstes Gesicht und küßte steif Giselas Hand und führte sie zu einem Sessel. »Bitte, setz' dich. Ich hab' hier auf dich gewartet, damit wir uns aussprechen, ehe die Leute kommen.«

»Was ist denn geschehen?«

Benze ging mit kleinen Schritten vor ihr auf und ab und strich sich mit der Hand über das Haar, wie er es zu tun liebte, wenn er etwas Gewichtiges sagen wollte. Bei Giselas Frage blieb er stehen. »Wie? Du weißt das nicht mehr?« Dann lächelte er gerührt. »Doch, doch! Du weißt es recht gut. Ich wollte dich um Vergebung bitten, meiner gestrigen Heftigkeit wegen.« Und er streckte seine Hand Gisela hin.

Sie aber sprang auf, umschlang ihn mit ihren Armen und lachte unbändig. Das ärgerte Benze offenbar, denn er ließ sich diese Umarmung steif wie ein Stock gefallen. »Wie närrisch du bist, Schatz!« rief Gisela. »Ich habe ja keine Idee, wovon du sprichst. Du bist heftig gewesen? Gegen mich? Wann denn?«

»Erinnerst du dich nicht unseres gestrigen Gespräches über die Nationalitäten?«

»Ja, nun weiß ich's. Wir sprachen von den Tschechen. Du sagtest, daß du sie alle hassest – und ich sagte, daß der Ulane vorigen Winter auf dem Concordiaball sehr nett gewesen sei, und daß es unter den Tschechen gewiß auch recht gute Leute gäbe. Das ärgerte dich – nicht?«

»Freilich«, meinte Benze reuig. »Ich ließ mich hinreißen, vergib mir. Ich kann so etwas nicht hören. Daran gehen wir zugrunde, daß wir immer unparteiisch sein wollen – und wenn unsere Frauen, die doch das Vorrecht haben, sich frei ihrem Gefühl zu überlassen, schon anfangen, unparteiisch zu sein … aber gleichviel – ich hätte mich beherrschen sollen. Vergib mir.«

»Aber Franzl, ich hab's ja nur gesagt, um dich aufsitzen zu lassen. Da ist nichts zu vergeben.«

Das nahm Benze wieder übel; er wollte etwas zu bereuen haben. »Über diese Dinge darfst du nie scherzen. Aber ich ging gestern im Zorn von dir, und das ist mir leid.«

»Ach, du Armer. So stark also hast du dich geärgert! Denke dir, daß ich das gar nicht gemerkt habe. Ja, jetzt erklär' ich's mir. Wenn so etwas vorgefallen ist, sieh – dann werden deine Arme so steif und hart, sie biegen sich nicht recht – so wie jetzt – so waren sie auch gestern abend. Aber nun ist's vorüber, nicht wahr? – Sag' mir lieber, wie ich dir heute gefalle.«

Gisela gefiel Benze sehr gut, dennoch schmollte er, war verlegen und stockig. Er hatte sein Unrecht männlich eingesehen und wollte Gisela demütig um Vergebung bitten. Nun sollte an der ganzen Sache nichts sein, das verdroß ihn.

Diese Auseinandersetzung wurde durch die Ankunft der Gäste unterbrochen. Allen voran kam Professor Lagus mit seinem langen blonden Wotanbart und seinem übertrieben teutonischen Aussehen. Neben ihm seine Tochter Emmy, klein und zierlich und gar nicht teutonisch. Ihr dunkles Haar flog in gewollter Unordnung um den Kopf, fiel bis über die Augenbrauen und ließ das Gesicht noch kleiner erscheinen. Dieses kleine Gesicht war weiß von *Poudre de riz*, aus dem die grauen

Augen, die schwachen roten Striche der Lippen überraschend lebhaft hervorstachen und ihm etwas hübsch Geisterhaftes gaben, das gefiel. Emmy stand mit den Verlobten ihrer Freundinnen stets auf dem Kriegsfuß, sie lachte sie aus und kokettierte mit ihnen; sie machte sich auch sofort an Dr. Benze.

»Sie sind von unserem Erscheinen wohl nicht sehr erbaut, Herr Doktor?« begann sie.

»Warum, mein Fräulein? Wir erwarteten Sie.«

»Wenn auch; aber vom Vorzimmer aus schien es mir, als unterbrächen wir hier ein sehr intimes Gespräch.«

»Unser Gespräch war allerdings ein wenig ernst, und drum war es gut, daß es unterbrochen wurde«, meinte der Doktor und verbeugte sich spöttisch, was Gisela bedauerte, denn sie wußte, daß Emmy das lächerlich finden würde.

»Also ein Streit?« rief Emmy, und ihre Augen blitzten.

»Nein, mein Fräulein, dieses Vergnügen haben wir Ihnen dieses Mal nicht bereitet.«

»Mir! – Übrigens, hätte ich einen Verlobten, so würde ich ihn, wollte er Streit anfangen, jedesmal bitten, einen einsamen Spaziergang zu machen. Man verlobt sich doch nicht, um sich zu langweilen.«

»Es ist doch günstig für uns«, bemerkte der Doktor spitz, »daß nicht alles wirklich ausgeführt wird, was die jungen Damen sich vornehmen, mit ihrem zukünftigen Verlobten anzufangen.«

Das ärgerte Emmy. »Sie tun, Herr Doktor, als ob wir an nichts anderes als an Verlobte denken. Wir denken gar nicht daran. Das eben fiel mir nur ein, weil ich Sie gerade sah.«

Der Saal füllte sich immer mehr. Dr. Littchen kam mit seinem langen Sohn und der bleichsüchtigen Alice; der Lederfabrikant Mayer mit Elsi, deren Wangen so rot waren und die mit ihren hartbraunen Augen sogleich den jungen Littchen zu hypnotisieren versuchte. Noch andere kamen; die Gesellschaft war sehr zahlreich.

Herr Zweigeld stand an der Türe und begrüßte seine Gäste. Er setzte etwas darein, einem jeden etwas zu sagen, worüber dieser lachen konnte. Niemand hätte ihm angemerkt, daß unter den Herren, die er so freundlich empfing, einige, wie Herr von Mayer, waren, die heute morgen bei dem Gespräch über die 9 000 Gulden so »verdammt verkniffene« Gesichter gemacht hatten.

Die beiden Schanis öffneten die Türen des Speisesaales und meldeten, es sei angerichtet.

Frau Zweigeld, am Arm des Dr. Littchen, eröffnete den Zug; der Doktor folgte mit der bleichen, betrübt aussehenden Frau des großen Abgeordneten; die übrigen Paare schlossen sich feierlich an.

Dr. Zweigeld war liebenswürdig wie immer, ja, liebenswürdiger noch als gewöhnlich, wie seine Frau noch zu bemerken glaubte.

Sie wunderte sich darüber, daß die trübe Stimmung von vorhin so schnell in diese ausgelassene Munterkeit umgeschlagen war. Anfangs widmete er sich ausschließlich seiner Dame. Die traurige kleine Frau Littchen, die neben ihrem berühmten Gatten das Lachen verlernt zu haben schien, lächelte anfangs nur matt zu den lustigen Erzählungen, doch der Doktor trieb es so toll, daß sie endlich die Serviette an die Lippen drückte, um nicht laut zu lachen. Als dieses ihm gelungen war, wandte er sich der übrigen Gesellschaft zu.

Frau Zweigeld bemerkte auch, daß er viel trank. Ein Schani mußte beständig sein Glas füllen.

Neben ihr hielt Dr. Littchen einen Vortrag über die Schulnovelle und machte erbitterte Ausfälle auf die Kirche und den Klerus. Sie hörte nicht recht zu; und als der Augenblick gekommen war, daß sie etwas sagen mußte, legte sie ihre Hand leicht auf den Arm des Doktors und meinte: »Ich denke – lieber Doktor – wenn wir nur fest zusammenhalten ...«

Weiter wurde über Tisch hinüber eine lebhafte und ernste Unterhaltung von Dr. Benze und Professor Lagus geführt, der die näher Sitzenden gespannt folgten. Es handelte sich um den Selbstmord eines angesehenen Notars.

»Mich wundert es doch«, meinte der Professor, »daß ein Mann in seiner Stellung sich nicht retten konnte. Man könnte glauben, dem hätte es leicht werden müssen, sich das fehlende Geld zu beschaffen ... und doch ...«

»Ja, das ist noch ein günstiges Zeichen für Wien«, ergriff Dr. Benze sehr hitzig das Wort: »Solch einem Mann borgen, ihn retten – wie man sagt – hieße, den Betrug und die Ausbeutung des Publikums in Permanenz erklären. Ich bedauere es, daß der Mann sich den Gerichten entzogen hat.«

»Weil du ihn gern verteidigt hättest«, schaltete Dr. Zweigeld ein. Diese Bemerkung klang eher höhnisch als lustig.

»Da irrst du, verehrter Schwiegerpapa.« Dr. Benze wurde sehr nachdrücklich. »Die Verteidigung dieses Mannes hätte ich unter keiner Bedingung übernommen. Gestern habe ich die Verteidigung eines jungen Kassenbeamten übernommen, der sich an den ihm anvertrauten Geldern vergriffen hat und dessen geständig ist; das ist etwas anderes.«

»Da sind Sie uns denn doch eine nähere Erklärung schuldig, junger Freund«, versetzte der Professor streng. »Ich bin weit entfernt, den unglücklichen Notar rechtfertigen zu wollen; bewahre! Aber er war Mensch, leichtsinnig, geistreich, brauchte viel, ging viel in Gesellschaft, das Geschäft war groß, er überblickte es nicht ganz, und ehe er sich des versah, war das Unglück da. Wollen wir ihn bedauern, aber keinen Stein auf ihn werfen.«

»Sie entschuldigen«, nahm Benze wieder das Wort, »für diesen Herrn habe ich weder Entschuldigung noch Mitleid – nur Verachtung.«

»Aber der Kassenbeamte mit den langen Fingern, der ist dein Mann«, warf Dr. Zweigeld ein und biß ungeduldig seinem Krammetsvogel den Kopf ab.

»Wie du willst«, entgegnete Benze sehr erregt.

Alle hörten ihm zu. Die meisten sahen ihn nicht eben freundlich an; nur in den leuchtenden Augen seiner Schwiegermutter las er Zustimmung.

»Mein junger Beamter ist ziemlich in demselben Falle wie der Notar.«

Hierbei zischte der junge Littchen: »Genau in demselben Fall. Er hat sich vergangen, weil der Trieb nach Vergnügungen ihm keine Ruhe ließ. Der Unterschied liegt in seiner Jugend, die den schlechten Einflüssen seiner Umgebung schwerer widersteht, im kargen Maß der ihm beschiedenen Lebensfreuden, endlich in seiner Umgebung – in der Stadt, in der die Jagd nach dem Vergnügen die einzige Losung ist.«

»Der arme Bub'!« spottete Dr. Zweigeld. »Er will auch ein wenig Champagner, die eine oder andere Trüffel für sich. Und was bleibt in dieser bösen Welt diesem Armen übrig, als ...«

»Gut – dann hat der Notar wenigstens ...«, wandte Benze ein.

Aber sein Schwiegervater unterbrach ihn. »Geh, was weißt du davon. Jemand, der einen großen Etat hat, tausende von Geschäften, der kann nicht immer so peinlich Buch führen – da kann leicht etwas passieren.«

»Auch, daß er Geld angreift, welches ihm nicht gehört?«

»Was heißt das? Er nimmt aus dieser Kasse, aus jener Kasse – natürlich in der Absicht – es nachträglich zu decken ...«

»Da liegt aber die Schuld. Er soll fremdes Geld nicht berühren, wenn er ein ehrlicher Kerl ist.«

»Es gibt Geschäftsusancen …«

»Die darf es nicht geben. Und weil Männer von der Stellung des Notar Holzer solche Geschäftsgewohnheiten annehmen, weil man in Kreisen, die eine gewisse Autorität haben, von solchen Gewohnheiten wie von etwas Entschuldbarem spricht, deshalb – sage ich – gibt es für meinen jungen Beamten Milderungsgründe. Er lebt in vergifteter Luft.«

»Behalte doch solche Redensarten für die Geschworenen und verschone uns damit!«

Schwiegervater und Schwiegersohn stritten so heftig und feindlich, daß ein verlegenes Schweigen die Gesellschaft beherrschte.

Frau Zweigeld blickte ihren Gatten erschrocken und erstaunt an.

Als seine Augen den ihren begegneten, errötete er, lachte befangen und meinte: »Ich verteidige den armen Holzer, nichts weiter. Nur dürfen Leute, die in so komplizierten, ja großartigen Verhältnissen leben, nicht nach dem Moralkatechismus, den unsere jungen Leute von der Schule mitbringen, beurteilt werden. Wenn die jungen Leute sich als Sitten-Areopag konstituieren – wer kann da bestehen vor dieser Schulstubenmoral? Übrigens ist dieses Thema nicht heiter. Lassen wir die toten Notare ruhen. Gehen wir zu einem weniger ledernen Gegenstande über.«

Frau Zweigeld atmete erleichtert auf, obgleich das böse, spöttische Lächeln, welches sich jetzt auf dem Gesicht ihres Gatten zeigte, ihr auch nicht gefiel.

»Woher stammt wohl der Ausdruck ledern«, begann der Doktor, und alle hofften, daß es nun lustig werden würde. »Herr von Mayer, Sie müßten das wissen.«

»Ich, warum?« fragte der Fabrikant und erhob von seinem Teller ein übergroßes rotes Gesicht, welches ein silberner Heiligenschein, der über der Stirn anfing und unter dem Kinn endete, umgab. »Ich? Warum?«

»Nun, weil Sie doch alles Lederne machen.«

»Aha!«

»Wohlgemerkt – ich sage nicht, alles, was Sie machen, ist ledern.«

»Haha!«

»Ja – woher kommt der Ausdruck?«

»Ich weiß es nicht, lieber Doktor ...«

Anfangs lachte man, aber der Doktor verbiß sich so zäh und feindlich in diese Neckerei, daß auch diese ungemütlich wurde, und Dr. Littchen klingelte zur rechten Zeit an sein Glas, um das Brautpaar, die Eltern des Bräutigams, das ganze gastliche Haus, die Zierde der Wiener Salons, hochleben zu lassen. Dann kam der Dessert und endlich der von der Hausfrau herbeigesehnte Augenblick, die Tafel aufzuheben.

Frau Zweigeld hatte ursprünglich die Absicht gehabt, ihre Gäste den Abend über bei sich zu behalten, damit die junge Welt ein wenig tanze. Jetzt jedoch erwähnte sie das nicht mehr; und man verabschiedete sich.

Als die Gäste fort waren, ging Dr. Zweigeld in sein Zimmer und schlug die Türe hinter sich zu. Frau Zweigeld mußte nach den Schanis sehen.

Das Brautpaar saß im Wohnzimmer am geöffneten Fenster und kühlte sich die heißen Wangen.

Plötzlich flog ein Lächeln über Giselas Gesicht, und sie fragte: »Willst du mich nicht wieder um Vergebung bitten?«

»Um Vergebung? Wofür?« meinte Benze unsicher.

»Wegen deiner Heftigkeit gegen den Papa.«

Da wurde er wieder steif. »Ich habe nur meine Überzeugung ausgesprochen.«

»Warum mußtest du denn deine Überzeugung aussprechen, Franzl? Und noch dazu eine so harte, unfreundliche Überzeugung? Es klang, als wolltest du den Papa ausmachen; das ärgerte ihn.« Bei diesen Worten nahm sie seine Hand und stützte ihre Wange auf sie.

»Es gibt Dinge, die gesagt werden müssen«, erwiderte er feierlich, »Ansichten, denen entgegenzutreten Pflicht ist.«

»Was der Papa sagte, war ja nichts Schlechtes, soviel ich davon verstand. Jener arme Mann! Es mag ja garstig gewesen sein, was er getan hat; aber nun ist er tot. Bitte, wenn du willst, daß ich mich an deinen Arm lehne, laß ihn nicht so steif sein. Ich finde es hübsch, daß der Papa nicht mochte, daß man noch schlecht von ihm spricht. Da er selbst sterben gewollt, muß er doch sehr unglücklich gewesen sein. Wozu ihn noch schelten? Ich verstehe nicht, wozu das gut sein kann, so furchtbar streng zu urteilen: ›Du bist – schlecht –; du bist nichts gutes; dich muß man einsperren.‹ Warum? Es geht vielen Menschen schlimm genug; wenn man jedem, der unglücklich ist, noch nachrufen soll, du bist ein Schelm, dann wird das Leben zu traurig – zu unfreundlich und zu kalt.«

Wie Gisela diese lange Rede langsam und nachdenklich vor sich hingesprochen, die Blicke auf die mondbeschienene Mutter Gottes unten auf dem Brunnenrohr geheftet, nahm auch Benzes Gesicht einen weichen und betrübten Ausdruck an. Der Arm, an den Gisela sich lehnte, war nicht mehr steif, aber er zitterte sachte.

Jetzt, da Gisela schwieg, sagte Benze leise: »Gisela – und fürchtest du dich – vor diesen – wie sagtest du doch? vor diesen – kalten und unfreundlichen Ansichten?«

Hastig schaute Gisela zu ihm auf; wieder verklärte ein Lächeln ihr Gesicht; sie faßte nach den Aufschlägen seines Frackes und zog ihn zu sich nieder, so daß er knieen mußte, und ihr Gesicht nah an das seine haltend sah sie ihm in die Augen: »Das heißt, ob ich mich vor dir fürchte; vor dem ernsten, steifen, mürrischen Franzl? Nein, vor dem fürchte ich mich nicht. Den hab' ich gerad' ernst und steif gewollt, so daß nichts ihm groß genug, rein und fein genug sein kann.« Sie faßte seinen Kopf und küßte ihn auf den Mund, dabei zerzausten ihre Finger sein wohlgescheiteltes Haar. »Nur den Papa darfst du nicht ärgern, das kann ich nicht hören. Jesus, wie du jetzt ausschaust; gerade wie Emmy! Und vor diesem Kopfe sollte ich mich fürchten?«

Geduldig ließ der Doktor sie gewähren, und mit den wild über die Stirn gezogenen Locken nahm sein feierliches Gesicht etwas Knabenhaftes an, das ihm gut ließ.

Eilig ging Frau Zweigeld durch das Gemach. Das Bild des mondbeschienenen Brautpaares hielt sie einen Augenblick auf. Wie hübsch das war! Wenn nur nichts das Glück dieser Kinder stört! Sie wußte es selbst nicht, was sie fürchtete. – Sie begab sich zu ihrem Gatten.

In seinem Zimmer herrschte tiefe Finsternis. Der Doktor saß still in sich zusammengesunken in seinem Sorgenstuhl.

»Theodor! Warum ist es hier so finster?« rief Frau Zweigeld, erhielt jedoch keine Antwort. Da ging sie zu ihm, setzte sich neben ihn und nahm seine Hand: »Bist du krank?«

»Ich? Durchaus nicht. Wie kommst du darauf?«

»Doch! Etwas ist passiert.«

»Passiert! Jeden Tag passiert etwas.«

»Du warst bei Tisch heute so heftig – so eigen.«

»Weil ich mich über die unpassenden Moralpredigten des Franz ärgerte.«

»Seine Ansichten waren jedoch ganz vernünftig und edel.«

»Ach was! Wer hat ihn zum Tugendrichter bestellt?«

»Das ist's auch nicht«, drang Frau Zweigeld weiter in ihn, »du warst schon vor dem Essen besorgt. Was sind das für unangenehme Geschäfte, die dich quälen? Sag's mir doch.«

Sie hatte sich bisher nie um die Geschäfte ihres Mannes bekümmert. Heute, da sie ihn so niedergeschlagen sah, machte sie sich Vorwürfe, die Pflichten einer Gattin vernachlässigt zu haben, und beschloß, in ihrer tapferen Art, die Sache zu ergründen. An dem rauhen Stimmton, an der Unruhe, mit der er sich im Sessel hin und her warf, merkte sie wohl, daß ihn etwas quälte. Freilich fühlte er sich jetzt äußerst elend. Er hätte weinen oder jemanden schlagen können. Die sanfte, besonnene Stimme seiner Frau erschütterte ihn, machte ihn weich und wehmütig.

»Man darf sich von Geschäftssachen nicht so beeinflussen lassen«, fuhr sie fort, »man besorgt sie so gut man kann und bleibt doch geistig über ihnen erhaben.«

Dieses »erhaben« machte den Doktor rasend. »Erhaben?« wiederholte er heiser und schnell. »Wenn man 9 000 Gulden nötig hat und nicht weiß, wo man sie hernehmen soll, da ist es schwer – »erhaben« zu sein.«

»9 000 Gulden? Nein, lassen sich die denn so schwer beschaffen?«

»Oh, wenn ich's könnte, hätte ich sie längst beschafft.«

»Vielleicht geht das nicht so geschwind, du mußt dir Zeit lassen.«

»Aber morgen um vier Uhr nachmittags müssen sie da sein.«

»Warum müssen sie?« fragte Frau Zweigeld langsam; sie besann sich – das erinnerte sie an etwas – »um vier Uhr« – wiederholte sie … denn plötzlich rief sie, als sehe sie etwas

Entsetzliches: »Die Abgabe der Waisengelder!« Die Hand ihres Gatten, die sie in der ihren hielt, wurde kalt, und sie ließ sie hastig fallen.

»Ja – das ist's –«, sagte der Doktor leise.

Sie verstand vollkommen das, was sie vor wenig Augenblicken noch für unmöglich gehalten; ja sie wunderte sich jetzt, daß sie das nicht früher schon bemerkt hatte. Sie erhob sich und machte einige Schritte im Dunkeln; ihre Stimme klang metallig und laut, als sie fragte: »Und du konntest das Geld nicht beschaffen?«

»Nein –.«

»Und unser – mein Geld?«

»Unser Geld?« klang es tonlos aus dem Sessel zurück.

»Also – es ist nicht da. Wir sind lange schon ruiniert. Nicht? – Gleichviel – jenes Geld muß geschafft werden; ich werde Franz darum angehen.«

»Den!« stöhnte der Doktor.

Seine Gattin aber wies ihn streng zurecht. »Du hast nicht mehr das Recht, in dieser Beziehung wählerisch zu sein. Es gilt – unser Kind und uns vor dem Äußersten – der Schande – zu retten.« Damit schritt sie zur Türe. Sie hatte versucht, sich zu beherrschen, ruhig zu sein, aber indem sie das Zimmer verließ, stieg die Empörung doch so mächtig in ihr auf: »Du hattest wohl Grund, den Dr. Holzer heute in Schutz zu nehmen.«

Den ganzen Abend aber blieb das Gemach des Dr. Zweigeld finster, und der einzige Ton in demselben war das raschelnde Geräusch, mit dem sich die dunkle Masse im Sessel am Fenster hin und her warf.

14

Branisch war zurück und stattete Bericht ab. Die Genossen hatten sich alle in der Redaktion versammelt, selbst der Provisor, Remder und Amalie waren zugegen. Letztere saß am Fenster und rauchte eine Zigarette. Sie wandte der Versammlung ihr strenges Profil zu, schaute in den Hof hinab, als schenkte sie den Vorgängen im Zimmer keine Aufmerksamkeit, und blies blaue Rauchwölkchen gerade vor sich hin, den Mund ein wenig schief verziehend.

Mitten im Zimmer, die Hände auf die Rücklehne eines Stuhles gestützt, stand Branisch und sprach. Hochmütig und wie siegesstolz reckte er seine lange Gestalt und hielt den Kopf mit dem schönen Tyrannengesicht steif aufrecht. Die Worte zischte er schnell und geläufig zwischen den weißen Zähnen hervor. Er erzählte von der Niederlage der Tucharbeiter in Brünn. Ja, eine vollständige Niederlage. »Ich hatte das vorausgesehen«, meinte er und strich sich langsam über seinen Bart, der geteilt, wie zwei Flämmchen ihm zu beiden Seiten des Kinnes abstand. »Bei der Zusammenhangslosigkeit und Zerfahrenheit der sozialen Parteien konnte es nicht anders kommen.«

»Ach ja! Einigkeit!« betete Feitinger.

»Aber auch aus diesen traurigen Ereignissen«, fuhr Branisch fort, »haben wir Vorteile gezogen«, und nun führte er aus, wie es ihm gelungen sei, den dortigen Arbeiterkreisen den Grund ihrer Niederlage klarzumachen. »Nur aufgrund einer einigen, disziplinierten, großen Partei können Erfolge erzielt werden; das fangen sie an zu begreifen. Was wir hier in dieser Stube vorbereiten, beginnt zu wirken. Fühlt ihr nicht alle, wie unser Wirkungskreis wächst? Wie unser kleiner Bund sich ausdehnt ...? Nur fest aneinander halten – eiserne Disziplin – und wir müssen zu einer unwiderstehlichen Macht werden.« Er erhob seine Stimme – seine Augen blickten geradeaus, als schauten sie über eine weite, mit einer tausendköpfigen Menge bedeckte Fläche hin. Dann fing er an, ruhig die Aufgaben, die einem jeden zu stellen waren, herzuzählen; sprach von Hilfskassen, Vereinen, Personallisten, Versammlungen, und die anderen erstaunten über die Fülle der wohlgeordneten, erfolgreichen Arbeit, die ihnen zufiel. Sie hatten es noch nie gefühlt, daß das Werk wirklich groß und mächtig war.

Rotter vermochte vor Tatendurst kaum mehr an sich zu halten; er wollte auch große Worte sprechen, oder sogleich forteilen, um etwas Großes zu tun.

Klumpf reichte Branisch die Hand. »Danke, Freund. Du bringst neues Leben in unseren Bund. Was wären wir ohne dich. Ja – Arbeit, gib uns Arbeit, dann erscheint das Ziel uns weniger fern.«

Als Klumpf sprach, wandte Amalie Remder ihr Gesicht langsam ihm zu – und es nahm einen sanften, fast mitleidigen Ausdruck an.

Jetzt fühlte ein jeder sich getrieben, etwas zu sagen.

Feitinger begann in seiner Ecke: »Ja, ganz recht! Ein Staat im Staat. Der Staat der Zukunft wächst aus dem Staat der Vergangenheit hervor.«

Aber Rotter überschrie ihn.

Am erregtesten war Oberwimmer. Er stieg auf einen Stuhl, weil der lange Feitinger ihm die Aussicht benahm, riß seine hübschen blauen Augen weit auf und rief: »Wenn alle sich des *einen* Zieles bewußt sein werden, dann bedarf es keiner telephonischen und telegraphischen Verbindungen; die Verbindung der Herzen ist sicherer. Nur Offenheit unter den Genossen, darin liegt das Heil. Was soll die Geheimtuerei –.«

»Die Geheimnisse der Herren von der Gemeinschaft quälen ihn wieder«, knarrte Lippsen dazwischen. Er aber ließ sich nicht stören; er wollte sich an großen Worten satt sprechen.

Da erschien Frau Fliege in der Türe und meldete: »Es ist jemand da, der den Herrn von Oberwimmer sprechen will.«

Oberwimmer schwieg – ein wunderlicher Ausdruck von Schreck und Grauen malte sich auf seinem Gesicht, das ganz bleich geworden war.

»Was ist's denn?« fragte Rotter teilnehmend.

»Oh, nichts«, meinte er, »wohl eine Post von meiner Frau. Ich komme schon, Frau Fliege.« Und er eilte hinaus.

Lothar wurde das Stimmengewirre auch zu bunt; ihn, wie die anderen, hatte das große und hoffnungsreiche Bild der Arbeit gestärkt und erhoben; dieses gerade jedoch verdroß ihn. Er ging in das Nebenzimmer und lehnte zum Fenster hinaus.

Es war drei Uhr nachmittags, die einzige Stunde des Tages, in der der Hof unten zu einem Streifen Sonne gelangte, der die Höhe der grauen Brandmauer quer durchschnitt. Unten an der Mauer stand Tini in ihrem kurzen Röckchen, die Arme über der Brust gekreuzt, den Kopf zurückgelehnt, wobei die dicken Zöpfe ihr als Polster dienten.

Lothar wollte sie anrufen, jedoch er besann sich. Der Anblick dieses Mädchens erregte unangenehme Gedanken in ihm. Ihm war jetzt beschieden worden, wonach er so lange gesucht: eine Arbeit für's Leben. Dieses schwarze Mädchen sollte seine Kreise nicht stören – oh, gewiß nicht!

Im Flur wurden Stimmen laut. Sich umwendend, konnte Lothar einen kleinen Mann mit blondem Bart und einer Brille sehen, auf den Oberwimmer eifrig einsprach. Seine Stimme war dabei heiser und gequält: »Will man mich drängen, so stehe ich für nichts. Wollen die Herren die Sache machen – gut, ich überlasse sie ihnen nur zu gern. Aber soll ich was ausrichten, so muß ich freie Hand haben. Jeder Unberufene verdirbt alles. Wozu kommen Sie überhaupt hierher?« Der kleine Mann erwiderte sehr leise etwas – auch Frau Fliege mischte sich in das Gespräch –, bis Oberwimmer sie heftig unterbrach: »Gut, gehen Sie. Was ich übernommen habe, führe ich durch – aber man soll mir Frieden geben.« Damit verließ er sie und kehrte in die Redaktion zurück. Er war überrascht, Lothar hier zu finden. »Wie, du hier so allein?«

»Ja – aber du siehst ganz mitgenommen aus. Ist etwas geschehen?«

»Ach – Familiensorgen!« Diese Familiensorgen hatten ihn so angegriffen, daß er bleich und älter als sonst aussah. Aber er versuchte zu lachen. »Es ist nichts! Aber hier ist's entsetzlich warm; komm, gehen wir hinab.«

*

Das war ein wohlausgefüllter, aber anstrengender Tag gewesen. Sie hatten unablässig diskutiert und Pläne gemacht; am Abend hatte Klumpf im »Leseabend für Arbeiter«, den er eingerichtet, einen ergreifenden Vortrag gehalten – endlich hatte man noch lange mit den Arbeitern beim Bier aufgesessen. Es war schon spät in der Nacht, als Lothar abgespannt und nervös zu seiner Wohnung hinaufstieg.

Als er in seinem Zimmer die Kerze ansteckte, hörte er es neben dem Schreibtisch rascheln. Er leuchtete hin und sah dort eine dunkle Gestalt kauern. »Wer ist da?« rief er; da lachte es leise, und zwei Reihen weißer Zähne und zwei schwarze Augen leuchteten ihm entgegen. »Tini – Sie sind's?«

»Ja, Herr von Brückmann!«

Lothar blieb einen Augenblick schweigend und verstimmt vor dem Mädchen stehen. »Was wollen Sie hier?« fragte er dann.

»Des vorigen Abends wegen bin ich gekommen«, antwortete die herbe, verschleierte Stimme des Mädchens.

Lothar wandte sich ab und setzte sich auf einen Sessel. »Deshalb?« meinte er, »was ist darüber noch zu sprechen?« Er wollte ruhig und gleichgültig erscheinen; dennoch mußte Gereiztheit in seinem Tone liegen, denn Tini blickte scheu auf. Sie hockte noch immer auf dem Fußboden, die Arme um die Knie geschlungen, und einer der schwarzen Zöpfe fiel bis auf den Fußboden nieder. »Wie sind Sie denn überhaupt hier hereingekommen?« forschte Lothar weiter.

»Ich hab' die Wäsche hereingetragen und bin hier geblieben. Die Alte hat geglaubt, ich sei fort, und hat die Türe zugesperrt. Ich hab' Ihnen nur sagen wollen, Herr von Brückmann, Sie sollen nicht böse sein, der Lois ist an allem schuld.«

»Ich bin nicht böse. Wenn Sie lieber mit dem Chawar zusammen sind, so hab' ich nichts dreinzureden.«

»Freilich, ich weiß, Ihnen liegt nichts daran. Aber es ist nicht wahr, daß ich lieber mit dem Lois geh'... aber der Lois – mein Gott – ich weiß nicht, wie das ist, aber ich habe müssen ...« Das schöne Gesicht nahm einen wilden, schmerzvollen Ausdruck an; mit beiden Händen hielt sie ihre Flechte und drehte sie, als wollte sie sie ausringen. »Jesus Maria, was kann ich tun?«

»Warum müssen Sie, wenn dieser Chawar will?«

Tini antwortete nicht, sondern rutschte auf den Knieen zu Lothar hin, ergriff seine Hand und küßte sie. »Ach Gott – wenn Sie mich behalten würden – ganz für sich – und der Lois könnte mir nichts mehr sagen«, flüsterte sie. »Sie sind doch mit mir in den Prater hinabgegangen – nehmen Sie mich – daß ich Ihnen gehöre und er kein Recht mehr hat ...«

Und wie sie mit der heißen, flehenden Stimme ihm diese Worte zuflüsterte, sich zu ihm neigte und die runden, schwarzen Augen ihn ängstlich anstarrten, wurde es Lothar wunderlich zu Sinn; ihm schwindelte vor diesen Augen; mit beiden Händen griff er nach dem Kopf des Mädchens und küßte ihn.

Tini errötete – und sagte dann, wie erleichtert: »So, gut – ich gehöre Ihnen; nicht?«

»Ja, Mädchen«, erwiderte Lothar, »wir wollen versuchen, zueinander zu gehören«; und er hob sie zu sich empor.

Da wurde sie wieder ruhiger und ernst, ließ Lothar gewähren; begann sich auszukleiden, als leiste sie ihm einen gewöhnlichen und selbstverständlichen Dienst.

15

Elsa Gerstengresser hatte einen freien Nachmittag und benutzte ihn dazu, am geöffneten Fenster zu sitzen und einen neuen Besatz an ihr bestes Kleid zu nähen. Niemand war zu Hause; das war Elsa eben recht. Nach dem beständigen Lärm des Cafés konnten die armen Nerven hier in der Stille ausruhen. Sie ließ auch die Arbeit zuweilen in den Schoß sinken und wiegte das Köpfchen mit seiner Wolke von wirrem, hellbraunem Haar schläfrig hin und her. Ein derbgoldener Strahl der Nachmittagssonne fiel schräg ins Fenster und erwärmte das runde, bleiche Gesicht. Sie war todmüde, und doch mochte sie nicht schlafen und das Bewußtsein dieses Ruhens verlieren. »Du brauchst keine Melange, keinen Zucker anzuschreiben; du brauchst nicht über die Witze des Lieutenants zu lachen, noch dem kleinen Doktor auf die Nase zu geben; du brauchst dich mit dem Pepi nicht zu zanken – du brauchst nichts, nichts zu tun, als dazusitzen, reine Luft einzuatmen und dich in der Sonne zu wärmen.« Das war's, was sie immer dachte – und die Langeweile des sonnigen Hofes unten mit seiner staubigen Gottesmutter, die alltägliche Erscheinung der Hausmeister-Tini, die nachlässig ein Fenster wusch, erschienen der bleichen, kleinen Kassiererin wie der köstlichste Friede.

Ein Schritt stieg die Stiege hinan, der Elsa aufhorchen ließ. Das konnte nur der Poldl sein. Aber um diese Zeit? Seltsam!

Sofort hatte sie das Gefühl, etwas Schlimmes müsse sich ereignet haben; und als Leopold bleich und mißmutig in das Zimmer trat, rief sie ihm hastig entgegen: »Poldl, was ist geschehen? Warum bist du denn nicht im Geschäft?«

»Weil ich Kopfweh hab' und mich niederlegen will«, antwortete er verdrießlich und ging in sein Zimmer. Dabei war nun nichts allzu Schlimmes, mußte sich Elsa sagen.

»Jesus, bin ich erschrocken!« murmelte sie und fuhr sich mit den Handflächen über die Schläfe. Mit dem wohligen Ausruhen jedoch war's zu Ende; nun kamen peinliche Gedanken. Drüben im Geschäft war sicherlich nicht alles in Ordnung; der Poldl war zu verändert.

Elsa bewunderte ihren Bruder, diente und gehorchte ihm schon von der Zeit an, als sie beide, sehr kleine, unreinliche Kinder, mit nackten Füßen im ausgetrockneten Bette des Wien-Flusses auf Entdeckungen ausgingen. Schon damals kannte Elsa nichts unangenehmeres, als wenn Poldl übler Laune war, sich ärgerte oder gar litt. Diese Sorge und dieses Mitgefühl waren mit ihr erwachsen.

Wie Elsa es erwartet hatte, begann Leopold um sieben Uhr, sich in seinem Zimmer zu regen. Er stand auf und kleidete sich an.

»Er will ins Theater«, sagte sich Elsa und schlich an seine Türe. Seltsam, daß plötzlich etwas zwischen ihr und ihrem Bruder stand, das sie befangen, fast ängstlich machte. Zögernd öffnete sie die Türe. Leopold stand vor dem Spiegel und drehte die Spitzen seines Schnurrbärtchens.

»Poldl, stehst du schon auf?«

»Wie du siehst.«

»Wie ist dir?«

»Besser.«

»Du gehst in das Theater?«

»Vielleicht.«

»Wenn du Geld brauchst, Poldl – ein bissel kann ich dir geben.«

»Nein, behalt's nur; ich – ich habe selbst welches.«

»Wie?« – Elsa trat näher, sie glaubte sich verhört zu haben, denn daß er ihr Geld ausschlug, war noch nie vorgekommen.

»Nun ja«, sagte er ungeduldig und wandte sich ab. »Ich hab' ... ich brauche keins.«

»Wo hast du's denn her? Heute ist ja nicht der Erste – und jeden Abend ins Theater und ...«

Leopold errötete. »Ich möchte wissen, was dich das angeht?« schrie er.

Elsas Kniee wankten, sie mußte sich setzen. Nicht Leopolds Heftigkeit erschreckte sie, sondern der eigen befangene, erregte Ausdruck seines Gesichtes. Sie schwieg eine Weile.

Leopold band sich sorgfältig die Halsbinde um, bürstete seinen Hut, befeuchtete sich die Hände mit Kölnischem Wasser – nun war er fertig. Er blieb jedoch noch, von seiner Schwester abgewandt, am Fenster stehen, als wartete er auf etwas.

»Poldl!« erklang Elsas Stimme heiser und kläglich. »Du könntest mir's wohl sagen.«

»Ja, was denn?« murmelte Leopold.

»Ich weiß nicht, was«, fuhr Elsa fort. »Ich will's ja eben wissen. Warum bist du in der letzten Zeit so närrisch? Jetzt ärgert es dich, wenn ich nur ein Wort red'. Und die Mietzi ist so hochnäsig. Und wo kommt das Geld her? Warum willst du's mir denn nicht sagen? Ich kann dir ja nichts tun. Wissen will ich's nur. Was liegt dir denn daran, ob ich's weiß.«

»Was denn?« wiederholte Leopold halsstarrig, aber dieses Mal unsicher, und sein Gesicht verzog sich weinerlich. Die Worte der Schwester stimmten ihn so weich, daß er am liebsten ihr alles gesagt hätte.

»Nur diese Mietzi trägt die ganze Schuld«, fuhr Elsa fort. »Die macht sich nichts aus dir – aus keinem macht sie sich etwas. Die will nur Strümpfe und Hüte. Die hat kein Herz. Nur wenn sie einen recht sekkieren kann, dann ist das schlechte Madl zufrieden.«

»So? Das weißt du?« fuhr Leopold fort. »Und wenn ich dir sag', daß die Mietzi keine ruhige Stunde zu Hause hat, daß die Mutter sie schlägt und die Schwestern sie schimpfen! Für wen trägt sie das? Und sie könnt' es besser haben. Aber sie hat mich gern. Wenn ihr anderen Madl nur so wäret! Aber weil die ein sauberes Gesicht hat, fallt ihr alle über sie her. Denk' du an deine Zahlmarqueurs und gib mir Ruh'.« Damit setzte er seinen Hut auf und verließ stolz und stark mit den Absätzen auftretend das Zimmer. Die arme Elsa aber blieb sehr unglücklich zurück, stützte den Kopf auf den Bettrand, vor dem sie saß, und weinte.

Leopolds Angelegenheiten standen schlimm. Seit Mietzi ganz sein war, durch ihn litt und mit ihm sterben wollte, hatte er nur Gedanken für seine Leidenschaft. Um dem lieben Mädchen jeden Wunsch zu erfüllen, hatte er in der letzten Zeit immer häufigere Anleihen beim Geschäft gemacht. Da Mietzi und er sterben wollten, war's ja gleich. Im Geschäfte jedoch schien man etwas zu ahnen, denn der Prinzipal hatte seinen Kommis verkündet, daß, wenn bei der bevorstehenden Inventur eine Unordnung – ein Abgang entdeckt würde, ohne daß der Schuldige nachgewiesen werden könnte, sämtliche Kommis entlassen werden würden. Dadurch begann nun ein jeder die anderen zu überwachen. Leopold fühlte es, daß er im Verdacht stand und die Katastrophe nah war. Dennoch fuhr er fort zu stehlen, denn um nichts in der Welt konnte er es mehr missen, unten im Theater zu sitzen, um die Mietzi anzusehen, und später im Hotel so traulich beieinander zu sein und sich aneinander zu berauschen.

Jedesmal nahmen sie sich vor, nun ein Ende zu machen; denn auch Mietzi schien den Sterbeplan ernstzunehmen. Sie war in der wunderlichen Laune der Mädchen, die ihren ersten Geliebten haben. Sie liebte Leopold und kam sich selber schlecht vor. Das Leben wurde drohend und kummervoll; besser war's zu sterben, so wie die vornehmen Leute, wenn sie sich liebhaben. Jedesmal aber, wenn sie ihre Mahlzeit einnahmen, den süßen Wein tranken und sich endlich noch eine warme Mehlspeise geben ließen, dann wurden sie lustig. Es war so hübsch zu leben und sich zu lieben! Meist hatte Leopold auch das Fläschchen vergessen, und die Ausführung des düsteren Planes mußte auf das nächste Mal verschoben werden; dann aber bestimmt.

Das Theater war noch fast leer, als Leopold seinen Eckplatz im Parkett einnahm. Nur auf der vierten Galerie und im Stehparterre drängte sich schon das Publikum. Im Orchester wurden die Instrumente gestimmt. Der Theaterdiener brachte Leopold einen Theaterzettel und verbeugte sich; er kannte ihn schon. Jetzt wurde das Niederklappen der Stühle immer häufiger vernehmbar. Auch in den Logen regte es sich. Damen schälten sich aus ihren Umwürfen und erschienen im roten Sammetrahmen der Loge. Gott, wie all das dem armen Jungen wohltat, ihm, der den ganzen Tag über von den entsetzlichsten Visionen gehetzt wurde! Schon der Theaterduft, ein Gemisch von Moschus, Gas und dem Pappgeruch der Dekorationen, stieg ihm zu Kopf. War es doch der Duft, den Mietzi in ihren Haaren und ihren Kleidern vom Theater mit heimzubringen pflegte. –

Die Musik begann, der Vorhang ging in die Höhe. Da war auch Mietzi, strahlend schön in ihrer flimmernden Theaterpracht, und sie schielte zu ihm hinüber und lächelte kaum merklich. Wie weit waren die peinlichen Bilder nun. Leopold dachte gewiß nicht mehr an Herrn Punzendorf, an die Polizei und die zwei Shawls, die zu Hause in seinem Kasten lagen. – Der geschmückte Saal, das lärmende Tamtam der Operette, der rote Sammet, auf dem er saß, das schöne Mädchen auf der Bühne, das ihn anlächelte – mehr brauchte er nicht, um glücklich zu sein!

Wie gewöhnlich erwartete Leopold seine Geliebte an der Dreihufeisengasse und führte sie in das Hotel zur »Blauen Krone«. Während des Gehens fragte Mietzi: »Hast du das Fläscherl wieder vergessen?«

Nein, Leopold hatte es nicht vergessen.

Im Hotel warf sich Mietzi sofort in eine Sofaecke, ließ Hände und Füße hängen, starrte ins Licht und machte ein böses, ernstes Gesicht.

Leopold kannte das; sie war anfangs gewöhnlich verstimmt, eigensinnig und zierte sich; heute aber ärgerte ihn das doch – er hatte sich zu sehr auf diesen Abend gefreut. »Geh', Mietzi«, sagte er sanft, »leg' den Mantel ab, gleich kommt das Essen.«

»Ich mag nicht essen«, erwiderte Mietzi.

Leopold wandte sich ab; er war heute so reizbar, daß er die Hände ballte und Tränen ihm in die Augen traten. Schweigend wurde das Essen aufgetragen. Seufzend setzte sich Leopold an den Tisch und legte ein Stück Lendenbraten auf seinen Teller. Dann sagte er mit gepreßter Stimme, denn die Erregung schnürte ihm die Kehle zu: »Mietzi, du willst wirklich nicht essen?«

»Essen werd' ich schon«, meinte Mietzi, als habe sie nie etwas anderes behauptet, und langte zu.

Leopold wurde das Herz wieder leichter. Nach einer Weile wagte er wieder eine Frage. »Sag', hat's was neues gegeben … dort?«

Mietzi zuckte mit den Achseln. »Ach, die! Was kann die mir tun? Sie glaubt, sie kann alles! Ihre Stimme, Jesus! So singt unser Hahn zu Hause auch. Aber sie ist – Sängerin – und ich …« Eine mächtige Erregung stieg in ihr auf. Sie warf Messer und Gabel fort, lehnte sich zurück, das Gesicht über und über rosig, mit zuckenden Wimpern, die Augen strahlend wie Kerzen; und sie sprach schnell und geläufig; die hochdeutsche Redeweise, welche sie sonst liebte, vergessend, sprudelte sie ihre Vorstadtsprache hervor, mit weiten Handbewegungen, die sie der großen Sängerin abgelernt hatte. Ja, sie war schwer gekränkt worden. Nun war's aus. Ein Lieutenant, der zuweilen hinter die Kulissen kam, hatte sich ausnahmsweise eingehender mit Mietzi unterhalten. Was konnte sie dafür? Konnte sie den Leuten das Sprechen verbieten? Durfte der Lieutenant nur mit der Alten sprechen? Man hatte ein wenig gelacht – nichts weiter, da hatte die Sängerin im Vorübergehen geäußert: »Seien Sie hier nicht so laut, Fräulein.« Die dumme Gans! Was hatte sie zu befehlen? Das schlimme Ende jedoch war gewesen, daß Mietzi einen Verweis, und zwar vor all den anderen, vom Regisseur erhalten hatte. »Wenn Sie sich nicht anständig zu betragen verstehen, liebes Kind, so können wir Sie hier nicht brauchen.« Arme Mietzi! Sie weinte jetzt noch vor Scham und biß sich mit ihren spitzen Zähnen in die eigne Hand, aus lauter Wut. – Und dann noch die Mutter! Sie hatte gedroht, wenn Mietzi noch ferner ins Theater ging oder sich mit Poldl herumtrieb, sie ganz einfach aus dem Hause zu jagen. Und nun war sie doch wieder hier.

»Laß nur!« meinte Leopold heiter und zärtlich. »Jetzt ist ja alles eins. Was können sie uns tun?«

Mietzi hörte auf zu weinen und blickte ein wenig erschrocken und ängstlich auf: »Ach ja! … Du hast es – wie? … Und was ist's denn mit dir?«

»Bei mir ist alles aus!« meinte Leopold und fröstelte. »Oh, ganz aus! Aber wir wollen von diesen Sachen nicht sprechen. Die gehen uns ja eigentlich nichts mehr an. Laß uns heute noch einmal recht lustig sein.« Seine Stimme war weich, und er sah Mietzi mit verzehrender Bewunderung an, daß es auch sie erwärmte.

»Recht hast du«, versetzte sie. »Du hast es doch wirklich mit?«

»Ja doch. Da ist es.« Er stellte ein Fläschchen auf den Tisch. »Hier ist es; sei unbesorgt. Jetzt wollen wir essen und nicht daran denken.«

Mietzi zog die Augenbrauen in die Höhe und sagte feierlich: »Heute bestellen wir uns keine Mehlspeise. Du weißt, dann kommt es zu nichts.«

»Wie du willst«, erwiderte Leopold. »Ich habe wohl einen Weinkoch bestellt, weil du ihn gerne magst. Aber wir lassen ihn halt stehen.«

Mietzi beugte sich wieder über ihren Teller, doch fuhr sie ungeduldig auf: »So nimm das Fläscherl fort! Wie soll man essen, wenn das da steht?«

»Ja so! Ich vergaß«, sagte Leopold und steckte es in die Tasche.

Der Lendenbraten war gut, und als der Weinkoch kam, aßen sie ihn, als könnte es nicht anders sein.

Mietzi bekam heiße rote Wangen, stützte die Ellenbogen auf den Tisch, und an den blanken Augen sah man, daß sie lachen wollte, obgleich die Lippen ernst blieben. »Sag', Poldl«, begann sie, »wir sollen nicht – von – von unseren Sachen sprechen; das geht uns nichts mehr an. Ja, wovon sollen wir denn sprechen? Es geht uns doch jetzt nichts was an?«

»Aber Mietzi, wie du auch bist!« Leopold war überrascht von diesem unheimlichen Scherze.

Mietzi aber fand das lächerlich und lachte laut darüber; da lachte er mit; er hätte über den Tod selbst gelacht, wenn er dabei Mietzi im Arm, in der Sofaecke sitzen, ihre heißen Lippen küssen und dazu Ruster trinken durfte. Obgleich sie über nichts mehr sprechen konnten, unterhielten sie sich doch sehr gut, so gut, daß der Kellner hereinkam und die Herrschaften bat, ein wenig stiller zu sein, ein alter Herr schlafe nebenan.

Später, als sie sich zur Ruhe begaben, stellte Leopold sein Fläschchen neben das Bett; Mietzi jedoch machte wieder ihr geängstigtes Kindergesicht und bat: »Tue es fort. Ich kann nicht schlafen, wenn's hier steht. Ich mag das nicht. Wenn man's nötig hat, kann man's ja haben.«

So ward es fortgestellt.

*

Der Morgen graute, als Leopold erwachte. Er starrte das Zimmer an, welches im fahlen Halblicht der Morgendämmerung nüchtern und fadenscheinig aussah; dann blickte er auf Mietzi, die neben ihm schlief, die Wangen rot, die Lippen halb geöffnet, ganz umglänzt vom Gekräusel der blonden Haare. Anfangs lastete nur das unklare, bleierne Gefühl von etwas Schrecklichem auf ihm; er fand sich nicht sogleich zurecht – doch – da stand es plötzlich vor ihm, so nüchtern und klar, wie die Gegenstände im grauen Morgenlichte. Dieses war der Tag, den er nimmer erleben durfte! Wie von einem körperlichen Schmerz getroffen fuhr er auf: Das Geschäft ... die zwei Tücher zu Hause im Kasten! Wieder das ganze Elend, all die Qual. In tiefer Verzweiflung warf er sich in die Kissen und rollte seinen Kopf hin und her, als hätte er Zahnweh. Ach, ach! Wie unglücklich war er! Dann sprang er wieder auf. Die

Tücher mußten aus dem Kasten fort; wie hatte er das nur vergessen können? Hastig kleidete er sich an, doch bald ließ er die Arme mutlos sinken, lehnte sich an das Fenster, schaute hinaus und versank in tiefe Gedanken. Wäre Elsa da! Vielleicht konnte sie helfen. Sie würde ihn bemitleiden, und danach sehnte er sich. Mietzi wurde unruhig – sie bewegte sich, seufzte, und dennoch lächelten ihre Lippen das sanfte, träge Lächeln der Schlafenden. O die! Leopold fühlte etwas wie Zorn gegen dieses schöne, ruhig schlummernde Mädchen. Er hatte es gestern schon geahnt, daß es ihr mit dem Sterben nicht ernst war. Aber – wenn er jetzt das Fläschchen leerte? Dann wäre alles zu Ende. Mietzi würde ihn sterbend finden, er würde ihr vergeben, daß sie nicht den Mut gehabt habe, mit ihm zu sterben. »Lebe glücklich, wenn du kannst. Grüße Elsa.« Und Elsa würde kommen; die beiden liebenden Mädchen würden um ihn weinen – und dann –? Nein – nein, er wußte es wohl, es würde nicht geschehen – er konnte es nicht tun. So blieb denn nichts übrig als warten, bis das Entsetzliche kam – und es kam – es war da, das fühlte er. Stumpfe Müdigkeit ergriff ihn, machte seine Glieder weich und schlaff.

Als er sich umwandte, sah er, daß Mietzi aufrecht im Bette saß. Die Arme um die Kniee geschlungen, sah sie ihn verwundert und scheu an.

»Nun – Mietzi«, sagte er traurig; sie wandte jedoch den Kopf ab und griff nach ihren Kleidern.

»Es ist schon Tag; ich muß heim«, murmelte sie.

Leopold lächelte, und es war ihm lieb, daß er das konnte. »Ja, Mietzi«, versetzte er sanft, »wieder ein Tag. Doch – ich hab's gleich gedacht ...«

»Was hast du dir gedacht?« unterbrach sie ihn ärgerlich. »Sprich doch keinen Unsinn! Nichts hast du dir gedacht.«

»Laß's gut sein, Schatz!« fuhr Leopold mit derselben traurigen Milde fort. Es war ihm fast, als läge er sterbend da und verzieh allen.

Mietzi kleidete sich eilig an, ohne ein Wort zu sprechen. Es schien, als fürchtete sie sich vor Leopold; sie kam ihm nicht nah und warf nur flüchtig ängstliche Blicke auf ihn. Als sie fertig war, sagte sie einfach »komm« und ging zuerst hinaus. Das schmerzte ihn; er hätte sie lieber verzweifelt und niedergeschlagen als so trotzig gesehen; das machte ihn in seinem Elend einsamer.

Fröstelnd schritten sie nebeneinander her. Die Stille der Straßen wurde nur zuweilen durch das weithin schallende Rattern eines Gemüsekarrens oder Milchwagens unterbrochen. Im Technikerpark, unter den kümmerlichen Bäumen, trieben sich wunderliche Gestalten umher. Leute, die in Büschen am Wienflusse übernachtet haben mochten und nun frierend hervorgekrochen waren. Einer stand am Baume und wusch sich, während ein anderer mit einem bleichen, welken Gesichte auf einer Bank saß und schlummerte. Ein dritter ging mit kleinen Schritten auf und ab, um sich die Füße zu erwärmen. Sie regten sich dort im Morgennebel, wie Leute, die zu früh aufgestanden sind und sich in einem öden, kalten Schlafzimmer mißmutig und einsilbig anschickten, ihren Tag zu beginnen.

»Wer sind die«, flüsterte Mietzi entsetzt.

»Gauner«, warf Leopold hochmütig hin, aber auch ihn schüttelte das Grauen. Der Schläfer auf der Bank öffnete halb das eine Auge und schielte nach ihnen hin, und dieses welke Gesicht zuckte, als lächele es. »Dieses sind die Bürger der unheimlichen, unreinlichen Welt – zu der nun auch ich eigentlich ...« Nein, er dachte das nicht zu Ende und beschleunigte seine Schritte.

An der Ecke der Margareten- und Wiedner Hauptstraße blieb Mietzi stehen. »Ich geh' hier die Paniglgasse hinab«, sagte sie hastig und wollte fort.

Leopold hielt sie an ihrem Mantel zurück: »Was willst du dort?«

Mietzi errötete und erwiderte trotzig: »Zur Frau Rosenthal. Du weißt, daß ich zu Hause nicht mehr kann.«

»Frau Rosenthal?« wiederholte er mechanisch.

»Nun ja«, meinte Mietzi ungeduldig. »Die Logenschließerin; was ist denn dabei. Sie hat gesagt, ich soll nur kommen, wenn ich will.«

»Mietzi, geh' nicht!« flehte er weinerlich.

»Ach geh'!« Mietzi befreite ihren Mantel mit einem Ruck aus seinen Fingern, drehte ihm den Rücken zu und schritt die Paniglgasse hinab.

»Mietzi!« stöhnte Leopold. Sie schaute nicht einmal zurück. Ihre spitzen Absätze klapperten eilfertig über das Pflaster; und als die feine Gestalt im grauen Mantel und blauen Hut um die Ecke bog, schien mit ihr für Leopold alle Hoffnung, all sein Leben zu entschwinden. »Jesus! Was fang ich an?« murmelte er, drückte die Knöchel seiner Hände gegen die Schläfen und lief nach Hause.

Bei Gerstengressers schlief noch alles. Als er in sein Zimmer trat, sah er eine weiße Gestalt auf einem Sessel kauern. Elsa war es. Den Kopf auf die Brust gesenkt, das Gesicht von ihren Haaren überdeckt, schlummerte sie. »Ach!« sagte Leopold, als habe er das erwartet. Leise lehnte er die Türe an und setzte sich auf sein Bett.

Elsa atmete schnell und laut, warf ihre Arme unruhig hin und her, seufzte tief und schlug die Augen auf. Sie schüttelte sich das Haar aus der Stirn, beugte sich vor. Ihr Gesicht war geisterbleich, unter den Augen lagen dunkle Schatten. »Poldl – du bist's?« flüsterte sie kaum hörbar.

»Ich bin eben gekommen«, antwortete er ebenso leise. »Was ist geschehen?«

»Ja – es ist was geschehen.«

»Ist – jemand hiergewesen?«

Elsa nickte. »Zwei. Herr Punzendorf und noch einer. Gleich als du fort warst, kamen sie.«

»So?« Leopold schien ganz ruhig. »Sie wollten wohl – dort – nachschauen?« und er wies auf den Kasten.

»Freilich«, erwiderte Elsa tonlos. »Sie haben ihn geöffnet. Sie haben gesagt, es geschieht zu deinem Besten, und ... und ...«

»Und haben gefunden«, ergänzte Leopold mit einem tiefen Seufzer.

»Was wirst du tun?« fragte Elsa.

»Was kann ich tun?« meinte er. – »Sie werden wiederkommen?«

»Freilich.« –

Nun entstand eine Pause. Leopold fühlte sich wie zerschlagen, alle Glieder schmerzten ihm, und dennoch spürte er eine gewisse Erleichterung. Das Warten, die Angst hatten jetzt ein Ende. Das Schreckliche war da; eine dumpfe Ruhe kam über ihn. Mietzi war bei Frau Rosenthal. Alles war aus. Er blickte zu Boden und drehte langsam einen Daumen um den anderen. Da rutschte es leise neben ihm. Elsa war von dem Sessel auf den Fußboden niedergeglitten und kniete vor ihm. Tränen rannen ihr die Wangen entlang, und sie breitete die Arme aus: »Ach, Poldl! Wie konntest du das tun?«

»Laß mich«, erwiderte er sanft, »es ist ja doch nicht mehr gutzumachen. Schlafen möchte ich; ich bin todmüde.«

»Ja, schlafe nur«, meinte Elsa und begann sorgsam alles dazu vorzubereiten, die Fenstervorhänge zuzuziehen und das Bett herzurichten. »So, Poldl – leg' dich nieder.«

Behaglich streckte Leopold sich aus und schloß die Augen. »Du gehst doch nicht fort?« sagte er matt.

»Nein – ich bleibe«, beruhigte sie ihn, setzte sich auf den Bettrand und hielt seine Hand.

»Wenn die Mietzi gewollt hätte, wäre jetzt alles gut. Sie und ich hätten Ruh'. Aber sie wollte nicht – und – so allein –, das mochte ich auch nicht.« Er sprach das langsam und halb im Schlaf vor sich hin.

Elsa streichelte seine Hand. »Wie du red'st – Poldl! Es wird noch gut. Ich will schon zusehen. Ich geh' heute zum Herrn Punzendorf und will ihn bitten … Ich – Poldl – werd' immer mit dir sein.« –

»Ja – du!« lallte er und lächelte matt.

16

Am Nachmittage, von einem Geschäftsgange heimkehrend, begegnete Lothar Rotter. Den Filzhut im Nacken, heftig mit seinem demokratischen Knotenstock auf das Pflaster stoßend, ging er stramm die Straße hinab. »Holla – Bruder!« rief er Lothar an. »Wie steht das Geschäft?« Lothar blieb stehen und lächelte nachdenklich, aber Rotter zog ihn mit sich fort. »Komm«, sagte er, »ich begleite dich. Heute ist ja der große Tag –; heute abend.«

»Groß?« meinte Lothar. »Das ist Ansichtssache. Du meinst doch das Examen, welches Lemke mit Klumpf anstellen will?«

»Oder umgekehrt, mein Lieber«, lachte Rotter in heitrer Schadenfreude. »Laß Herrn Lemke sich doch ausweisen.«

»Gut! Und wenn die Versammlung, diese drei, vier Arbeiter oder sonstigen Freunde Lemkes, Klumpf recht geben, was dann?«

»Das wollen wir ja gerade!« rief Rotter und sah mit seinen braunen Augen Lothar lustig an. »Was ist's – Bruder, du siehst mir heute nicht recht aus; so – bitter.«

Jetzt lachte auch Lothar. »Bitterkeit gehört zu unserem Beruf.«

»Gewiß!« bestätigte Rotter, »aber das ist anders; das ist eine gesunde Bitterkeit, siehst du; die macht uns munter und frisch; wie Bier – weißt du.«

»Freilich! Zuweilen auch betrunken wie Bier«, schaltete Lothar ein.

Rotter gab das zu. »Auch das, Bruder! Wenn du wüßtest, wie ich mich jeden Tag freue, die Akten beiseite zu legen und mich wieder unserer Sache hingeben zu dürfen. Wie ein Fisch fühle ich mich dann, der auf dem Trockenen gelegen hat und nun wieder ins Wasser kommt.«

»Das muß es sein«, bemerkte Lothar sinnend. »Du hast deine regelrechte Brotarbeit, und ist die getan, so holst du die große Sache hervor, und sie behält dadurch für dich ihr Feiertagsansehen.«

»Ach was! Ich würde diese Brotarbeit bald beiseite schieben, wenn ich könnte.«

»Schön! Aber wenn man nun darauf gestellt ist, für die Zukunft zu arbeiten? Die Sache ist sehr groß, nicht immer klar; wir müssen förmlich mit ihr ringen, und da kommen solche Stimmungen und bringen allerhand Zweifel. Ich meine doch, es muß gut sein, neben der Arbeit, die unendlich ist, eine zu haben, die fest beschränkt ist.«

»Grillen!« meinte Rotter und führte einen kräftigen Hieb durch die Luft. »Ich würde dir wünschen, so einen Tag über den Akten zu hocken. Nein Bruder! Da, wo noch alles zu tun ist, da geht uns das Herz auf! Die Methode, die Erkenntnis, die Praxis – alles ist hier selbst zu schaffen. Wie Götter – ja, lache nicht – gerade so wie Götter stehen wir vor dem Chaos, mit unserer Idee im Kopf zu schaffen – das ist's!« In seiner Schaffenslust breitete er die Arme aus. »Das ist Arbeit!«

»Ja – Chaos«, wiederholte Lothar halblaut.

»Wie du auch heute bist!« rief Rotter. »Du bist krank. – Chaos – natürlich! Die alte Gesellschaft ist das Chaos, aus ihm gilt es etwas Rechtes zu schaffen, und es geht famos. Die

Zukunft wird ausgerissen – Die Vereine … Ich verstehe deine trübe Stimmung nicht.«

Langsam waren sie den Burgring hinabgeschritten; am Eingang der Babenbergerstraße, wo Rotter nach Mariahilf hinaufbiegen wollte, blieben sie stehen. »Komm, setzen wir uns noch ein wenig«, meinte Lothar. »Du drehst mir eine Zigarette und sprichst dich aus. Du hast ja das Herz voll.«

Sie setzten sich auf eine Bank der Allee. Die Straße vor ihnen hatte ein müdes, träges Ansehen im stetigen, ins Rötliche schlagenden Lichte des Nachmittags.

»Aussprechen?« sagte Rotter. »Die Reihe wäre heute an dir. Das würde dir guttun. Klumpf leidet auch an solchen Stimmungen. Ich begreife nicht, warum das nötig ist? Gut, man bekommt täglich etwas zu sehen und zu hören, das häßlich, traurig – scheußlich ist; aber warum so etwas weltschmerzlich auffassen? Man fühlt Zorn – der erfrischt, der kräftigt – der ist ein Affekt wackerer Art, wie Kant sagt.«

»Oh, auch Kant sagt das?« schaltete Lothar ein.

»Spotte nur, mein Lieber!« fuhr Rotter fort. »Wir müssen alles für uns verwenden – auch Kant.«

»Es ist sehr angenehm«, versetzte Lothar, den Rauch seiner Zigarette von sich blasend und zu den gelben Wipfeln des Burggartens emporsehend. »Es ist sehr angenehm, dich so sprechen zu hören. Sprich doch noch.«

»Teufel!« fuhr Rotter auf. »Du machst, als wäre ich ein altes Klavier, das dich in den Schlaf singen soll!«

»Nein!« wehrte Lothar ab. »Ich meine es ernst. Du hast recht, und es ist immer angenehm zu hören, daß jemand recht hat, wenn einer selbst an den Resten eines alten Adam leidet.«

»Was ist das, Bruder? Sag'! Sprich dich aus!«

»Nun, solch ein Anfall des alten Adam macht sich fühlbar durch gewisse Zweifel.«

»Das kommt bei jedem vor«, beruhigte Rotter.

»Dann durch eine gewisse Abneigung über die Zukunft, über Verstaatlichung der Arbeit und dergleichen noch zu denken.«

»Das ist schon schlimmer.«

»Ferner durch eine Art Widerwillen gegen die Unterdrückten und Enterbten.«

»Das ist fatal! Bist du auch sicher, daß es Widerwillen ist?«

»Doch etwas dem Ähnliches. Siehst du den Fechtbruder dort auf der Bank? In gesundem Zustande sehe ich in dem Manne einen Unglücklichen, der hart die Fehler der Gesellschaft zu büßen hat. Nicht wahr?«

»Gewiß!« bestätigte Rotter eifrig. »Solche Gestalten sind gleichsam die rote Tinte, mit der die Fehler der Gesellschaft augenfällig unterstrichen werden.«

Überrascht schaute Lothar auf. »Hör', das ist neu! Das dürfte sich unser Blatt nicht entgehen lassen. Rote Tinte – Teufel!«

Rotter lachte vergnügt. »Es ist wirklich nicht schlecht. Aber dein Zustand?«

»Bei Anfällen des alten Adam«, setzte Lothar seinen Bericht fort, »glaube ich nun zu bemerken, daß jener arme Genosse ziemlich unreinlich ist, daß er im Umgang eine recht gemeine Art hat, mir Geld abzuschwindeln, daß er geneigt ist, seinen Mitbrüdern, um weniger Kreuzer willen, den Hals abzuschneiden, und in solchen Augenblicken sind die Eigenschaften geeignet, mir Übligkeiten zu verursachen.«

»Das wird ernst!« meinte Rotter.

»Ich sagte es dir wohl! Zu den ferneren Symptomen kannst du noch eine gewisse Sehnsucht nach polierten Türen rechnen, nach stillen, vornehmen Häusern, in denen es gut riecht, und nach Mädchen mit guten Manieren, und den Gedanken, daß es nicht so übel sein mag, ruhig, hochmütig und bequem zu leben, ohne sich um die Zukunft zu bekümmern.«

»Ai – ai!« jammerte Rotter, »würde ich dich nicht kennen, Bruder, ich wüßte nicht, was ich von alledem denken soll!«

»Siehst du's wohl«, sagte Lothar ernst. »Aber beruhige dich, das geht wieder vorüber. Das ist der alte Adam, der Rest einer müßigen und in falschen Anschauungen verbrachten Jugend. Man zieht nicht einen Adam aus und einen anderen an, ohne dabei ein gutes Stück Leben mit zu verlieren. Das ist's, daran sind wir alle krank – du vielleicht am wenigsten ... Wir haben nicht mehr jene Kraft in uns, die instinktiv, ohne sich viel umzusehen und mit Leidenschaft lebt. Was sich in uns regt, ist eine verdorbene Maschine, die mühsam durch Hin- und Herdenken in Gang gebracht wird ... Das, was im Volk brennt ... es zu all jenen Ungeheuerlichkeiten treibt, die wir nicht verstehn ... jene Kraft, der zuliebe sie morden und toben und sich plagen – die ihnen in allen Adern kocht – wir begreifen sie nicht einmal – und doch wollen wir für sie Gesetze finden. Sieh – das gibt mir viel zu denken –, könnte ich nur einmal das Leben so einfach und warm in mir arbeiten fühlen – wie – wie – nun – wie die Tini zum Beispiel – ich würde unsere Aufgabe besser verstehen ...«

Rotter dachte kopfschüttelnd nach. »Das verstehe ich nicht, das ist zu hoch ... und – vergib! – und ich glaube auch – es ist Unsinn.« Dann lachte er und schlug Lothar auf das Knie: »Nein, ich weiß, was dir fehlt! – Ganz recht – wir können nicht immer oben bei den Ideen wohnen – aber dazu sind die Mädl da.«

»Ich hab' ja ein Mädl«, sagte Lothar zerstreut.

»Ach – wenn du die Schwarze meinst, die gestern bei dir am Fenster saß und so ungeschickt deine Strümpfe ausbesserte – die ist die rechte nicht! Wir brauchen etwas Stilles, Sanftes,

Blondes. Du kennst die Pepi? Nein – diese Schwarze ist zu wild – zu gewaltsam. Ich weiß nicht, was du an der findest!«

»Wir sind zufällig zueinander gekommen«, sagte Lothar sinnend, »und es ist wunderlich, ihr scheint es wohlzutun, bei mir zu sein; es ist zuweilen, als klammere sie sich ängstlich an mich. – Dabei liegt in ihr eine wilde Kraft, die sie gewaltsam herunterzudrücken sucht; es blitzt zuweilen in ihren Augen – und dann wieder ist sie gleich darauf das schläfrige, ruhige Wesen, das bei mir sein will, sich zäh an mich hält ... Und siehst du – das ärgert mich, denn ich will das Wilde in ihr besitzen – jene andere, unbändige Tini, die sie vor mir niederkämpft ... Das hängt eben mit dem zusammen, was ich vorher sagte, jener Kraft zu leben, die wir verloren haben ... Aber du sagst, das sei Unsinn.«

»Das ist's auch, Bruder«, rief Rotter und sprang auf. »Schick sie fort – die Schwarze.«

»Auch daran hab' ich gedacht«, erwiderte Lothar.

»Gewiß! Servus! Ich geh' jetzt. Auf heute abend also.« Damit trennten sie sich.

Lothar ging heim, streckte sich auf sein Sofa aus und schloß die Augen. Die Gedanken schwirrten ihm heute wirr und beunruhigend durch den Kopf. Es raschelte im Zimmer. Er öffnete nicht einmal die Augen, er wußte, es war Tini.

So kam sie oft zu ihm; zuweilen, um stundenlang am Fenster zu sitzen, ohne ein Wort zu sprechen. Es kamen jedoch auch Zeiten, in denen sie ganz fortblieb und Lothar mit scheuen Blicken auswich, wenn er ihr begegnete. Auch jetzt war sie für mehrere Tage verschwunden gewesen.

Als Lothar nun die Augen öffnete, sah er das Mädchen neben sich auf dem Fußboden kauern – im blauen Kleide, die schwarze Flechte zwischen den Fingern drehend – in den

Augen ein unruhiges Glitzern. »Ich wußte wohl, daß du nicht schläfst«, sagte es und lächelte.

»Wo warst du denn so lange?« fragte Lothar.

Das Lächeln verschwand sofort. Ein warmes Rot überflog Tinis Gesicht. »Ist der Chawar wieder bei dir gewesen?« fuhr Lothar ruhig und wie gleichgültig fort. »Das solltest du nicht tun. Dieser Mensch hat uns belogen. Er ist mehrere Male abgestraft worden und, wie ich fürchte, ein sehr schlimmer Mensch.«

Tini blickte auf, blinzelte mit den Wimpern und holte tief Atem.

Auch Lothar richtete sich auf. »Wie es in ihr kocht«, dachte er, »jetzt kommt die wahre Tini heraus!«

Doch nein, sie schwieg, indem sie ihre Flechte auf den Mund drückte, und ihre Augen wurden feucht.

»Hab' ich dich gekränkt?« fragte Lothar sanft. Sie tat ihm leid, und als sie sich an ihn herandrängte und ihr heißes Gesicht auf seine Hand legte, strich er ihr sanft mit der anderen über das Haar. »Laß's gut sein. Wir wollen uns schon von ihm losmachen. Nicht wahr? Wenn du so ganz zu mir gehören wolltest, so sollte dieser Mensch uns schon nichts anhaben können.«

Ein tiefer Seufzer hob die Brust des Mädchens, und Lothars Hand wurde von Tränen naß.

»Weine nicht, Tinerl«, tröstete er sie. »Denken wir an andere Dinge. Komm, richt' dich auf.«

Sie schüttelte den Kopf, sie wollte nicht.

»Gut! Bleib so – wenn du willst.« Lothar sprach zu ihr wie zu einem Kinde. »Wenn du nicht am Fenster sitzest und an meinen Strümpfen besserst, so fehlst du mir. Ich kann ruhiger arbeiten, wenn ich deinen schwarzen Kopf dort sehe. Gewiß! … Ich sollte aus diesem Hause fort, und du solltest mitkommen. Deine

Mutter mag dich ja ohnehin nicht ... und ich habe dich nötig. Du könntest mich kroatisch lehren, so wie du mit dem Vater sprichst – und ich ... ich könnte dich vielleicht auch manches lehren ... Wir könnten uns aneinander erholen, ein jeder von seiner Qual.«

Tini antwortete nicht, nur als Lothar schwieg, sagte sie leise: »Was weiter?«

Und er mußte weitersprechen – von dem »Wie es dann sein würde«.

Da ward an Lothars Türe geschellt.

»Wer ist's wieder?« rief Tini sehr zornig.

»Herren, die mich abholen wollen«, erwiderte Lothar und ging hinaus, das Mädchen im hinteren Zimmer zurücklassend.

Oberwimmer war es mit Tost, von dem er in letzter Zeit unzertrennlich war.

»Wir kommen dich abzuholen, obwohl es noch ein wenig zeitig ist«, rief Oberwimmer.

Lothar hieß sie eintreten. Er war nicht erfreut über diesen Besuch, denn Tost war ihm zuwider.

Tost merkte nichts davon, er war selbst zu verlegen. Auf Lothars hingeworfene Bemerkung: »Es steht uns heute ein interessanter Abend bevor«, machte Tost ein hochmütiges Gesicht und meinte: »Wir veranstalten in jedem Monat solche Abende. Es freut mich, daß Dr. Klumpf sich entschlossen hat zu sprechen; da wird es sich ja zeigen.«

»Was wird sich zeigen?« fragte Lothar gereizt.

»Wir sind nämlich der Ansicht«, begann Tost in lehrhaftem Ton, »daß wir unserem engeren Freundeskreis – die Gelegenheit geben müssen, die Ansichten des neuen Clubs, der nun – ob mit Recht oder nicht lasse ich unerörtert – so viel Aufsehen macht, von der günstigsten Seite – möchte ich sagen – kennenzulernen; damit es nicht heißt, wir entstellten die fremden Ansichten ...«

»Höre, Brückmann!« unterbrach ihn Oberwimmer, der fürchtete, daß Lothar sich über Tost ärgere. »Wir kommen dir nicht gelegen? Ich sah vorhin hinter der Tür so etwas wie einen blauen Weiberrock.«

Tost brach darüber in so krampfhaftes Lachen aus, daß es ihm die Luft verschlug und ihn sehr entstellte.

»Es ist das Mädchen, welches mich bedient«, meinte Lothar, aber Tosts Lachen hörte nicht auf.

»Ja, so ist der Tost«, versetzte Oberwimmer, »wenn von einem Mädchen nur die Rede ist, so beginnt er zu lachen. Beruhige dich doch, mein Alter. Was Teufel! Ein Mädl ist ja nichts lächerliches. Oder hast du solch lächerliche Erfahrungen in dieser Beziehung gemacht? Erzähl' uns doch auch etwas davon.«

Tost errötete und wurde plötzlich ernst. Oberwimmer jedoch ließ ihn nicht mehr los. »Erzähl' doch! Sollte man es diesen Blutmenschen ansehen? Sieht der nach Liebeserfahrungen, und noch dazu so lustigen, aus? Ja, ja – auch Marat hatte seine Marquise.«

Tost kraute an seinem Barte und ärgerte sich über diese Neckereien, bis Oberwimmer ihn vertraulich auf das Knie schlug und sagte: »Geh! Du ärgerst dich doch nicht?«

Da lachte er wieder sein ungelenkes Lachen und schaute Oberwimmer bewundernd und dankbar an, wie nur ein so verkümmertes, gelbes Wesen ein so rosiges und munteres, wie Oberwimmer es war, ansehen kann.

Es war Zeit zum Aufbruch. Lothar bat die Herren, ein wenig zu warten, und ging in das Nebenzimmer.

Tini kauerte noch auf dem Teppich. »Du gehst fort?« rief sie ihm entgegen. »Bleibst du lange?«

»Ja, ich bleibe lange, bis in die Nacht hinein«, antwortete Lothar freundlich und machte sich daran, die Hände zu waschen.

»Bis zur Nacht!« wiederholte Tini, »und du kannst nicht bleiben?«

»Nein, das geht heute nicht.« – Als Lothar sich umwandte, sah er, wie Tini sich auf ihren Knieen aufgerichtet hatte; sie war sehr bleich, und ein Ausdruck von Angst und Zorn lag auf ihren Zügen. Leise und rauh sagte sie: »Aber wenn – ich dir sage – du mußt heute bei mir bleiben.«

»Das würde nicht viel helfen«, erwiderte Lothar lachend, »ein andermal.«

»Ein andermal! – Da hilft's nichts. – Nein, heute.«

»Es geht nicht. Was hast du denn?«

»Wozu hilft denn das alles, was du vorhin sagtest?«

Es lag wie Hohn in diesen Worten, dennoch quollen Tränen aus ihren Augen, verklärten diese Augen mit ihrem feuchten Glanz und rannen langsam über das regungslose Gesicht. »Dann hilft alles nichts!« wiederholte sie. »Nein – nein! Jesus Maria, was tu' ich? Und ich hab' geglaubt, bei dir wär's sicher!«

Lothar wurde ungeduldig. Er begriff nicht, was das Mädchen so erregte.

Oberwimmer rief nach ihm.

»Tinerl, sei vernünftig. Morgen sprechen wir uns in Ruhe aus.« Flüchtig strich er mit der Hand über Tinis Kopf und wollte fort, sie jedoch hielt seine Hand fest, so eisern fest, daß es ihn schmerzte.

»Bleib!« flüsterte sie – »denn morgen – mein Gott! ...«

Oberwimmer rief wieder.

Lothar machte sich von Tini los. »Du hörst sie rufen. – Was sprichst du? Sei kein Kind. Gerade heute geht es nicht ...« Als er das Zimmer verließ, sah er, wie das Mädchen mit leidenschaftlich verzweifelter Gebärde die Arme ausbreitete, sich über das Sofa warf und ihr Gesicht in den Polstern verbarg ...

Die Herren waren schon ungeduldig, es war Zeit zu gehen. Unten am Tor stand ein kleiner blonder Mann und schien sie zu erwarten.

Lothar erkannte den Herrn, der vor einigen Tagen Oberwimmer in der Redaktion eine Nachricht von seiner Frau gebracht hatte.

Oberwimmer schien diese Begegnung zu verstimmen, er zog die Stirn kraus und trat hastig auf den Mann zu. »Was gibt's wieder? Suchen Sie mich?« Dann sprachen sie leise und lebhaft miteinander. Als Oberwimmer sich wieder seinen Genossen zuwandte, war er bleich, und ein grämlicher, gedrückter Ausdruck entstellte seine Züge.

»Ich werde euch bitten, vorauszugehen«, sagte er hastig. »– Eine Nachricht von meiner Frau … ich muß …«, damit enteilte er.

17

Es war schon um die Zeit des Sonnenunterganges, als Lothar und Tost die Stiege zum Dachboden des »Goldenen Faßls« emporstiegen. Der große Raum wurde von den Sonnenstrahlen, die durch die Spalten der Dachpfannen sickerten, ungleichmäßig erhellt. In den Ecken, hinter den Schornsteinen und Tragbalken, hingen einige mattleuchtende Laternen. Stühle und Tische waren dort aufgestellt; gerade unter einer Dachluke, am hellsten Ort, war eine Art Rednerbühne aus Brettern errichtet worden. Die Versammlung war fast vollzählig. Einige Arbeiter in schwarzen Sonntagsröcken saßen andächtig vor ihren Krügeln und hörten zu, was Satzinger und Racher ihnen erzählten. Rotter hatte den Wirt Schindler und einen Arbeiter in eine Ecke gedrängt und hielt ihnen eine Rede, während Feitinger einem bankrotten Schuster und dessen bleicher Gattin seine Grundsätze klarlegte. Klumpf und Lemke sprachen abseits leise miteinander. An einer Dachluke, die Arme auf derselben gestützt, stand Amalie Remder und schaute ernst über die Dächer hin. Sie schrak ein wenig zusammen, als Lothar zu ihr trat; doch dieses schöne, sonst so kühle Gesicht trug heute einen erregten, weichen Ausdruck; sie lächelte befangen, als sie sagte: »Nicht wahr, hier ist's hübsch? Oh, hier werden sich ungewöhnliche Dinge ereignen!«

»Ungewöhnliche Dinge erwarten«, meinte Lothar, »ist ja unser Beruf.«

»Sie spotten, Brückmann«, erwiderte Amalie und errötete. »Die Herren glauben einen gewöhnlichen Vortragsabend veranstaltet zu haben, aber wenn Klumpf zu sprechen beginnen wird, dann werden sie einsehen, was das bedeutet. Ich fürchte, Lemke wird dann sehr allein stehen, wenn er nicht selbst anderer Ansicht wird. Man hört Klumpf nicht ungestraft sprechen!« Sie lachte dabei triumphierend.

»Sie erwarten also etwas wie eine Bekehrung und Erleuchtung?« fragte Lothar. »So wie's in der Bibel steht: und sie gingen hin und ließen sich taufen.«

Amalie nickte ernst. »Freilich, die Bekehrungen, die ein mächtiger Geist bewirkt, bleiben sich ihrem Wesen nach immer gleich.«

Eine Glocke wurde vernehmbar. Lemke stand auf der Rednerbühne, gebot Ruhe und begann, sehr laut zu sprechen, die Worte hart und gehackt in die Versammlung hineinrufend.

»Wie gewöhnlich – haben wir uns auch heute dazu versammelt, um miteinander im vertrautesten Kreise die wichtigsten Fragen – ich möchte sagen – die eigentlichen Lebensfragen der Partei und unserer speziellen Genossenschaft zu besprechen; Fragen, die sich leider nur in so engem – geheimem Vereine erörtern lassen. Heute nun haben wir den Freunden etwas Besonderes zu bieten. Wir wissen alle – daß es an Einhelligkeit – auch in den Grundprinzipien der Partei – vielleicht – oder …« Hier stockte Lemke, brach mit einem ärgerlichen »gleichviel« ab und setzte dann seine Auseinandersetzung hastig, als wünsche er bald am Ende zu sein, fort. »Eine Vereinigung von Parteigenossen – ich meine die Redaktion der Zukunft – hat in letzter Zeit viel Interesse – und Aufregung erregt. Um unserem engeren Freundeskreise Klarheit zu verschaffen – um Enttäuschungen, Mißgriffen und Mißverständnissen vorzubeugen, haben sich jene Parteigenossen dazu verstanden, an der heutigen Versammlung teilzunehmen und ihre Prinzipien – ich meine wieder Grundprinzipien, das eigentliche Wort – gegen die unsrigen zu halten, damit wir sehen – wie wir zueinander stehen ... denn – denn – denn«, hier schaute er in ein Notizbuch und las den Schluß geläufig und mit Pathos ab. »Denn – Klarheit, das ist unsere Losung! Die Zeit des mystischen Dunkels, des Vertuschens und Verbergens ist vorüber. Klarheit – Wahrheit wollen wir; und sollte sie herbe, sollte sie grausam sein – wir wollen Klarheit!«

»Sehr gut – bravo, Lemke!« tönte es aus den dämmerigen Ecken.

»Freund Tost hat das Wort«, rief Lemke und verließ seinen Platz, während Tost ihn linkisch und eilig erklomm.

Da stand er nun, mit der einen Hand seinen Rock vorne schließend, mit der anderen in seinem Haar wühlend. Anfangs sprach er leise und schnell, mit niedergeschlagenen Augen. Er teilte den Freunden mit, daß er heute auf keine Einzelheiten einzugehen beabsichtige, sondern ihnen nur den Untergrund jenes Gebäudes aufzeichnen wolle, an dem sie alle bauten, die Grundwahrheit, aus der ihre soziale Theorie erwachsen. Ohne rednerischen Schmuck würde er die Wahrheit – darlegen –, aber die ganze Wahrheit, in all ihrer grausamen Strenge; denn wie grausam und streng die Wahrheit auch sei, der Mensch muß sich ihr beugen; sie ist die Stärkere. – Hier machte er eine Pause, befeuchtete mit der Zunge die farblosen Lippen und schlug die Augen auf. Draußen ging die Sonne unter. Ein Strom dunkelroten Lichtes drang durch die Dachluke über der Rednerbühne herein. Tosts schmächtige Gestalt stand in einem purpurnen Glorienschein; das krause, wirr abstehende Haar und der dünne Bart schienen zu brennen; grelles Licht lag auf seinem Gesicht und ließ alle Linien und Falten, die sein elendes Leben hineingezeichnet, deutlich erkennen. Über ihm auf dem Dachbalken kauerte ein grauer Kater und blinzelte mit den grünen, gläsernen Augen zum Sprecher nieder. Der übrige Raum war finster geworden, so daß Tost im roten Lichte, mit seinem Kater zu Häupten, wie eine grelle Vision in dieser Nacht dastand. War es nur das Licht oder das, was er zu sagen hatte, Tost wurde kühner, wärmer, machte mit seinen kleinen, kränklichen Händen heftige Bewegungen, ließ manches große Wort mit seiner knarrenden Stimme hinausklingen, daß der Kater sich erhob, um besser auf ihn hinabsehen zu können.

»Die Geschichte der Menschheit hat es uns bisher nicht bewiesen, daß die Menschheit sich stetig vervollkommnet, sich einem Zustande des Gedeihens oder des Glückes schrittweise nähert. Oder haben die Jahrhunderte, die hinter uns liegen, etwas zur Lösung der Fragen der Verteilung der Lebensgüter, des Verhältnisses von Mensch zu Mensch – der Arbeit auf uns vererbt? Ich sehe nur drei Antworten, die sie uns bis heute auf jene Lebensfragen gegeben haben: Privateigentum, ständische Sonderung in Herren und Knecht, Kapital; drei Antworten und drei Irrtümer!« Tost lächelte höhnisch und hatte dabei den ganzen Mund voll Abendrot.

»Ich will von den Früchten, welche jene Irrtümer gezeitigt, nicht sprechen – unsere von Schmerz und Entrüstung blutenden Herzen kennen sie nur zu wohl. Ich frage aber: Gibt es einen Ausweg aus diesem Irrtum? Gibt es in der heutigen Gesellschaft einen Keim, aus dem sich folgerichtig eine bessere Zeit entwickeln kann? Nein! Die Geschichte lehrt uns, wie die Menschheit den verhängnisvollen Irrweg einschlug – und sie muß auf ihm fortschreiten, muß sich tiefer und tiefer in das verfehlte Dasein verrennen, bis sie zum Höhepunkt des Elends, der Unbilligkeit, der Vernarrtheit, der Finsternis gelangt – das ist das Ziel! Und daß es solch ein Ziel gibt, ist unser Trost! Jener verhängnisvolle Weg ist nicht endlos, er ist eine Sackgasse. Es gibt einen Höhepunkt des Elends, des Irrtums – auf den gelangt, muß die traurige Maschine – Gesellschaft genannt – stocken, sich auflösen – und die Bahn ist für die Wahrheit frei.«

»Warum?« rief nun Tost, und wie trunken von Licht und Worten streckte er seine dürren Arme aus, und seine Stimme überschlug sich vor Erregung. »Warum jedoch sollten diejenigen, welche klar sehen, müßig warten, bis die Menschheit das furchtbare Fazit ihrer falschen Rechnung zieht? Sie wird zu ihrem Ziele kommen; aber kann ihr dieser lange Leidensweg nicht erspart, kann er nicht verkürzt werden? Ihr habt von jener Heilkunst gehört, die ein Fieber bekämpft, indem sie es steigert, damit es, auf seinen Höhepunkt gelangt, sich bricht, ehe die Kräfte des Körpers aufgebraucht sind. Sollten wir bei dieser Kunst nicht in die Lehre gehen? – Jene Zersetzung, zu der die irregeleitete Gesellschaft hindrängt, sie muß beschleunigt werden. Setzen wir das Gift in Stand, schnell und kräftig zu wirken! Ziehen wir die letzten Konsequenzen aus dem Irrtum der Gesellschaft! Alles Elend, welches die Menschheit sonst vielleicht auf jahrhundertelangem Irrweg sich hinschleppend zu erdulden verurteilt ist, mag plötzlich und gewaltsam über sie hereinbrechen, daß sie verzweifelnd, wahnsinnig vor Schmerz und Wut, alles niederreißt und nach Neuem – nach Besserem greift.«

Die Sonne war untergegangen. Die letzten Worte sprach Tost schon in tiefer Dämmerung, in der nur die Umrisse seiner hastig sich bewegenden Glieder und die glimmenden Pünktchen der Katzenaugen auf dem Dachbalken sichtbar waren. Tost schwieg nun. Einer der Arbeiter rief: »Sehr gut!« aber der Wirt bat um Stille.

»Es sind Gäste unten. Wir müssen vorsichtig sein.« Da wurde der Beifall nur gemurmelt.

»O wie entsetzlich!« flüsterte Amalie Lothar zu. »Aber Klumpf wird die Lösung finden.«

Lippsen kam heran. Sein wunderliches Gnomengesicht zuckte vor Spott. »Das war ein Gedicht!« meinte er. »Das lief den Leuten kalt über den Rücken! Die Schusterin hat sich so gefürchtet, daß sie die ganze Zeit über den Rockärmel ihres Mannes festgehalten hat.«

»Ich habe mich gefürchtet«, sagte Amalie, »vor dem, was er sagte und wie er es sagte.«

Lippsen lachte. »Ja – der gehört aufs Volkstheater. Aber Lemke ist außer sich. Dieses Programm scheint nicht auf dem Programm gestanden zu haben.«

Klumpf bestieg die Rednerbühne – und begann zu sprechen. Seine Stimme klang erregt und feierlich aus dem Dunkel hervor, welches jetzt über jenem Teil des Dachbodens lag.

»Eine neue, eine bessere Zeit muß kommen – daran glaubt auch Tost; dieser Glaube macht uns zu Hoffnungs- und Arbeitsgenossen – uns alle! Die Geschichte der Menschheit, so hörten wir, ist die Geschichte verhängnisvoller Irrtümer. Doch wie? – Jenes Wissen um ein Besseres – jenes Erfassen der Wahrheit, dessen wir uns bewußt sind, gehört es nicht auch zur Geschichte der Menschheit? Wir sehen ja doch klar unser Elend und unseren Irrtum? – Noch mehr, wir sehen klar, was uns nottut. Zählt diese Offenbarung in der Geschichte der Menschheit nicht? Mir will es scheinen, als habe der Irrtum uns zu dieser Wahrheit erzogen, als habe sie längst schon die grausame Logik des Irrtums, die uns erbarmungslos bis zum Abgrund weitertreibt, durchbrochen. Und – wie Tost will ich fragen: warum sollen die, die da klar sehen, müßig stehen?«

Das dunkle Viereck der Dachluke über dem Haupte des Sprechers füllte sich allmählich mit bleichem, silbernem Lichte. Der Mond war hinter den Dächern heraufgestiegen. Bläulicher Schein legte sich um die alten Dachbalken und in die Spinnweben. Klumpfs Gesicht schien geisterbleich in diesem Lichte. Der Kater war von seinem hohen Sitz niedergestiegen und stand mit krummem Rücken auf einem Tischchen neben Klumpf, der sachte das Fell des Tieres streichelte.

»Jenes: was du tust, das tue bald, welches Tost den zerstörenden Kräften zuruft, verstehe ich nicht. Habe ich einen falschen Weg eingeschlagen, weiß ich, daß dieser Weg der rechte nicht ist – nun, so kehre ich um. Und – meine Freunde – wir glauben es ja doch alle zu wissen, wir glauben ja doch alle, auch Tost, das Ziel zu sehen, dem wir zusteuern müssen, und hätten wir die Macht, wir würden in dieser Stunde unter die bisherige Geschichte ein Finis schreiben und mit einer neuen Geschichte beginnen. Und schauen wir auf die Zahl der Bedrückten, der Armen, derjenigen, die von allem Guten der Erde ausgeschlossen sind! Sollte es schwer sein, ihnen zu beweisen, daß sie um ihr Glücksanteil betrogen wurden? Die Macht der Herrschenden ist nur ein Aberglaube, sobald die Bedrückten sich ihrer Zahl bewußt werden und ihr Glück zu wollen beginnen – sie und die Menschheit; jene anderen, zählen dann die? Die große Umwandlung, die uns nottut, ist einfach wie alles Große, Gute und Wahre. Wenn wir nur wollen könnten! Diese Güter sind wohl des Kampfes wert, jedoch wenn alle Betrogenen ruhig, einmütig, besonnen ihr Recht fordern, kann da von einem Kampfe die Rede sein? Wer kämpft gegen solche Übermacht – gegen die Menschheit! Suchen wir das Wissen und das Wollen in allen Herzen großzuziehen, dann wird das Neue das Alte still, aber sieghaft verdrängen, um plötzlich – wie der Schmetterling der Chrysallide – es zu sprengen. Das Heil der Menschheit erwächst nicht aus dem wüsten Toben einer untergehenden Weltordnung, sondern kommt, wie die Gottheit, im leisen Säuseln des Windes.«

Trotz der Mahnung des Wirtes war der Beifall, der dieser Rede folgte, sehr laut. Die meisten wußten es selbst nicht, was sie begeisterte, aber die zu Herzen dringende Stimme, der schöne bleiche Mann regten sie auf. Die Schustersfrau weinte.

Amalie war außer sich. »Das war groß!« sagte sie zu Lothar und faßte seine Hand. »So klingen die Gebete der Zukunft. Ach, wer wie Klumpf immer auf diesen reinen Höhen wohnen könnte! Nichts Kleines, nichts Häßliches tritt an ihn heran!«

Tost wollte antworten, Lemke jedoch wies ihn sehr barsch zurück und verkündete der Versammlung, daß er das nächste Mal sein Programm gegen das des Dr. Klumpf halten würde; dann fragte er an, ob noch einer der Genossen etwas zu sagen habe. Der alte Schuster meldete sich.

Er war ziemlich berauscht und sprach undeutlich; er wollte die Partei auffordern, etwas für die Lösung der Orient-Frage zu tun; das sei Pflicht.

»Trottel!« knirschte Lemke.

Die übrigen hörten nicht hin; nur die Schustersfrau lauschte andächtig, wie in der Kirche.

Unterdessen war Heyser eingetreten. Er setzte sich auf ein altes Faß. Der Mond beschien seine schmächtige Gestalt im groben Flausrock, das regungslose, bleiche Gesicht mit den zu hellen Augen. Ohne sich um seine Umgebung zu bekümmern, saß er da und rauchte aus einer kurzen Pfeife, die er in sehr schwarzen Fingern hielt. Als Kehlmann und Tost sich ihm näherten, winkte er sie mit der Hand fort.

Schon seit geraumer Zeit tönte von der Straße ein wirrer Lärm herauf – Wagengerassel und die heisere Trompete der

Feuerwehr. Jetzt mischte sich in das weiße Mondlicht ein roter Schein.

»Feuer«, rief da einer.

»Freilich!« berichtete Heyser ruhig; »nebenan der Holzplatz brennt.« Alles fuhr auf. »Übrigens«, meinte Heyser, »waren unten Polizisten, die nach dem Wirt fragten.«

Schindler fuhr sich verzweifelt in die Haare. Auf der Rednerbühne rief der Schuster noch immer nach der Lösung der orientalischen Frage, nach freien Balkanstaaten.

»Was tun wir?« jammerte der Wirt, »ich bin verloren!«

Aber Lemke faßte rauh seinen Arm und schüttelte ihn. »Da ist ja noch die kleine Stiege. So zeigen Sie uns den Weg. Was stehen Sie?«

Die Schusterin bemühte sich vergebens, ihren Mann von der Rednerbühne herabzuziehen. »Aber Alter, hörst du denn nicht – die – Polizei? Es brennt nebenan!«

Alles drängte zur Hintertreppe hin; ein jeder hatte Eile.

»Leise, meine Herren«, flehte der zitternde Schindler.

Endlich war der Boden leer; und der Kater schlich lautlos die Balken entlang und benutzte den roten Feuerschein für seine Mäusejagd.

18

Der Holzplatz an der Ecke der Buden- und der Teichgasse brannte. Die kegelförmigen Türme des aufgeschichteten Holzes bildeten riesige, dunkelrote Feuerherde, und in den schmalen Gäßchen zwischen ihnen begegneten sich die Flammen, leckten zueinander hinüber, dünn und durchsichtig wie blaue Schleier. Ein stetes Knattern und Zischen war hörbar. – Die Leute der Umgegend umstanden den Platz, auf dem die Feuerwehr arbeitete. In ihrer Nachtruhe gestört, sprachen sie jetzt schläfrig miteinander. Zu retten war nicht mehr viel. Ein kleines, dicht neben dem Platze gelegenes Holzhaus war von den Flammen erfaßt worden, nun stand es schon da wie aus rotem Glas erbaut, Balken, Wände, Sparren – alles glühte, schien durchsichtig und besät mit Goldpünktchen.

»Sind die Bewohner jenes Hauses gerettet?« fragte Klumpf einen dicken Mann, der schläfrig und wie betäubt von Hitze und Licht neben ihm stand.

»Ja doch«, antwortete dieser, »dort im Hofe sitzen sie ja mit ihrem Kram. Mehr wird's wohl nicht gewesen sein. Was nutzt denn solch eine Bude, die eins, zwei, drei hin ist!« Und er lachte ärgerlich.

Nicht weit von ihnen, in einem Hof, waren Betten, Kasten, Hausgerät aller Art aufgetürmt. Auf einem Stuhl saß eine junge Frau; erhitzt vom Weinen wiegte sie ein Kind in ihren

Armen und schalt beständig auf ihren betrunkenen Mann, der teilnahmslos auf einem Bette saß und in das Feuer stierte. Zwei größere Kinder hockten auf dem Pflaster und spielten, jetzt wieder beruhigt, leise miteinander. Neben ihnen packte ein sauber gekleideter Herr ruhig und sorgsam seine Bücher und Kleider in einen Koffer.

»Sieh, dort brennt's auch!« sagte jemand hinter Klumpf. Es war Oberwimmer, der mit der Hand zur Donau hinwies.

»Ja, ja!« meinte ein anderer – ein Fremder, »und in Währing und im Sachshaus brennt's auch.«

»Teufel!« bemerkte Kehlmann und lachte.

»Freilich –« begann wieder der Fremde, »und wissen's, wer's angezündet – die Sozialdemokraten. Alle sagen's.«

»So geht das Gerücht«, berichtete Oberwimmer, »die ganze Stadt ist in Aufregung.«

Nun fand sich auch Tost ein. Nach seiner schönen Rede war er gut aufgelegt – und lachte, so daß man im Feuerschein all seine kranken Zähne sehen konnte. »Was sollten die Sozialdemokraten daran haben«, meinte er.

»Möglich wär's immerhin«, wandte sich Heyser wieder an den Fremden und blickte ihn mit seinen hellen, starren Augen kalt an. »Aber – warum sie das wohl tun?«

Der Fremde sah scheu zur Seite, als fürchte er sich vor diesem bleichen jungen Mann, und zog sich zurück.

Die Ziegel eines Daches begannen jetzt knatternd abzuspringen und vertrieben die Leute. Im Hofe hatte sich der trunkene Mann auf das Bett geworfen und schlief; der Zimmerherr saß still auf seinem Koffer und schaute den Flammen zu, während die junge Frau wieder angefangen hatte zu weinen und die Vorübergehenden anrief, damit sie es mit anhörten, wie sie die Sozialdemokraten – diese Teufel verfluchte.

Amalie Remder hing sich an Klumpfs Arm und flüsterte: »Kommen Sie, ich fürchte mich.«

Er lächelte und fragte: »Vor wem denn?«

Amalie wies auf Tost, Kehlmann und Heyser hin. »Wenn man an seine Worte denkt«, meinte sie.

Klumpf nickte kummervoll. »Ja – gehen wir«, sagte er dann.

Sie hatten einen weiten Gang vor sich durch die Nebengassen der Landstraßen und Wiedner Vorstadt. Nach der Helle und Hitze erschien die Nacht dunkel und kühl. Ein schnell hinstreichender Wind schüttelte an den Bäumen der Anlagen und trieb das welke Laub durch die stillen Straßen.

Amalie und Klumpf gingen schweigend dahin. Amalie hätte gerne gesprochen, doch sie hätte mit ihm doch nur von ihm sprechen können; und er war in tiefe Gedanken versunken, wohl in jene großen, traurigen und doch wieder so sanft tröstenden Gedanken, die nur er haben konnte. Sie mochte ihn nicht stören. Auch still neben ihm hinzugehen machte sie glücklich. Ja, er war der Auserwählte – der Retter, wenn es einen gab! Doch sie hatte es seinem schönen, ernsten Gesichte oft angesehen – auf seinen Höhen mußte er sich verlassen fühlen. Das Kleinliche, das Gemeine des Lebens drückte ihn. Er bedurfte eines Gefährten, der für ihn sorgte, ihn verstand, ihm die Wege ebnete, der warme Liebe in die kühle, erhabene Klarheit dieser Seele brachte. Sie sprach sich alles in Gedanken vor, suchte nach schönen Worten für das, was sie empfand; es wollte heraus – und sie bewegte tonlos die Lippen.

Vor ihrem Hause in der Margaretenstraße sagte Klumpf ein wenig verlegen: »Schicken Sie mich schon heim, liebe Freundin? Sonst hätte ich Sie noch um eine Tasse Tee gebeten. Der Schlaf wird uns wohl beiden heute nicht so bald kommen.«

»Freilich! Kommen Sie nur mit herauf«, erwiderte Amalie schnell.

Auf der Stiege begegnete ihnen der Vater Remder mit zwei Freunden. Sie schienen erschrocken, als Amalie vor ihnen stand. »Wohin?« fragte diese kurz.

Remder war kleinlaut. »Sieh, Kind«, erwiderte er mit schwerer Zunge, »als du fort warst, kamen einige Freunde, ganz zufällig; da haben wir uns einen Grog gebraut, nur ganz wenig. Das Zimmer ist hübsch in Ordnung geblieben. Jetzt wollten wir, für wenige Minuten, in das Café hinab ...«

»Schon gut«, unterbrach ihn seine Tochter, »geh! In diesem Zustand könntest du dich ohnehin nicht vor unserem Gast sehen lassen.«

»Kind, was sprichst du von Zustand«, stotterte er, und eine kindliche Freude leuchtete in dem alten Gesicht auf. »Aber Malerl, wenn du einige Kreuzer hättest ...«

»Hier!« Ungeduldig steckte sie ihm ihre Börse zu; sie wollte ihn forthaben, sie schämte sich seiner. Er aber stürmte heiter in großen Sprüngen die Stiege hinab, seinen Freunden nach.

In ihrem Zimmer steckte Amalie die Lampe an, holte ihren Schellsieder herbei und begann den Tee zu bereiten. Sie sah heute jünger, mädchenhafter als sonst aus, mit ihren geröteten Wangen, den blitzenden Augen und jenem sanften Zug um den Mund, der der Anfang eines glücklichen Lächelns zu sein schien.

»So, Doktor«, meinte sie und schob ihm seine Tasse zu, »ich denke, er wird stark genug sein.« Sie selbst setzte sich Klumpf gegenüber und zündete sich eine Zigarette an. Jetzt wollte sie sprechen. »Sie müssen's sich schon gefallen lassen, lieber Freund«, begann sie, »daß ich hier vor Ihnen meiner Begeisterung über Ihre Rede freien Lauf lasse, obgleich Sie das nicht mögen.«

»Sie haben also meine Rede gebilligt?« fragte Klumpf und rührte zerstreut seinen Tee um.

»Gebilligt!« rief Amalie. »Ja – wie wir eine Freundeshand billigen, die uns aus einem wüsten, bedrückenden Alp erweckt!« Die Reden, welche sie gehört, hatten auch in ihr das Bedürfnis zum Sprechen erregt. »Was jener Tost sagte, weiß ich nicht recht, es war unklar, und dennoch tat es weh. Es schien mir, als bewerfe er alles, was mir lieb und verehrungswürdig ist, mit Kot. Da kamen Sie und reinigten und verklärten wieder alles. Klumpf, wenn Sie führen, muß das Gute siegen, selbst wenn das wahr wäre, was die Leute dort beim Brand sagten. Als Sie von der großen Arbeit sprachen, da empfand ich wieder die Freude, daß ich – daß wir Frauen mitarbeiten dürfen. Dürfte ich nicht neben Ihnen kämpfen, was bliebe mir im Leben? ...« Sie schöpfte tief Atem. Nein! Sie konnte es doch nicht alles sagen, was sie so tief bewegte.

Er schwieg, er fand ihre Worte wohl weibisch und verworren. Sie wollte auch schweigen, ihn seinen ernsten Gedanken überlassen. Sie lehnte sich in den Sessel zurück, die Augen feucht und glänzend auf den geliebten Mann gerichtet. Der arme, große Mann; wie gramvoll er dreinschaute! Er litt um die Welt. –

Plötzlich schaute Klumpf auf und sagte leise: »Seit zwei Tagen ist sie fort.«

»Wer?« fragte Amalie.

»Sie – die Kleine von drüben.« Schüchtern und hilfesuchend blickte er Amalie an. »Mit Ihnen, liebe Freundin, darf ich davon sprechen, Sie werden mich verstehen. Ich habe sie nur selten gesehen. Zuweilen ging ich einer Abschrift wegen zu Hempel – ihrem Vater – hinüber. Oder auf der Stiege, im Theater hab' ich sie gesehen. Gesprochen hab' ich nie mit ihr.«

Er stützte den Kopf auf die Hand, sah starr in das Licht und sprach halblaut, eintönig und bekümmert vor sich hin.

»Das ist ja auch gleichgültig! Dieses junge Mädchen aber ist mir ein Bedürfnis – wie uns Schönheit und Jugend Bedürfnis sind. Ich glaube, daß wir zusammengehören. Ich glaube, daß diese Schönheit und Jugend, in meine Hand gelegt, zu dem werden würden, was sie werden sollen. Nun ist sie fort. Ich weiß nicht, warum mir ein Glück versagt sein sollte, dessen so mancher sich freut. Ich bedarf dieses Mädchens, um weiter arbeiten zu können. Ich kann nicht anders.«

Er hielt inne. Amaliens Züge hatten wieder ihre herbe Strenge angenommen, die Augenbrauen berührten sich, bildeten einen schmalen, schwarzen Strich, die bleichen Lippen verzogen sich ein wenig schief, wie höhnisch. Sie fröstelte, erhob sich und ging langsam im Zimmer auf und ab, vorsichtig auftretend, als fürchte sie, einen Schläfer zu wecken. Dann sagte sie rauh und heiser, ohne Klumpf anzusehen:

»Ja – was kann ich tun?«

»Mit ihr sprechen –«

»Ich?«

»Sie wären die einzige, die das könnte, die es vielleicht für mich täte.«

Amalie lachte jetzt ihr böses, höhnisches Lachen.

»Um der Sache willen, nicht wahr? Sonst verlieren wir unseren Führer? Diese Statistin mit dem hübschen Gesicht macht ihn uns abtrünnig?«

Klumpf breitete die Arme aus. »Ach – um mich ist's ja nicht. Aber, daß dieses Kind verderben soll! Sie ist zu einer Frau gegangen, bei der sie nicht gut aufgehoben ist. Hier habe ich ihre Adresse notiert. Wäre sie glücklich, meinen Schmerz trüge ich schon. Aber ohne mich wird sie nicht glücklich – das ist kein Aberglaube. Sagen Sie ihr das. Sagen Sie ihr, daß ich mich an sie binden will – heute – morgen –, der Priester, an den sie glaubt, soll uns zusammengeben. Sagen Sie ihr … nun – Sie wissen es ja besser … aber bringen Sie sie mir.« Er stand auf, streckte Amalie seine Hand hin: »Wollen Sie, liebe Freundin?«

Amalie jedoch wandte ihm den Rücken zu und brachte mühsam ein rauhes »Nein« hervor, das wie ein Schluchzen klang.

Einen Augenblick war es ganz still im Zimmer, nur im Teetopf zischte es leise. – Endlich sagte Klumpf mit seinem gewöhnlichen, sanftklingenden Stimmton: »Gute Nacht, liebe Freundin. Sollte ich Sie gekränkt haben, so verzeihen Sie es mir. Ich habe das nicht gewollt.« Damit ging er.

Amalie stand und horchte. Erst als das Hoftor unten sich schloß, begann sie sich zu regen. Mit zitternden Händen räumte sie das Gerät fort, schob die Stühle zurecht, ordnete alles – dann plötzlich, wie von Mattigkeit überwältigt, sank sie in einen Sessel.

»Diese Jugend und Schönheit brauche ich.« – Er braucht sie! War es möglich – Klumpf, der Erlöser der Gesellschaft, war wie die anderen alle? Er hatte die ganze Zeit über an diese kleine freche Näherin gedacht. Er, der die Welt durch sein großes, tätiges Mitleid umgestalten sollte, dreht sich – wie ein jeder andere – nur um seine kleine, eigensüchtige Sinnlichkeit. Pfui! Einer Genossin, die ihn versteht, einer Mitarbeiterin bedarf er nicht. Nein, die kleine rosa Näherin braucht er, ohne sie kann er nicht weiter arbeiten, diese Mietzi Hempel braucht er, um die Welt zu erlösen! Sie begann zu lachen, ein krampfhaftes Lachen, das ihr in der Brust wehtat, als wollte es sie sprengen, und als dieses Lachen in Weinen umschlug, empfand sie es wie Erleichterung. Die Tränen beruhigten sie. Nach einer Weile konnte sie tief aufseufzen und sich sagen: »Gut! Ich werde zu seiner Näherin gehen … da er sie braucht.«

19

Clementine Würbl beging ihren achtunddreißigsten Geburtstag. Die Feier beschränkte sich zwar nur auf einen Malvenkranz, den das Dienstmädchen um Clementinens Seifdose gewunden hatte, und auf einen Strauß, den Dr. Beckrath ihr verehrte. Der Tag war ihr ohnehin zuwider; er war doch nur eine Gelegenheit mehr, um nachzurechnen, wie leer und unnütz achtunddreißig Lebensjahre verstrichen waren. Frau Würbl fragte ihre Tochter heute sehr oft: »Tini, wie alt bist du heute?« Trotz ihres schlechten Gedächtnisses wußte die alte Frau das gewiß ganz gut, aber je älter sie wurde, um so mehr liebte sie es, einem jeden etwas Unangenehmes zu sagen.

Clementine zog die Augenbrauen empor und antwortete: »Achtunddreißig – Mutter. Sie wissen's ja.«

»Achtunddreißig – schon«, meinte dann Frau Würbl.

Die Fenster durften nicht mehr geöffnet werden, denn die Oktoberluft war zu kalt; so brach der Abend – nach Clementinens Begriff die ödeste, leerste, traurigste Tageszeit – schon um fünf Uhr nachmittags an.

Frau Würbl saß in ihrem Wohnzimmer beim Schein der Petroleumlampe, bewegte herausfordernd ihren Unterkiefer und starrte mit den trüben Porzellanaugen vor sich hin. Clementine häkelte. Gesprochen wurde nur, wenn Frau Würbl etwas Bitteres einfiel.

»Die Lina hat sich heute freigebeten.«

»Ja – Mutter.«

»Da wird sie sich natürlich die ganze Nacht umhertreiben.«

»Das weiß ich nicht. Vielleicht.«

»Wo steht das Glas mit dem Ribiseleingesottenen, das du heute mittag herausgeholt hast?«

»Im Kasten – natürlich.«

»Der Schlüssel steckt wohl davor?«

»Augenblicklich – allerdings.«

»Nun, dann wird die Anna wohl wahrscheinlich die ganze Geschichte aufgeputzt haben.«

»Bisher jedenfalls nicht; ich hab' es eben noch gesehen.«

»Das glaube ich gar nicht.«

Clementine zuckte mit ihren spitzen Schultern, daß alle Goldsächelchen klirrten. Das war ihre Art, das letzte Wort zu behalten.

»Kommt der Doktor heute?« fragte Frau Würbl nach einer Pause.

»Nein, heute nicht – wie er sagte.«

»Der fängt auch schon an, sich des Abends in Kneipen herumzutreiben.«

»In Kneipen gewiß nicht.«

»Wo denn sonst? Seine Heiratsgedanken scheinen ihm auch übergegangen zu sein. Wie alt sagtest du doch, daß du heute geworden bist?«

Auf diese Frage antwortete Clementine heute nicht mehr. So ging es fort, bis Frau Würbl sich zu Bett begab und ihre Abendmahlzeit einnahm. Später spielte sie mit dem Dienstmädchen Anna Sechsundsechzig.

Clementine häkelte eifrig fort. Sie mißbilligte das Spiel mit der Dienstmagd, denn sie fand es gemein, dennoch warf sie zuweilen einen Blick in Annas Karten, zählte die Stiche und freute sich, wenn ihre Stiefmutter verlor, sich ärgerte und sich böhmisch mit dem Mädchen zankte.

Anna gab aber heute durchaus nicht acht, denn sie wollte, sobald die Herrschaft schlief, sich fortschleichen und im »Stillen Zecher« im Prater tanzen.

Endlich schob Frau Würbl die Karten beiseite und kehrte sich schwerfällig der Wand zu. Anna verschwand.

Clementine ging noch eine Weile ruhelos im Zimmer auf und ab. Die Nichtigkeit ihres Lebens lastete heute doppelt schwer auf ihr. Sie hätte weinen mögen. Das beste war wohl, sie legte sich nieder. So im Finstern, die Bettdecke bis an das Kinn emporgezogen, gelang es ihr zuweilen, ihre Gedanken in angenehmere Bahnen zu zwingen, an Begegnungen auf der Stiege mit dem Dr. Klumpf, der wie Hans Heilig aussah – oder mit Herrn von Brückmann, oder an die Beichte bei dem jungen Priester der Maria Stiegener Kirche zu denken. Heute jedoch klang es ihr unablässig in den Ohren: Achtunddreißig Jahr! Noch wenige Jahre, und sie war eine alte Frau; dann war es zu spät, um etwas Hübsches zu erleben; dann kam die Zeit, da sie auf den Tod warten, sich vor dem Sterben fürchten würde, wie ihre Stiefmutter. Ja, der Tod! Ein ganz leeres Leben, und nun noch der Tod am Ende! Sie drückte sich fester in die Kissen, sie fürchtete sich und zwang sich, an etwas anderes zu denken. Nein, so furchtbar traurig konnte kein Menschenleben sein; gewiß, sie würde noch etwas Großes erleben. Darüber schlief sie ein.

Sie mochte einige Stunden geschlafen haben, als sie wieder erwachte, sie wußte es selbst nicht wovon. Ein Ton war es gewesen, der sie weckte, oder hatte ihr nur geträumt? Es war noch finster … da war er wieder, dieser Ton; ein Knacken des Fußbodens, ein leises, stumpfes Geräusch, ging jemand in Strümpfen im Nebenzimmer ab und zu – jetzt stieß jemand an den Tisch, ein deutliches Flüstern ward vernehmbar.

Clementine verkroch sich unter die Bettdecke, sie mochte nichts sehen und nichts hören, denn Diebe waren dort nebenan, und wenn die bemerkten, daß hier einer wachte – so erging es ihr schlimm. Wo war nur Anna? Oh, die war gewiß nicht zu Hause! Wenn eines der Dienstmädchen Ausgang hatte, so schlich sich die andere bei Nacht auch davon … Aber so stillehalten in der Angst wurde auf die Dauer unerträglich.

An Clementinens Schlafgemach stieß ein kleiner, fensterloser Raum, in welchem das Tischgerät aufbewahrt wurde; aus diesem Raum führte eine Tür in das Wohnzimmer. Clementine beschloß, an diese, nur halb angelehnte Türe zu schleichen und einen Blick in das Wohnzimmer zu werfen. Es war ihr selbst unbegreiflich, daß sie den Mut dazu fand, sie mußte es jedoch tun, es war stärker als sie. Zitternd stieg sie aus dem Bette … schlich zur Türe.

Das Knarren und Rascheln nebenan dauerte fort; jetzt hörte sie deutlich, wie eine Türklinke sachte heruntergedrückt wurde. Ihre Angst wurde so groß, daß sie durch die Türspalte nicht hindurchzuschauen wagte, aber auch der Rückweg bis zum Bett war zu gefährlich. Bebend kauerte sie nieder, schloß die Augen und betete ganz mechanisch: »Sei gegrüßet, Maria – gebenedeite unter den Weibern …« Es war ihr, als gewahrte sie durch die geschlossenen Lider hindurch einen Lichtschein, und als sie die Augen öffnete, sah sie wirklich einen schmalen Lichtstreif durch das Zimmer fallen, er endete an der Türe ihrer Stiefmutter.

Clementine dachte an nichts mehr – sie fühlte nichts mehr, sondern folgte den Vorgängen regungslos, als ließe sie die Schrecken eines bösen Traumes über sich ergehen.

Eine Gestalt schlich durch das Zimmer mit dem stumpfen, huschenden Ton von vorhin. Einen Augenblick kam sie in den

Bereich des Lichtstreifens. War das ein Mensch? Ein Gesicht war da, es war jedoch zur Hälfte schwarz – Clementine sah einen gekrümmten Rücken, zwei lange Arme, und das Ganze schwankte auf lautlosen Sohlen hin und her, als führe es einen wunderlichen Tanz auf … Plötzlich bewegte sich der Lichtstreif und verschwand im Zimmer der Frau Würbl.

Das Wohnzimmer war leer, nur schwach erleuchtet von dem Licht einer Straßenlaterne, welches durch die Vorhänge hereindrang und lange, verschwommene Schatten auf den Fußboden malte.

»Jetzt könnte ich fliehen«, schoß es Clementine durch den Kopf. Sie nahm all ihre Kraft zusammen. Doch wie? Auf dem Fußboden regte sich etwas. Einer der langen, verschwommenen Schatten schwankte sachte hin und her … dort jener! Unförmig ragte er in das Zimmer herein – mit seinen runden Umrissen … und plötzlich trennte sich ein längliches Schattenstück von der übrigen Masse ab und fuhr nach dem Oberende des Schattens. –

»Großer Gott … es kratzt sich den Kopf!« Heftiger Frost schüttelte Clementine; sie biß die Zähne fest aufeinander, damit sie nicht hörbar aufeinanderschlügen. »Also auch der letzte Ausweg versperrt.«

In Frau Würbls Zimmer ward leise, aber eifrig gearbeitet, es klang, als würde ein Bett gemacht, dann wieder wie das Knabbern von Ratten. Wie lange das dauerte, wußte Clementine nicht. Endlich erschien der Lichtstreif wieder, wieder tänzelte die Gestalt mit dem schwarzen Gesichte vorüber. Jemand flüsterte: »Gehen wir zur anderen auch?« Da packte die Angst Clementine so furchtbar, daß sie besinnungslos liegenblieb …

Als der Morgen graute, erwachte Clementine aus ihrer Ohnmacht, dennoch blieb sie wie festgebannt auf ihrem Platz. Im Wohnzimmer standen die alten Möbel, die Kissen, das

Waschbecken in gewohnter Ordnung im verdrießlichen Lichte des anbrechenden Tages da. Überall die alltägliche Ruhe, die Clementine sonst so zuwider war, und doch … jetzt wohnte etwas hier, das alles veränderte; dort obenan – hinter der halboffenen Türe – was lag dort? Was war dort geschehen? Regungslos auf dem Fußboden kauernd starrte Clementine mit weit offenen Augen jene Türe an.

Endlich regte es sich in der Küche. Die wohlbekannten Stimmen der Dienstmädchen wurden laut.

»Anna –« rief Clementine.

Das Mädchen war erstaunt, das Fräulein dort zu finden, ja, es ängstigte sich offenbar vor dem Fräulein, weil dieses gar so sonderbar aussah.

Lina kam herbei.

»Es ist etwas Entsetzliches geschehen«, flüsterte Clementine.

»Jesus, Maria, Joseph – was ist denn geschehen?« rief Lina.

»Sie ist närrisch«, meinte Anna.

Clementine aber brach in heftiges Weinen aus und berichtete verworren, wie im Fieber sprechend, was sie gesehen. »Und dort«, schloß sie, nach Frau Würbls Zimmer weisend, »was dort ist – weiß ich nicht.«

Ängstlich drängten sich drei Frauenzimmer aneinander; keine wagte in jenes Zimmer zu gehen.

»Ich hol' den Hausmeister«, beschloß Lina endlich.

Als man in das Zimmer der Frau Würbl ging, fand man sie, den Kopf mit Kissen bedeckt, erstickt in ihrem Bette liegend. Der Geldschrank war aufgebrochen und geleert worden.

20

Frau Zweigeld schaffte sich in der Nacht, die jenem Gespräche mit ihrem Gatten folgte, in ihrer beherzten und klugen Art volle Klarheit über ihre Lage. Sie brachte den Doktor zu einem Geständnis und legte sich alles in Gedanken zurecht. Sie waren ruiniert. Ihr Vermögen war aufgebraucht; sie hatten weit über ihre Verhältnisse gelebt. Der Doktor war in Wucherhände geraten, eine Kasse war angegriffen worden, und morgen mußten 9 000 Gulden da sein, sollte zu der Armut nicht auch die Schande kommen. Oh, sie verhehlte sich nichts! Dieses Geld aber konnte nur Benze in so kurzer Zeit beschaffen; er hatte es, er mußte es hergeben. Dieses war der einzige Ausweg, darum verschwendete Frau Zweigeld auch keinen Gedanken an das Peinliche solcher Eröffnungen und einer solchen Bitte an ihren künftigen Schwiegersohn. Die Ehre ihrer Familie mußte gerettet werden, kein anderer Gedanke beseelte sie.

Sie stand frühmorgens auf, um dieses mühevolle Tagewerk zu beginnen. Sie schien ein wenig müde, wie nach schlafloser Nacht, doch vollkommen ruhig. Wie sonst traf sic sanft und bestimmt ihre häuslichen Anordnungen; dann schickte sie das Dienstmädchen mit einem Brief zum Dr. Benze hinüber und bat ihn, sofort zu ihr zu kommen. Sie wünschte die Angelegenheit zu ordnen, während Gisela noch schlief.

Die alte Marie jedoch weckte Gisela heute früher als sonst. »Kind, Schatzerl! Wer wird denn schlafen? Der Herr Bräutigam ist schon kommen. Er ist drüben bei der Mama im Speisezimmer; dort reden sie miteinander schon eine halbe Stunde.«

»Was mögen sie nur vorhaben?« fragte Gisela und richtete sich auf. »Oh, sie glauben, ohne mich fertig zu werden. Geschwind, Marie, hilf mir. Die werden sich wundern, wenn ich auch mit dabei bin.«

Als Gisela bereit war, trat sie leise auf die Schwelle des Speisezimmers. Wie hübsch es dort war! Draußen tobte ein lautes Oktoberwetter. Heftiger Wind warf einen feinen Regen an die Fensterscheiben. Graues, gedämpftes Licht erfüllte das Zimmer; im Kamin brannte ein Feuer und warf seinen Schein auf den kleinen, weißen Frühstückstisch. Frau Zweigeld saß am Feuer, Gisela den Rücken zuwendend; neben ihr stand Dr. Benze, die Hände auf die Rücklehne eines Stuhles gestützt.

Gisela beschloß, leise an ihren Bräutigam heranzuschleichen und ihn von hinten zu umarmen, der sonderbare Stimmton jedoch, mit dem die Mutter zu sprechen begann, bannte sie auf die Stelle, auf der sie stand, fest. Frau Zweigeld bemühte sich offenbar, ruhig zu sprechen, aber ihre Stimme zitterte; es war, als mische sich in die scharf und streng ausgesprochenen Worte ein unterdrücktes Schluchzen.

»Es handelt sich hier nicht darum, zu richten. Du und ich sind dazu nicht berufen. Es handelt sich nur darum, kannst und willst du helfen?«

Benze wollte etwas Heftiges erwidern, doch versuchte er es niederzukämpfen, strich sich das Haar aus der Stirn, rückte nervös den Stuhl; endlich brach er doch los, leise und schnell. »Ob ich kann und will? Ich muß – ich muß. Wenn es je eine Zwangslage gab, so ist es diese. Mein Name, meine Ehre sind beteiligt. An das Geld denke ich dabei nicht, natürlich. Aber ich schäme mich meiner eigenen Feigheit. Diese Tat soll verdeckt, das Publikum soll getäuscht werden. Ich weiß, daß ich ein Unrecht begehe gegen jeden, der künftig dieser Kanzlei noch sein Vertrauen schenkt.«

»Wozu das alles?« unterbrach ihn Frau Zweigeld. »Diesen Erwägungen nachzugehen ist nicht *unseres* Amtes.«

»Nicht unseres Amtes?« wiederholte Benze und schüttelte leidenschaftlich die Lehne seines Stuhles. »Ich bin an Gisela gebunden, der Makel, der auf ihren Vater fällt, trifft auch mich, und ich sollte hier nicht urteilen dürfen? Ich bitte, bedenken Sie meine Lage. Das Geld! Mein Gott! Das ist nicht der Rede wert. Ich bin jung, ich kann erwerben. Für Gisela opfere ich gern, was ich besitze. Aber ich habe mir hier in Wien eine besondere Stellung geschaffen durch das rücksichtslose Vorgehen gegen alles Unlautere, gegen jede Art der Korruption in unserem Stande. Dieses Vorgehen mußte mir zahlreiche Feinde schaffen. Nur die makellose Reinheit meines Namens und meiner Absichten schützte mich, und nun – nun gehört solch eine Tat zu mir, ich bin an sie gebunden, ich bin Spießgeselle.«

»Du würdest besser tun, rücksichtslos deinen Überzeugungen zu folgen, statt mich mit so grausamen Reden zu quälen«, sagte Frau Zweigeld und weinte.

»Wie kann ich das!« rief Benze. »Es tut mir weh, Sie betrüben zu müssen; Sie wissen, wie tief ich Sie verehre. Weinen Sie nicht, das Geld soll in einer Stunde in Ihren Händen sein. Aber ich denke, es ist verzeihlich, wenn ich in einem Augenblicke, in welchem ich gezwungen werde, all meine Grundsätze zu verleugnen, einige Erregung verrate. Ich weiß – ich muß so handeln. Mein Gisela gegebenes Wort bindet mich auch an diesen Mann, zwingt mir einen Anteil an seiner Tat auf, die mich sonst für immer von ihm trennen würde ...« Er wischte sich den Schweiß von der Stirn, machte einige Schritte, da erblickte er Gisela, bleich, die Zähne in die Unterlippe grabend, als wollte sie einen Schmerz verbeißen. »Gisela!« rief er, »bist du lange schon hier?«

»Eine Weile«, erwiderte sie und trat in ihrer wohlerzogenen, geraden Haltung vor, anscheinend ruhig; und sie begann hastig zu sprechen, als habe sie Eile, mit dem, was sie zu sagen hatte, fertig zu werden, ehe die Tränen kamen. »Ich weiß nicht, was geschehen ist – was es mit dem Vater ist; es ist auch gleichviel, ich bleib' gewiß beim Vater, was auch geschehen ist; ich gehöre zum Vater. Und wenn du glaubst, Franzl, daß du an mich gebunden bist, so gebe ich dir dein Wort zurück. Ja ... nimm es nur«; sie streckte ihre Hände mit den kindlich runden Fingern heftig vor, als würfe sie etwas vor ihren Bräutigam hin. »Ja, ich geb' es dir zurück, du bist frei. Vom Papa bin ich nicht zu trennen; willst du zu ihm nicht gehören, so kannst du zu mir auch nicht gehören. Wir gehören beide vielleicht nicht in deine Welt. Und so ist's aus.«

»Gisela –« das war das einzige, was Benze heiser und leise herausbringen konnte, sie aber hörte ihn nicht.

»Nein, Franzl! Da hast du's zurück, dein Wort!« rief sie und eilte aus dem Zimmer.

Die alte Marie saß in ihrer kleinen Kammer und strickte. Die Türe zur Küche stand offen, damit Marie die Arbeit der Küchenmagd von ihrem Sessel aus überwachen konnte. Dorthin flüchtete Gisela.

»Marie!« sagte sie leise und atemlos; die Alte schaute über ihre runden Brillengläser ernst in Giselas erregtes Gesicht. Diese schloß jedoch zuerst die Türe, dann setzte sie sich neben Marie nieder. Nun hätte sie es sagen können; sie versank jedoch in ein trauriges Sinnen; Tränen flossen über ihre Wangen, bis sie die Hände vor das Gesicht schlug und schluchzte.

Marie legte ihr Strickzeug beiseite und begann, den blonden Kopf des Mädchens zu streicheln. »Es wird schon wieder gut werden, Kind«, meinte sie.

»Ja, Marie, es ist schon gut. Du weißt, alles ist aus. Ich bleib' hier bei euch. Das andere alles ist vorüber; es ist wieder, wie es war; ich und ihr« … Die Tränen flossen reichlicher.

Marie schüttelte den Kopf. »Was für bunte, unnütze Sachen, aus denen doch nur Herzweh herausschaut, solche Herrschaften machen!« dachte sie. Doch sagte sie, in ihrer beruhigenden, brummigen Weise: »Schon recht! Wir werden uns auch weiter miteinander vertragen.«

21

Als Lothar am Morgen in die Redaktion ging, fand er Branisch bei Klumpf.

»Ah!« sagte dieser, »wir warten auf dich. Es gilt hier ernstlich zu überlegen, denn wir befinden uns, fürchte ich, in einem kritischen Augenblick.«

Mitten im Zimmer stehend, den Hut auf dem Kopf, mit seinem Spazierrohr sachte auf seine Stiefel schlagend, berichtete er: »Tost, Satzinger und Heyser sind verhaftet, sie stehen im Verdacht, die Urheber der Brände zu sein; bei Satzinger sind Sprengstoffe gefunden worden, bei Heyser hat man die geheime Druckerei der ›Gemeinschaft‹ entdeckt. Dieses sind die Tatsachen. Ihre Bedeutung und ihre Gefahr für uns liegt auf der Hand.« Nun schwiegen alle drei und sannen. Die Nachricht kam überraschend, und die Folgen waren nicht leicht zu übersehen.

Da lächelte Klumpf und sprang wie erfreut auf. »Das ist es!« rief er. »Seht ihr denn nicht schon – unseren Artikel. Hier ist der Punkt, auf dem wir unsere Stellung klar und scharf zeichnen können. Das Bewußtsein, solchen Taten fernzustehen, macht uns stark. Jene Unglücklichen wollen zeigen, daß sie Macht besitzen. Mein Gott! Macht, Leiden zu schaffen! Diese Macht wollen wir ja gerade aus der Welt schaffen; sie gehört zu der heutigen Gesellschaft, ist ihre Konsequenz – sie, nicht wir stehen im Bund mit ihr …«

»Schön, sehr schön«, meinte Branisch nervös. »Aber Vorsichtsmaßregeln müssen getroffen werden; wir müssen die Papiere der Redaktion durchsehen ...«

»Die Verbindung mit jenen Leuten war ein Fehler, Oberwimmer hat uns dorthin gebracht. Ich glaubte auch, sie könnten uns vielleicht nützen, und Lemke behauptete, die anarchistischen Elemente seiner Gesellschaft in der Hand behalten zu können. Gleichviel, jetzt gilt es zu zeigen, daß wir mit solchen Tendenzen nichts zu schaffen haben.«

Klumpf jedoch sah ganz heiter drein. »Ja, besorgt ihr das andere; ich will unseren Artikel schreiben. Oh, der soll zünden. Geht – geht – laßt mich allein.«

Erhitzt und verstört trat nun Rotter ein; er begann damit, stumme Zeichen zu machen, die bedeuten sollten, daß jemand im Nebenzimmer sei.

»Wer ist's? So sag's doch!« fragte Lothar.

»Still! Nicht so laut! Kehlmann ist's. Da haben wir's! Dieses Gesindel! Ihr wißt doch, die anderen sind fest. Und – er sagt – ganz einfach – wir – oder einer von uns – ist der Angeber ... Das sagt er mir eben klar und deutlich – gar nicht mißzuverstehen. Das mit der Druckerei soll Oberwimmer gewußt haben; Tost hat es ihm im trunkenen Mute verraten. Was sagt ihr? Ist so etwas erhört. Der Kerl ist närrisch! Wir alle – die ganze ›Zukunft‹ nur eine Bande von Spitzeln; es ist eigentlich lächerlich. Ich hab' ihn hergebracht ... er soll's wiederholen. Er kam auch mit; er meint, ob auch er verhaftet werde, sei gleichgültig. Ihr werdet's ja gleich hören ... ich kam mir wie verrückt vor, als ich ihn anhörte.«

Während Rotter dieses im Flüsterton hervorsprudelte, malte sich auf den Gesichtern der Zuhörer Erstaunen und etwas wie Ekel. Klumpf öffnete das Fenster und beugte sich in den leise niederrieselnden Regen hinaus.

Branisch streckte seine Arme aus, um seine Manschetten unter dem Rockärmel hervorzuziehen, und sagte ruhig: »Ja so! Das ist überraschend. An eine Gefahr von dieser Seite hatte ich nicht gedacht. Aber wir dürfen wohl den Herrn da draußen nicht länger warten lassen.« Damit ging er in das Nebenzimmer, von den anderen gefolgt.

Kehlmann lehnte in der Fensternische, die Arme über der Brust gekreuzt, die schmale Stirn von einem wirren Haarbüschel verdeckt, den Mund schief verzogen, als lachte er. Er begrüßte die eintretenden Herren mit einem kaum merklichen Kopfnicken.

»Nehmen Sie nicht Platz, Herr Kehlmann?« begann Branisch höflich.

»Ich danke. Ich stehe lieber«, erwiderte dieser, wie abwesend über die Köpfe der Anwesenden hinwegsehend.

»Sie haben hier«, fuhr Branisch fort, »dem Dr. Rotter Mitteilung über ein Gerücht gemacht, welches, so widersinnig es klingt, doch vielleicht nicht ganz unbeachtet bleiben darf. Wir sind Ihnen dankbar für diese Mitteilung. Vielleicht können Sie uns Näheres sagen ...«

»Gerücht – ja, wenn Sie wollen«, meinte Kehlmann, »oder eine Behauptung –«

»Eine Behauptung wird sich doch wohl auf Beweise stützen?«

»Ich habe dem Dr. Rotter einige dieser Beweise genannt. Mir genügen sie. Was liegt mir übrigens daran, Ihnen Beweise beizubringen.«

»Wie ich Rotter verstanden habe, beschuldigen Sie uns – die Redaktion –, der Polizei bei der Verhaftung Ihrer Freunde behilflich gewesen zu sein.«

Kehlmann nickte.

»Uns alle?«

Kehlmann zuckte die Achseln.

Branisch lächelte kühl und ironisch. »Die Lage, in der Sie und Ihre Freunde sich befinden, erklärt mir ganz den abnormen Zustand, in welchem Sie sich befinden, der Verfolgte sieht in jedermann einen Detektiv. Unsere Teilnahme für Sie und Ihre Freunde ist gewiß aufrichtig ... Sie beschuldigen Oberwimmer, wie ich höre. Er ist nicht hier. Ich schlage Ihnen vor, zu ihm zu fahren. Er wird uns diese dunkle Angelegenheit gewiß aufklären. Wie?«

Ein herausforderndes Lachen, welches Kehlmanns Lippen schmerzhaft verzog, antwortete Branisch. »Ja, sehen Sie, das wär' doch ein wenig umständlich. Zu ihm fahren; von Pontius zu Pilatus. Als ich hierherkam, wußte ich wohl, dieses sei nicht der geeignete Weg, um aus Wien zu entkommen – ha ha! Aber ich glaubte, es würde mir wohltun, hier Ihnen alles ins Gesicht zu sagen, doch, was hilft's? Der Ekel ist zu groß. Ich schweige lieber. Aber zu jenem Menschen hinfahren, mich ihm ausliefern ... Wozu? Sie werden mich schon – in der Redaktion der ›Zukunft‹ verhaften müssen – ha – ha –«

Branisch wandte sich ungeduldig ab und meinte: »Er ist ein Narr.«

Kehlmann jedoch war in Schuß gekommen, er fuhr fort, laut und hastig zu sprechen, sich fortwährend mit dem rauhen, schmerzhaften Lachen unterbrechend. »Ja – Sie werden sich beeilen müssen, denn ich hatte die Absicht, mich von hier auf den Bahnhof zu begeben. Aber indem ich mich hier verhaften lasse, erweise ich unserer Sache auch einen Dienst, dann ist wenigstens die Rolle, welche dieses – dieses Idealistennest spielt, unzweifelhaft.«

Es war wunderlich, wie ruhig, fast erstaunt sie alle das anhörten. Klumpf begann sogar freundlich mit Kehlmann zu sprechen, wie mit einem Kranken. »Sie reden wie im Fieber, mein Lieber. Ist Gefahr für Sie vorhanden, so eilen Sie. Sie sehen, Ihre Worte treffen uns nicht.«

Kehlmann schlug die Augen nieder und sagte ruhiger: »Von Ihnen, Dr. Klumpf, dachten wir gut. Sie sind vielleicht auch der Betrogene; sehen Sie sich vor! ... Glauben Sie mir ... Übrigens, das hat ja keinen Zweck, was sprech' ich hier? ...« unterbrach er sich ärgerlich. »Sollte einer von Ihnen es nicht wissen, so fragen Sie doch nach, welche Nummer Herr Oberwimmer auf der Polizei trägt. Die sucht sich stets solche hübsche, liebenswürdige Buben aus. Ha – ha ... ein Meisterstück, wäre es nicht so teuflisch ... Sie wollen mich unterbrechen, Dr. Branisch? Sie haben recht. Hier in Ihrem Lokal muß man Rücksichten nehmen. Ich gehe schon, wenn ich kann.«

Er griff nach seinem Hut, ging auf die Türe zu, die Beine gerade und steif, den Kopf zurückgeworfen, wie ein Mann, der mit selbstbewußtem Mut durch den Kugelregen schreitet.

Rotter folgte ihm bis in den Flur. Es war ihm, als müßte er diesem wunderlichen Menschen noch etwas sagen, und doch fand er das rechte Wort nicht. Im Flur stand Frau Fliege und strickte. Ernst und würdig schaute sie aus ihrer weißen Haubenrüsche den Fremden an, ein wenig unzufrieden, weil er ohne Gruß an ihr vorüberging. An der Außentüre rannte Kehlmann mit Lini zusammen, die erhitzt, mit hängendem Zopf, die Stiege heraufstürmte. Sie war über dieses Zusammentreffen sehr erschrocken, stieß einen leisen Schrei aus, schaute dem fremden Herrn mit ihrem spitzen Iltisgesichtchen unter den Hut und wandte ihm dann kichernd den Rücken, welches ihre Art mädchenhafter Verschämtheit war.

Rotter und Frau Fliege standen am Fenster, um zu sehen, wie Kehlmann aus dem Tor treten würde. Da kam er. Neben ihm ging ein kleiner blonder Herr mit einer Brille, der bereitwillig über Kehlmann seinen Regenschirm ausspannte und eifrig auf ihn einsprach; hinter ihnen traten zwei Sicherheitswachtleute aus dem Tor.

»Hm –«, meinte Frau Fliege, »dem Herrn scheint's nicht gut zu gehen …«

»Wie? Was? Wer ist jener Herr?« Rotter faßte erschrocken nach der Hand der alten Frau. »So sagen Sie's doch, liebe Frau Fliege.«

Sie lachte. »Aber Herr Doktor, drücken Sie sich nicht so fest. Das halten meine alten Hände nicht aus … Der Herr unten ist der Polizeikommissär; kennen Sie ihn denn nicht?« Ohne zu antworten, stürmte Rotter in die Redaktion zurück. »Er ist verhaftet. Hier auf unserer Stiege …«

»Weißt du das gewiß?« fragte Branisch streng, als wollte er Rotter zurechtweisen.

»Gesehen hab' ich's. Ja – jetzt kenn' ich mich nicht mehr aus. Bin ich ein Spitzel oder bin ich kein Spitzel?« Während Rotter tobend, mit dem Stock auf alle Stühle schlagend berichtete, was er gesehen, hörten die anderen stumm zu. Ja – auch sie verstanden nicht mehr, was um sie vorging – oder wagten es auch nicht zu verstehen.

Nur bei der Beschreibung des kleinen Herrn fuhr Lothar auf. »Blond, mit einer Brille, sagst du?«

»Ja doch.«

»Weißt du gewiß, daß er eine Brille trug?«

»Mein Gott, ich bin ja nicht blind … Die Brille ist auch das Schlimmste an der Sache nicht.«

»Doch – das ist schlimm genug.« Lothar war bleich geworden und lachte gezwungen.

»Ja, mein Lieber, was ist da zu tun! Das aber möchte ich nicht zum zweiten Mal erleben, wie jener da stand, wie Daniel in der Löwengrube … und wir sollten die Henker sein. Pfui!«

Lothar schüttelte sich. »Es ist, als steckte ich in einem bösen Traum; mir träumt, ich sei ein Spitzel und die Redaktion ein Polizeibüro.«

»Und unser armer Oberwimmer!« fiel Rotter ein. »Ist das eine Gemeinheit! Ich geh' zu ihm. In schweren Zeiten muß man zusammenhalten.«

»Halt!« rief Branisch. Er zeigte wieder seine entschlossene Feldherrnmiene. »Wir sehen noch nicht klar. Etwas ist hier nicht richtig. Seht euch vor. Der Mann hat vielleicht recht.«

Und wie das heraus war, schüttelte ein kalter Schauer die anderen.

»Branisch!« schrie Rotter auf, »das darfst du nicht sagen! Unser Oberwimmer?« Der gute Junge war so bewegt, daß Tränen ihm die Augen füllten.

Branisch tat feierlicher und bestimmter denn je. »Brückmann, ich werde dich bitten, mich zu Oberwimmer zu begleiten ...«

»Was hat Freundschaft für einen Wert?« grollte Rotter. »Und warum Oberwimmer? Warum nicht ich? Ich bin vielleicht ein Spitzel.«

»Oh! Du nicht!« entgegnete Branisch, und es klang fast wie verächtlich; Rotter ärgerte sich auch.

»Warum nicht? Wenn wir einer den anderen verdächtigen wollen. Gott! Gott, ist das eine Schand!«

Branisch zuckte die Achseln. »Ja – Klarheit muß doch geschafft werden.«

*

Um die Mittagsstunde begann die Sonne zuweilen durch die gleichmäßig grauen Wolken hindurchzudringen, und sofort nahmen die Straßen, durch welche Lothar und Branisch hinfuhren, wieder ein lustiges Ansehen an, blinkend von all dem Wasser, in welchem die Kinder mit ihren nackten Füßen herumpatschten; doch der Wind kam, zog den grauen Vorhang vor die Sonne, und die Stadt sah wieder schmutzig und mürrisch aus. Der feine Regen schraffierte das Bild mit seinen schrägen Strichen, als habe eine unzufriedene Künstlerhand es durchstreichen wollen.

Lothar und Branisch, ein jeder in seine Wagenecke zurückgelehnt, schwiegen beharrlich. Sie wagten es nicht, voreinander, kaum sich selbst, ihre Gedanken auszusprechen.

Nur als sie Oberwimmers Haus in Penzing erreicht hatten, bemerkte Lothar: »Immerhin ist's befremdlich, daß er uns nie in sein Haus, in seine Familie eingeführt hat.«

»Dafür gäbe es Erklärungsgründe«, meinte Branisch.

»Oh, freilich! Ich meinte nur so ...«

Das Häuschen lag mitten in einem kleinen Garten. Wilder Wein, jetzt vom Regen ein wenig zerzaust, umflatterte mit seinen dunkelroten Ranken den weißen Bau. Vorne auf dem Rasen umstanden triefende Georginen und Astern eine blaue Glaskugel auf grünem Pfosten. Endlich, auf den Stufen der Treppe, lag Kinderspielzeug; eine Puppe und ein Papp-Pferd, beide arg vom Regen durchweicht.

Auf Lothars Schellen wurde das Haustor sofort geöffnet. Vor ihnen stand eine junge Frau. Das runde Kindergesichtchen errötete heftig. Sie wollte die Fremden würdig empfangen, aber die Wimpern der klaren, grauen Augen zuckten beständig, und sie mußte mit den Zähnen ihre Lippe fassen, um nicht zu lachen. An ihrem Kleide hingen zwei Kinder, ein vierjähriger Bube und ein sechsjähriges Mädchen, blonde Lockenköpfe mit klaren, grauen Augen, und sie zerrten so heftig, daß ihre Mutter sich kaum auf ihrem Platz behaupten konnte.

»Was wünschen die Herren?« fragte sie.

»Ist der Herr Oberwimmer zu sprechen?«

»Ach, der ist verreist. Vorige Nacht ist er abgereist. Aber Jesus!« nun lachte sie wirklich. »Sie sind gewiß der Dr. Branisch. Pepi hat Ihr Bild im Album. Ach bitte, kommen Sie doch herein. Pepi hat so viel von Ihnen erzählt. Aber Pepi – so laß doch!« Dieses war an den Buben gerichtet, der endlich seine Mutter einen Schritt von der Türe fortgezerrt hatte und triumphierend aufjauchzte.

»Ich danke. Wir wollten Oberwimmer in Geschäften sprechen. Wir fragen wieder an, wenn er von seiner Reise zurück ist«, lehnte Branisch feierlich ab.

»Ach – doch – kommen Sie herein«, bat die junge Frau. »Wann mein Mann zurückkehrt, ist unbestimmt, aber er wäre unzufrieden, wenn ich Sie fortließe. Sie sind ja seine Freunde, und es regnet draußen so schrecklich.«

Zögernd traten die Herren näher. Lothar dachte noch über eine Ausrede nach, um dieser Einladung zu entgehen, Frau Oberwimmer jedoch hielt schon den Griff der Haustüre in der Hand, um sie zu schließen. Sie steckte noch ein wenig den Kopf hinaus. Der Wind blies ihr den Regen in das Gesicht und ließ die braunen Stirnlöckchen wild flattern. Sie schloß die Augen und lachte. »Ach – ah – dies' Wetter! Aber Jesus Maria, Milli – guck' nur, wer da draußen liegt. Meiner Seel'! Deine Beate.«

Das kleine Mädchen drängte auch zur Türe. »Meine arme Beate! Mama, ich will sie hereinholen.«

»Das kannst du nicht.«

»Aber dort kann sie doch nicht bleiben.«

Lothar erbot sich, die Puppe und das Pferd zu holen. Beate war im traurigen Zustande, bleich und weich. Milli begann zu weinen. Frau Oberwimmer jedoch fand das so lächerlich, daß sie die Hände vor das Gesicht schlug, weil ihr das Lachen zu ausgelassen für eine verheiratete Frau erschien. »Laß's gut sein, Millerl«, tröstete sie das Kind. »Die Beate ist tot. Wir wollen ihr eine schöne Leich' machen.«

»Mama!« rief Pepi triumphierend, den Zeigefinger tief in den aufgeweichten Bauch seines Pferdes steckend. »Der Hans ist auch tot, nicht?«

»Ja – ja. Sei nur ruhig«, beschwichtigte ihn die Mutter. »Er soll mit Beate zusammen beerdigt werden. Bitte, meine Herren – hier herein.«

Das Wohnzimmer sah ungeordnet aus. Die Bilder waren von den Wänden genommen und lehnten in einer Ecke. Der Tisch war mit Gläsern, Tellern, Schüsseln bedeckt, und eine ältere Dame stand davor, damit beschäftigt, die Gegenstände abzustäuben. Lothar erkannte in ihr sofort die Mutter der Hausfrau – dasselbe runde Kindergesicht, dieselben grauen Augen, nur matter und sanfter.

»Mutter!« sagte Frau Oberwimmer. »Dieses hier ist der Dr. Branisch, von dem Pepi so oft spricht ... und ...«

»Mein Freund Brückmann«, ergänzte Branisch.

»Ich habe die Herren nicht fortgelassen«, plauderte die kleine Frau weiter. »Ein Glas Wein müssen Sie nehmen; es ist gar so schlechtes Wetter. Mutter, du besorgst das wohl? Hier sieht es schrecklich aus, nicht wahr? Die Unordnung! Aber wir ziehen fort.«

»Wie? Sie ziehen fort?« fragte Branisch.

»Freilich! Hat der Pepi Ihnen das nicht gesagt? Wir haben ja eine Anstellung drüben in Ungarn. Pepi ist hin, um alles einzurichten, dann holt er mich und die Kinder. Ach, die Kinder und ich haben so geweint, als das Haus verkauft wurde, und ich könnte noch weinen.«

»Und das so – so ganz plötzlich?« fragte Branisch.

»Ja, ganz plötzlich.«

Die Mutter brachte den Wein und mischte sich auch in das Geplauder ihrer Tochter.

Lothar hielt das Gespräch höflich aufrecht, ja – er vergaß fast, warum er hier war, und konnte mit der kindischen, kleinen Frau sogar lachen, während Branisch stumm und finster dasaß.

Endlich brachen sie auf.

»Es wird dem Pepi so leid sein, die Herren verfehlt zu haben«, sagte Frau Oberwimmer. »Und daß wir gerade jetzt, wo man sich kennt, fort müssen. Milli – Pepi – gebt den Herren hübsch die Hand.«

Als sie draußen vor dem Wagen standen, bemerkte Branisch: »Also doch. Das ist unberechenbar.«

Lothar erwiderte nichts. Ein Gefühl tiefster Traurigkeit erfaßte ihn. Die kleine Frau und ihre hübsche, lustige Häuslichkeit, und dann das! War das möglich? Kann soviel Hübsches mit so Garstigem zusammenwohnen?

22

Frau Tuma, die Hausbesorgerin, verzog ihr sonst freundliches Gesicht heute in besorgte Falten. Mein Gott, sie hatte es schwer genug! Seit jenem furchtbaren Ereignis – oben mit der alten Frau – hatte sie keine ruhige Stunde. Sie mußte zum Untersuchungsrichter, mußte schwören und zu Protokoll geben. Wie waren die schlechten Menschen, welche die alte Frau ermordet hatten, ins Haus gekommen? Ja – wußte sie denn das? Das Haus hatte genug Tore, der Hof war groß genug, damit jemand sich in ihm verborgen halten konnte. Und nun das Fräulein! Wird sie den Tumas den Hausbesorgerposten lassen? Das Fräulein war krank gewesen, doch ging es schon besser. Frau Tuma wollte hinauf und sich zeigen. Doch ließ das Fräulein Tumas den Posten, Frau Tuma war noch nicht mit sich darüber einig, ob sie ihn behalten sollte. Hier hatte man doch nur Plage. Was das für eine Stiege war – Jesus Maria! Die alte Frau hatte wohl recht gehabt, wenn sie stets sagte: »Eine sehr schlechte Stiege, diese hier. Lauter Bagage.« Bei Gerstengresser der Sohn im Gefängnisse. Bei den Sozialdemokraten im vierten Stock geht die Polizei jetzt aus und ein, sucht und versiegelt. Bei Hempels das Mädl fort. Pfui! Frau Tuma seufzte tief. Ja, sie mußte ihre Sorgen allein tragen, denn ihr Mann machte ihr höchstens neue Sorgen, und die Tini – Gott – die!

Als sie zum ersten Stock hinaufstieg, fand sie Tini dort zerzaust und mit roten Wangen den Fußboden waschend. »Was ist das?« dachte Frau Tuma. »Das Madl ist ja sonst Samstags nicht zum Reiben der Stiege zu bringen, und heute ist Dienstag.«

Tini schreckte beim Kommen ihrer Mutter auf; doch wandte sie sich sofort wieder ihrer Arbeit zu.

»Was hat's denn nun für eine Eil' mit dem Reiben der Stiege?« fragte Frau Tuma.

»Heute – oder einen anderen Tag«, erwiderte Tini mürrisch.

Frau Tuma schellte bei dem Fräulein, flüsterte im Flur mit dem öffnenden Dienstmädchen. Da hielt Tini in ihrer Arbeit inne. Die halboffene Türe erregte ihre Aufmerksamkeit. Sie schob sich auf den Knieen näher zur Türe hin, um besser sehen zu können. Und doch, was sah sie? Zwei schmale, kleine Galoschen, die dem Fräulein gehörten, das Stück einer Binsenmatte, den Hut des Dr. Beckrath. Jetzt wurde die Türe zugeschlagen. Tini schreckte wieder zusammen; sie zitterte ein wenig, schloß die Augen, und ungeduldig mit der Hand emporfahrend, als wollte sie eine lästige Fliege vertreiben, murmelte sie: »Geh', geh'!«

Auf der Tafel von mattem Glase, welche oben den Treppenraum überdeckte, fiel der Regen mit seinem stetig flüsternden Geräusch. Ein graues Licht erfüllte den Raum. Ab und zu ging eine Türe. Schritte kamen die Stiege herab. Das Fräulein Remder vom dritten Stock, mit ihrem Herrenhut auf dem Kopf und der Musikmappe am Arm.

Hempel sprang mit seinen dünnen Beinen die Stufen herab, und ein jeder sah von oben in Tinis schwarze runde Augen nieder, die erwartungsvoll und ernst emporstarrten. Aber die Arbeitslust war fort. Tini erhob sich. Da eilte ein fremder Herr die Stiege hinan, schellte bei Würbls und verschwand dort. Wer mochte das sein? Ihren Eimer in der Hand, wartete sie an der Türe auf die Rückkehr des Fremden, und als er kam, klopfte ihr Herz stärker. Er streifte sie flüchtig mit seinen Blicken, und da er die auf ihn gerichteten Augen sehr schwarz und blank fand, lächelte er verbindlich. Sie folgte ihm die Stiege hinab, sah ihn zum Haustor hinausgehen. Was hat er nur hier gewollt?

Unter dem Torweg standen die Herren Hempel und Remder beieinander und plauderten. Sie sprachen von dem Mord. »Schöne Sachen das!« bemerkte Hempel.

»Ja – ja«, meinte Remder, »er muß sich hier eingeschlichen und verborgen gehalten haben.«

»Freilich! Wäre dieses mein Haus, ich würde dem Hausmeister gut kommen. Wozu ist er denn da? Man ist ja im eigenen Bette nicht mehr sicher.«

»Ja – schlimme Zeiten. Die Ehre, Herr von Hempel.«

»Die Ehre, Herr Doktor.« –

»Narr! Bettler! Dein Haus!« murmelte Tini zwischen den Zähnen. Sie stand noch eine Weile dort am Fuße der Stiege. Es war ihr, als dürfte sie heute diesen Posten nicht verlassen, als versäumte sie etwas Wichtiges, wenn sie nicht sah, wer ab- und zuging, wenn sie nicht hörte, was die Leute sprachen. Und doch! Dieses Stillestehen im Flur unter dem gleichmäßigen Trommeln des Regens war auch nicht lange zu ertragen. Ehe sie sich des versah, entschwanden ihr die bewußten, geordneten Gedanken, und es kam ein peinvolles Träumen über sie, ein Schauen von Dingen, die doch nicht waren.

Da war es wieder: Die halbgeöffnete Türe, der gelbe Lichtstreif einer Blendlaterne, und in diesem Lichte ein großes fahles Gesicht von der weißen Krause einer Nachthaube umgeben – es zog den Mund schief, riß zwei glanzlose, gelbliche

Augen weit auf. Dann wieder Finsternis. Das Werfen von Kissen – und noch ein Ton – leise – schnarrend – dumpf. Tini schloß die Augen, fuhr mit der Hand empor, als wollte sie etwas verscheuchen, und sagte leise, wie bittend: »Geh – geh.«

Nein! Hier konnte sie nicht bleiben. Sie ging in den Lichthof hinaus, atmete durstig die feuchte Luft ein, ließ sich vom Regen kühlen. Ihrer Gewohnheit nach begann sie, ihre Zöpfe aufzuflechten, und sang leise ein Lied vor sich hin. Doch – da war es wieder. »Geh – geh!« rief sie und lief hinein, in ihr Zimmer. Sie fror; der Kopf war ihr schwer. Sie wollte sich ein wenig niederlegen; vielleicht, daß es sie dann nicht fand.

Die Hausmeisterwohnung bestand aus einem geräumigen Gemach, welches auch den Kochherd enthielt, und einem schmalen, fensterlosen Vorzimmer. Hier hinter einem großen Kasten stand Tinis Bett. Tini warf sich schwer nieder. Große Müdigkeit lastete auf ihr. Fest hüllte sie sich in die Decke. Ja – hier in der Stille und Dunkelheit war es behaglich. Sie sehnte sich nach tiefem, festem Schlaf. Schon begann ihr Bewußtsein zu schwinden; das angenehme Gefühl des herannahenden Schlafes wiegte sie, als sie wieder jäh emporschnellte. Es war ihr, als riefe jemand ihren Namen, leise und ganz nah ihrem Ohr – das war die Stimme des Lois. Im Zimmer herrschte Stille, wie vorher; es war nur der Beginn eines Traumes gewesen, aber dieser Beginn schon machte es, daß Tini sich vor Frost schüttelte. Mit dem Schlaf war's auch nichts. Sie mochte nicht träumen. Mit offenen Augen lag sie da und horchte auf die fernen Töne, die von der Stiege und aus dem Hofe herüberklangen. Doch mein Gott – das Träumen kam doch – dieses entsetzliche Sehen von Dingen, die vorüber, die abgetan und nicht mehr zu ändern waren. Die Lippen brannten ihr. Sie griff nach dem Wasserkrug und trank gierig daraus; dann sank sie wieder zurück und wartete – daß es käme. Und es kam.

»Geh – geh!« rief sie, drückte die Hände vor die Augen und wand sich wie in körperlichen Schmerzen.

Jetzt hörte sie den Vater hereinkommen; er war betrunken, denn seine Schritte klangen schwerfällig und schleppend. Ächzend ließ er sich auf sein Bett fallen. Auch die Mutter kam. »Ach! Bist du heimgekommen«, sagte sie. »Nun, was haben sie dort oben von dir gewollt?«

Tuma lachte. »Noch gut, daß sie mich nicht gleich dort behalten haben. Was weiß ich von der ganzen Geschichte? Du und das Mädl habt nicht achtgegeben, das habe ich gesagt. Seht zu, wie ihr euch morgen herauswickelt; Schlangen.«

»Ja – ich bin schuld!« Die Mutter weinte. »Der Mann braucht nur im Wirtshause zu sitzen, und ich muß bei Tag und Nacht die Arbeit tun. Ist schon recht! Laß sie mich nur einsperren; wir wollen sehen, wer nachher für dich arbeiten wird.«

»Schweigen!« donnerte der Vater und warf einen Stiefel nach der Mutter. Leise wimmernd ging die Mutter hinaus, Tini aber richtete sich auf: »Zum Landgericht hinauf? Dann ist's aus. Sag ich's, so schlägt der Lois mich tot.« Sie sprang aus dem Bett, strich mit zitternden Händen ihr Haar glatt. Sie mußte Menschen sehen, mit Menschen sprechen. Ihr Kopf ertrug es nicht länger; es kamen ihr so seltsame, erschreckende Gedanken.

Sie ging zu Würbls in die Küche. »Grüß Gott, Anna! Ich komme sehen, ob ihr noch lebt.«

»Ach!« meinte Anna, »leben tun wir schon, aber wie.« Und in der Küche wurde zum hundertsten Male die Geschichte von dem Morde erzählt. »Das Fräulein ist noch krank. Nun ja; mich wundert's, daß sie's überlebt hat.«

»Wie schaute denn die Alte aus – unter dem Bettpolster«, fragte Tini leise und zögernd.

»Jesus! Die hätten Sie sehen sollen! Das vergeß ich mein Lebtag nicht. Die Augen weit auf und der Mund schief, als wollte sie lachen.«

»Daran darf man nicht denken«, meinte Tini, bleich bis in die Lippen. »Ich geh' lieber ...«

Sie ging wieder hinab, setzte sich auf die Schwelle des Lichthofes, kämmte ihr Haar und sah zu, wie die Dämmerung langsam die graue Feuerwand entlangstieg. In der Reihe der Stiegenfenster leuchtete das gelbe Gaslicht auf. Es wurde lebhaft ab- und zugegangen. Dunkle Gestalten warteten unter dem Torweg, und die Dienstmägde mit ihren Bierkrügen rannten hin und her. Eine bleierne Ruhe, ein müdes Sich-ergeben war über Tini gekommen. Was half es, sich zu sträuben, sie mußte es doch immer wieder denken, immer wieder sehen! Und jetzt war es noch ein anderer Gedanke, der ihr stetig und eintönig im Kopfe summte. »Sagst du's, so schlägt dich der Lois tot, und sagen wirst du's.« In diesem Zirkel drehte sie sich unablässig. –

Jemand ging an ihr vorüber; blieb stehen. Es war Lothar. Er sah bleich und mißmutig aus. Er wollte etwas sagen, wandte sich jedoch ab und stieg die Stiege hinan.

»Ja, der! Der ist schuld an allem; der hätte es verhindern können!« Ein Verlangen, ihm alles zu sagen, erfaßte sie. Ihn würde es betrüben; er sollte wissen, daß er mit an der Schuld zu tragen hatte. Und – wenn sie's ihm gesagt hatte, vielleicht brauchte sie dann das andere nicht zu tun, brauchte sie nicht zum Lois zu gehen. Ein tiefer Seufzer hob gewaltsam die Brust des Mädchen ...

Lothar saß vor seinem Schreibtisch, einen Brief mit breitem Trauerrande vor sich. Der alte Verwalter seiner Tante schrieb ihm, daß die Baronin an einem Herzschlage plötzlich und schmerzlos verschieden sei. Lothar dachte dieser Nachricht nach. Diese Tote, dort ferne in der Einsamkeit des Waldes, brachte ihm das Gefühl trauriger Ruhe.

Sie hatte recht gehabt, die alte Frau, sich vor der Welt in jenem stillen Winkel zu bergen und ihrem friedlichen Tagewerk nachzugehen. Dieses weise, gesunde Herz hatte bis zuletzt das Leben geliebt; war nie in Verlegenheit gewesen, was mit diesem Gut anzufangen. Eine große und schöne Kunst.

Als Tini leise in das Zimmer trat, sagte er nur: »So, du bist's«, und versank wieder in Nachdenken, während das Mädchen sich still niedersetzte und ihn anschaute.

Was die alte Frau dort, unter ihren Tannen, in ihrer ruhigen Art geschaffen, war vollwichtige Arbeit, und er? Er hatte auch geglaubt, seine Arbeit gefunden zu haben, hatte sich dafür begeistert, wie man sich eben begeistert, wenn man seine Seele durch dreißig Jahre langes, unnützes Suchen ermüdet hat und nun endlich zu finden geglaubt. Gott! Wie Großes glaubte er zu tun, etwas so Großes, daß *ein* Leben dafür nicht ausreicht; und nun – nun war es doch nur Narrheit, ein Mißverständnis – Gemeinheit gewesen – nichts – nichts! »Teufel!« murmelte er und schlug mit der Faust auf den Tisch.

Tini zuckte leicht mit den Schultern. Sie war sehr bleich. Die Hände in den Schoß gefaltet, die Augenlider, wie müde, halbgeschlossen.

»Ja – Tinerl; du – du hast recht!« rief Lothar. Er war so erregt, daß er nicht wußte, was er sprach; aber er fühlte die Gegenwart dieses schönen, stillen Wesens jetzt wie eine Wohltat. Er kniete vor ihr nieder. »Was können wir lahme, kalte Grübler? Worte machen, nur das! Du aber hast noch Kraft, die gewaltsam fortreißt. Das beruhigt, das sättigt.«

»Aber was tust du. Steh doch auf«, wehrte Tini und riß die Augen weit auf, als fürchte sie sich; aber Lothar umfaßte sie.

»Sieh, von dir müßte ich lernen, wenn ich noch lernen könnte. Du – und die anderen, die dir ähnlich sind – ihr seid Menschen, ihr könnt noch schön sein und stark – und auch glücklich – wenn ihr wollt.«

Tini machte sich unwirsch aus Lothars Arm frei.

Er lachte. »Laß es gut sein, Tinerl. Ich weiß selbst nicht, wie mir heute ist, aber ich muß es heraussprechen, wenn du's auch nicht verstehst. Ich weiß's jetzt … wir – die Narren, die Puppen der Polizei, wir, die Kranken, wollen euch, den Gesunden, helfen, wir – die euch nicht einmal begreifen können.«

»So lach doch nicht so«, sagte Tini leise.

»Fürchtest du dich?«

»Ja.«

»Gut, gut! Es ist vorüber. Es ist nur, weil es mir heute so jämmerlich schlecht ergangen ist. Da kamst du mir gerade recht. Ich wollte, wir wären irgendwo in der Welt allein beieinander. Ich wollte Holz spalten und Wasser tragen, du könntest kochen. Wir wollten nichts denken – nur leben. Könntest du das?«

»Wie du heute redest.«

Jetzt erst bemerkte Lothar, daß das Mädchen leidend ausschaute.

»Was ist dir, Tini? Hast du auch Kummer?«

»Ach – nichts!« Sie legte die Hand auf die Augen. »Ich wollte etwas fragen; dazu kam ich. Aber du bist heute – ich weiß nicht wie.«

»Frag' nur immerhin.«

Tini wandte sich ab und schaute zum Fenster hinaus. »Ich meine – ich frage nur so … ich mein' … zuweilen mußt du tun, was ein anderer will, du mußt; nicht?«

»Ja – o ja. Wenn zwei fest zueinander gehören, daß das eine das andere mitzieht.«

Ungeduldig stand Tini auf, ging an das Fenster, kreuzte die Arme über der Brust und schaute hinaus. »Ja – aber dann hat der, welcher muß, keine Schuld.«

»Doch«, erwiderte Lothar langsam, wie suchend, was in den Worten des Mädchens liegen konnte. »Doch! Gehören zwei so fest zueinander, so trägt der eine auch an der Schuld des andern mit.«

Tini wandte sich zu ihm, erschreckend bleich, und mit der geballten Faust gegen die Wand schlagend wiederholte sie: »Nein – nein – nein! Ich bin nicht schuld. Ich hab' es tun müssen. Er hat mir nicht gesagt, daß er das tun würde – da wäre ich ihm nicht gefolgt ... aber so ...«

»Was denn? Mädchen, ich versteh' dich ja nicht.«

»Jesus! Nun versteht er mich nicht einmal!« Ärgerlich ging sie einige Schritte zur Türe, doch blieb sie stehen, und ihre Stimme klang zornig, als sie sagte: »Ich habe mir nicht helfen können; nur daß er sie morden wird – das hat er mir nicht gesagt.« Sie breitete die Arme aus und stürzte vor dem Sofa nieder, ihr Gesicht in die Kissen verbergend. »Was hilft jetzt alles!« Sie wimmerte leise und rollte ihren Kopf hin und her.

Lothar verstand nun ... verstand, daß sich hier etwas Wunderbares, etwas Entsetzliches ereignete ...

»Du verstehst es doch nicht«, klagte Tini mit leiser, singender Stimme.

Da trat er an sie heran, legte seine Hand auf ihren Kopf: »Doch – Tini – ich verstehe.«

Was konnte er tun, was konnte er sagen? Ein Mitleid, so schmerzhaft, daß er es wie eine körperliche Krankheit fühlte, überkam ihn.

»Und warum sagst du mir das, Tini?« fragte er endlich.

»Weil ich's allein nicht mehr tragen kann.«

»Still! Laß uns nachdenken. Er befahl es dir, du mußtest es tun? Nicht?«

»Ich mußte.«

»Liebst du ihn denn so stark, daß du für ihn das tatest – ihn – den Chawar.«

Tini fuhr auf. »Wer sagt, daß es der Lois war? Ich hab' das nicht gesagt.«

»Er oder ein anderer.«

Tini strich sich das tränenfeuchte Haar aus der Stirn und richtete sich auf. »Noch ist's nicht zu spät«, sagte sie und ging zum Spiegel, um sich ihre Zöpfe aufzustecken.

»Tini, was willst du tun?«

Sie blickte ihn an und lächelte ein mitleidiges, fast verachtendes Lächeln.

»Tini«, fuhr Lothar fort, »wie kann ich dir helfen?«

»Sie – Sie können nicht helfen«, erwiderte sie ruhig; beugte sich auf seine Hand nieder, küßte sie und ging hinaus.

*

Als Tini aus dem Haustor trat, lag die Straße voll dichten Nebels, der an den Dächern flüsternd niedertropfte. Von allen Seiten wurden die Haustore rasselnd gesperrt. Tini schritt die Wiedner Hauptstraße hinab und bog in die Anlagen am Ufer der Wien ein. In den Gebüschen, zu beiden Seiten des schmalen Weges, rauschte der Wind, raschelte der niederregnende Nebel. Tini fürchtete sich nicht. Es war ihr, als träumte sie: Dieses Eilen ohne klarbewußtes Ziel, die graue Nebelstadt mit ihren Trauertönen und Trauergestalten, und die Trauerangst im Herzen vor etwas, das sie nicht deutlich dachte und das doch sicher kommen mußte. An der Karolinen-Brücke zögerte sie, wie unentschieden, bog jedoch die Invalidenstraße hinauf und schritt der Donau zu. Ein Zug fuhr über den Viadukt, in das Rauschen und Flüstern der Dunkelheit einen betäubenden Lärm werfend und einen Pfiff ausstoßend – lang – schrill – gequält. Tini hatte Lust mitzuschreien – so laut und so klagend. – und wieder huschte die dunkle, eilende Gestalt weiter durch den Nebel. Jetzt war sie an das Donauufer gelangt. Der Fluß war tintenschwarz. Nur die Laternen der Sophien-Brücke warfen krause Lichtstreifen auf das Wasser, die sich bewegten, zu schwimmen schienen und dennoch nicht weiterkamen. Ein feuchtes Gurgeln und Locken tönte herauf. Sumpfgeruch erfüllte die Luft. An der Erdberger-Lände verließ Tini wieder den Fluß, verlor sich in kleine, enge Gassen, bis sie an einen wüsten Bauplatz gelangte – eine graue Spinnwebfläche im Schwarz der Nacht. Dort stand ein Haus mit einer roten Laterne über der Türe. Tini lehnte sich an einen großen Stein und schaute dieses Haus unverwandt an; dann plötzlich fröstelte sie, hüllte sich fester in ihr Tuch und ging über den Platz auf das Haus zu.

Durch eine Glastüre trat sie in den dunklen Flur, von dem aus sie in das nebenanliegende Zimmer hineinblicken konnte. Hinter einem kleinen polierten Büfett saß eine Dame und schlummerte. Ihr Gesicht war weiß von Puder, die Haare hoch über den Scheitel aufgetürmt. Die rotgeränderten Augenlider schlossen sich und öffneten sich dann wieder plötzlich, und die grauen, lichtlosen Augen spähten umher. Hinter einem roten Schirm, welcher das Gemach quer durchschnitt, waren Stimmen vernehmbar.

Als Tini in die Türe trat, schreckte die Dame am Büfett auf und fragte: »Was schaffen?«

»Der rote Lois; ist er hier?« entgegnete Tini und zog ihr Tuch vor das Gesicht.

Die Dame zuckte verächtlich mit den gemalten Augenbrauen, als wollte sie sagen: »Mir liegt gewiß nichts daran, dich zu sehen.« Dann verschwand sie hinterm Schirm.

Tini hörte, wie der Lois mit schwerer Zunge sagte: »Mich? Was ist's denn?«

Gleich darauf erschien er, ein wenig angetrunken, die Mütze im Nacken. Er blieb vor Tini stehen und betrachtete sie mit zusammengekniffenen Augen.

»Tini?« fragte er leise.

»Ja, Lois.«

»Was willst du? Gibt's was?«

»Freilich.«

Er hatte bisher in der schlaffen Haltung eines Trunkenen dagestanden, jetzt richtete er sich straff auf.

»Sag's geschwind«, flüsterte er.

»Daß du's weißt – Lois; ich ertrag's nicht. Ich sag's.«

»Du bist närrisch.«

»Morgen muß ich oben hinauf. Ich sag's, Lois. Daß du's weißt.«

Chawar murmelte etwas so leise, daß Tini es nicht verstand; dann fügte er lauter hinzu: »Geh – geh. Du bist närrisch. Bleib' hier bei uns. Ich geb' dir nachher dein Geld.«

»Nein – nein, Lois. Ich mag's nicht. Ich kam nur, damit du's weißt.«

Chawar suchte etwas in seiner Tasche, zog die Hand aber wieder heraus und stand unschlüssig da.

Tini, gegen die Wand gelehnt, schaute ihn an. In der Dämmerung des Flurs vermochte sie sein Gesicht nicht zu sehen. Das Licht des Nebenzimmers beleuchtete nur die eine Hälfte seines roten Kopfes, den mit dichtem krausen Haar bewachsenen Kinnbacken, der sich bewegte, als kaute er.

Plötzlich lachte Chawar kurz auf – und wandte sich ab, leise vor sich hinpfeifend.

Tini blieb noch einen Augenblick stehen ..., dann ging sie hinaus. Mit einem tiefen Atemzuge sog sie die Nachtluft ein, einem so tiefen Zuge, als sollte er ihr die Brust sprengen, und begann wieder vorwärtszuhasten, schneller als vorher. Zuweilen blieb sie stehen und horchte ... und dann wieder weiter durch die graue Nebelstadt, durch die feuchten Schleier, die alles verhüllten und die Gegenstände erst erkennen ließen, wenn sie schwarz und naß vor ihr standen. Nun war sie am Fluß. Sie sah ihn nicht, sie hörte nur das Gurgeln und Locken der Wellen ... und dort im Nebel bewegte sich etwas das Ufer entlang ... Tini wußte sofort, was das war. Sie hastete weiter. Kein deutlicher Gedanke kam ihr; nicht einmal Angst war's, was sie empfand; nur die Spannung: »Werde ich ihm entkommen? Bin ich bei den Weißgerbern, dann ist's gut.«

Der ungepflasterte Weg war schlüpfrig; sie kam nicht recht vorwärts, auch mußte sie immer wieder sich umschauen. Da plötzlich rannte sie gegen einen Menschen an. Sie wußte sogleich, wer es sei. »Er ist durch die Erdbergerstraße und das Wassergassel mir vorgekommen«, dachte sie mechanisch.

»Lois! Tu mir nichts«, stieß sie aus. Sie hörte seinen Atem schwer gehen. Dann packte er sie wie mit eisernen Zangen.

»Ich werd's nicht tun!« stöhnte Tini leise und setzte sich zur Wehr. In der Wut und Aufregung des Kampfes ward ihr heiß; sie rangen miteinander, stürzten zu Boden.

Tini hörte das Gurgeln des Wassers, das Schnaufen des Menschen, der sie niederdrückte – etwas Schweres fiel auf ihren Kopf nieder, lähmte ihre Glieder; ein langer, schriller Ton schlug an ihr Ohr, Blitze zuckten vor ihren Augen, dann wieder Dunkelheit und eisige Kälte.

Das Ringen mit dem Lois dauerte fort; aber wo sie gegen ihn stieß, wich er zurück, und doch riß er sie mit sich fort, packte sie mit kalten Fingern an, bedrückte ihr den Atem. Sein Schnaufen wurde zum Getöse, zu einem lauten, hellen Klingen. Um sie begann es zu glitzern, deutlich gewahrte sie krause, gelbe Strahlen, welche sie umflatterten, ihr grell in die Augen schienen. Sie schloß die Augen. Ruhe und Mattigkeit überkam sie; in ihren Ohren tönte es laut und hell fort. Ihr war es, als hörte sie Lothar mit seiner weichen, tröstenden Stimme sprechen – bis es ganz still und dunkel wurde. –

23

Amalie Remder war bisher eine begeisterte Anhängerin der sozialdemokratischen Lehren gewesen. So meinte sie wenigstens. Wenn sie, ihre Musik am Arm, von Haus zu Haus ging, um Klavierunterricht zu erteilen; wenn sie zu Hause ihre karge Wirtschaft besorgte; das spärliche Geld zusammenscharrte, um die Gläubiger ihres Vaters zu befriedigen, dann dachte sie gern an die große Rolle, welche sie im sozialen Staate zu spielen berufen sein würde. Die Lehre von der Gleichberechtigung der Geschlechter hatte sie zuerst der Partei nahgebracht. Als sie dann mit der Redaktion der »Zukunft« zu verkehren begann, selbst Artikel schrieb und Versammlungen besuchte, da fühlte sie, wie sie ihr mühevolles Leben leichter und getroster zu tragen imstande war. Das ernste und bittere Mädchen konnte jetzt sogar heiter und glücklich sein. Was die Hingabe an eine große Idee nicht alles für Wunder wirkt, sagte sie sich.

Seit jenem nächtlichen Gespräch mit Klumpf hatte die Idee viel von ihrer Macht eingebüßt. Keine Zukunftshoffnung half ihr jetzt darüber hinweg, daß sie viele Stunden des Tages neben talentlosen oder mißmutigen Schülerinnen sitzen und mit der Hand auf dem Knie den Takt zu einer Mozartschen Sonate schlagen mußte, oder daß sie die Wäscherin bitten sollte, noch auf das Geld zu warten. Sie hätte vor Ekel und Widerwillen weinen mögen. Was half ihr jetzt die große Sache – oder der Zukunftsstaat? Sie dachte nicht mehr an sie, sie dachte nur an einen – an Klumpf. In ihm hatten sich ihre Zukunftshoffnungen, ihre Überzeugung und ihr Glaube verkörpert. Nun sie ihn verloren, waren Hoffnung und Überzeugung hin. Seit jener Nacht war aus Lassalles ein wenig hochmütiger und zukunftssicherer Jüngerin wieder eine gedrückte, verbitterte Klavierlehrerin geworden.

Als das Unglück über ihre Freunde von der »Zukunft« hereinbrach, alle von ihnen abfielen und das große Werk, an dem sie gearbeitet, ein klägliches Ende zu nehmen drohte, da war es Amaliens erster Gedanke: Jetzt – unglücklich, enttäuscht und verlassen – würde Klumpf vielleicht zu ihr zurückkehren. Sollte sie zu ihm gehen und ihn trösten? Doch – wie in all solchen armen, einsamen Mädchen, die ihr lebelang haben abseits stehen müssen, hatte sich auch in Amalie ein starrer, überreizter Stolz herausgebildet. Zu Klumpf konnte sie nicht gehen. Aber sie mußte etwas für ihn tun, mußte ihm zeigen, welches Herz er verschmäht hatte. Sie wollte sich – ihr Leben für ihn opfern, oder, was ihr viel schwerer dünkte, für ihn in die Paniglgasse gehen. Dieser Entschluß gab wenigstens ihrem trostlosen Leben einen schmerzlichen Schwung.

So stieg sie denn, mit dem gehobenen Gefühle, etwas Unerhörtes zu beginnen, die Stiege zum ersten Halbstock des Hauses Nr. 10 der Paniglgasse hinan und schellte an der hübsch polierten Türe der Frau Rosenthal – »Logenschließerin«.

Frau Rosenthal öffnete, eine kleine Frau mit spitzem, welkem Gesicht, eine schwarze Haube mit roten Bändern auf dem kleinen Kopf.

»Ist Frau Marie Hempel zu Hause?« fragte Amalie mit rauher Stimme.

»Ja«, meinte die Frau, und ihr Köpfchen zur Seite neigend blinzelte sie den Besuch mißtrauisch an. »Z'hause ist das Fräulein schon; aber – wen kann ich melden?«

»Nicht nötig«, meinte Amalie, ging an der kleinen Frau entschieden und hochmütig vorüber, klopfte flüchtig an die zunächstliegende Türe und trat ein, ohne ein »Herein« abzuwarten.

Mietzis blonde Gestalt lag in einem roten Lehnsessel vor dem Kamin. Angetan mit ihrem roten Unterrock, die Füße in blauen Seidenstrümpfen, schlief sie.

Bei Amaliens Eintreten fuhr sie auf und schaute sich erstaunt, wie ein erwachendes Kind, um. Sie verstand nicht, wie diese große, bleiche Dame mit dem Herrenhut hierher kam. Doch dann erkannte sie sie. Das war ja die Klavierlehrerin vom dritten Stock. Was wollte die denn hier?

Amalie lehnte ihre Musikmappe gegen die Wand, schlug ihren Schleier zurück und versuchte zu lächeln, ihr schiefes, böses Lächeln. »Guten Tag, Fräulein«, sagte sie mit einer Stimme, die vor Aufregung tiefer wurde. »Entschuldigen Sie, daß ich – so ohne weiteres – bei Ihnen eingedrungen bin. Sie kennen mich vielleicht schon; wir waren Hausgenossen. Amalie Remder. Ich habe Ihnen eine wichtige Mitteilung zu machen – daher.«

»O ja, freilich«, entgegnete Mietzi leise. Sie errötete, und deutliche Zeichen von Furcht zeigten sich auf ihrem Gesicht.

»Dann erlauben Sie, daß ich mich zu Ihnen setze«, fuhr Amalie fort. Sie setzte sich, holte tief Atem, zog die Augenbrauen zusammen, daß sie wic ein gerader schwarzer Strich über den Augen standen. Jetzt, da sie sprechen sollte, fiel es ihr schwerer, als sie es geglaubt hatte.

»Es ist ein befremdlicher Auftrag«, begann sie mühsam, »dessen ich mich hier entledigen soll. Aber vielleicht erscheint er Ihnen nicht so seltsam. Sie kennen, mein Fräulein, ohne Zweifel den Dr. Klumpf von der Redaktion auf unserer Stiege?« Sie hielt inne und blickte Mietzi gespannt und böse an.

Über Mietzis Züge aber glitt ein lustiges Zucken. Sie nickte eifrig. »Freilich! Den schönen Herrn Doktor mit dem schwarzen Bart. Er brachte dem Vater zuweilen etwas zum Abschreiben.«

»Derselbe«, unterbrach Amalie sie streng. »Nun, dann werden Sie es wohl auch schon wissen, daß er sich für Sie interessiert.«

»Wie – dieser Herr Doktor?«

»Jawohl – er.«

»Aber ich kenne ihn gar nicht. Er hat nie mit mir gesprochen.« Mietzis Verlegenheit war fort. Sie kicherte. »Hat er's Ihnen gesagt?« Sie beugte sich zu Amalie hinüber, um in dem heimlichen Ton sprechen zu können, den Mädchen anschlagen, wenn es sich um »Herren« handelt.

Amalie blieb ernst und steif. »Er kennt Sie, wie gesagt. Ich bitte, mich einen Augenblick ruhig anzuhören, mein Fräulein. Ich bemerkte bereits, daß mein Auftrag vielleicht – ungewöhnlich scheinen könnte. Wenn Sie mir erlauben, mich klar auszusprechen, kommen wir am schnellsten zum Schluß.«

Da wurde Mietzi auch ernst. Ja – sie fühlte sich von den hochmütigen Manieren dieser Dame verletzt. Die Arme über der Brust kreuzend lehnte sie sich in den Sessel zurück.

»Er hat es mir allerdings gesagt«, fuhr Amalie fort, »er liebt Sie.« Sie bemühte sich, dieses möglichst ruhig und rundheraus zu sagen.

Mietzi zog bei dieser Mitteilung nur ein wenig die Augenbrauen empor.

»Die letzten Ereignisse haben ihn für Sie besorgt gemacht. Er sehnt sich danach, Sie beschützen zu dürfen. Kurz, er bietet Ihnen seine Hand an.«

»Seine Hand? So will er mich also heiraten?« Mietzi konnte sich nicht enthalten, wieder kindischlustig zu kichern.

»Ich weiß nicht, liebes Kind«, versetzte Amalie, »ob Sie es fühlen, es ganz verstehen, was es heißt, von einem solchen Manne geliebt zu werden?«

»Ich kenn' ihn gar nicht«, wiederholte Mietzi.

»Wenn Sie ihn auch nur zuweilen gesehen haben, müssen Sie die Überzeugung gewonnen haben, daß Sie Ihr Los in keine bessere Hand legen können.«

»Ich hab' aber kein Wort mit ihm gesprochen.«

»Und Sie werden zugeben, liebes Kind, daß dieses Los in diesem Augenblick – ein – ein sehr gefährdetes ist, und daß es ein un... unbegreifliches Glück ist für ein junges Mädchen in Ihrer Lage, wenn ein geachteter, großer Mann mit seinem glänzenden Namen alles – Fehlerhafte zu bedecken bereit ist.«

Die Worte waren nicht mehr so kühl gesprochen; eine gewisse Bitterkeit erregte sie. Amalie erhob sich und begann mit großen Schritten auf- und abzugehen.

Mietzi schwieg. Sie drückte sich fester in ihren Sessel hinein und schaute weinerlich die dunkle Gestalt mit dem strengen, bleichen Gesichte an. Sie fürchtete sich. Sollte sie Frau Rosenthal rufen?

»Nun?« fragte Amalie endlich und blieb stehen.

»Was denn?« fragte Mietzi und sah scheu auf.

»Welchen Bescheid geben Sie?«

»Aber ich kenn' ihn ja nicht.«

Amaliens Lippen verzogen sich ein wenig. »Ich wundere mich, daß Sie die Antwort so schwer finden. Ich setzte voraus, daß ein Mädchen in Ihrer Lage unbedenklich die günstige Gelegenheit ergreifen würde – um« – Amalie besann sich einen Augenblick – »um wieder in die Reihe der regelrechten

Existenzen zu treten. Das ist für Sie ja natürlich das einzig bestimmende Motiv.«

Mietzi verstand das nicht ganz, doch es klang ihr hart und verächtlich, und ihre Augen füllten sich mit Tränen. »Ich weiß nicht, Fräulein, was Sie von mir wollen. Ich kann doch nicht jeden Herrn, der mir auf der Stiege begegnet, gleich heiraten. Mag er kommen – oder – ich weiß nicht. Aber so ...«

Amalie lachte ein bitteres Lachen. Ein roter Schimmer färbte ihre Wangen. »Sie fassen die Lage wohl nicht recht, mein Fräulein.« Sie stieß die Worte so wunderlich gepreßt hervor, daß Mietzi dachte: »Soll ich davonlaufen? Sie tut mir was.« – »Nicht recht«, wiederholte Amalie. »Wenn ein Mann das Unglück hat, ein Mädchen lieben zu müssen, welches sich in Ihrer Lage befindet, so ist dieses für das Mädchen ein unverdientes Glück. Aber um dieses Mädchen erst zu werben, dazu darf er sich nicht verstehen. Diese Mädchen haben das Recht – unser Recht –, daß ein Mann um sie wirbt, verscherzt. Solche werden genommen oder nicht genommen.« Amalie sprach nun geläufig, sprudelte heftig all ihre Verachtung und ihren Groll hervor. – »Oder sind Sie nicht mehr imstande, zu verstehen und zu fühlen, was der Mann tut, der mit seinem reinen, ehrlichen und großen Namen Sie bedecken will.«

Das war zuviel. Wie Peitschenhiebe trafen diese Worte Mietzi; sie zitterte und weinte vor Zorn und Furcht. »Nein – nein!« sagte sie. »Ich mag ihn nicht – Ihren Doktor. Geh'n Sie, bitte, sonst ruf' ich Frau Rosenthal.«

Amalie jedoch war noch nicht zu Ende. »Ja – solche flache Herzen verstehen nicht einmal, wie tief der Mann zu ihnen herabsteigen muß, der das Unglück hat, sie zu lieben, sie begreifen die eigne Schande nicht mehr.«

Mietzi lief nach der Türe, griff nach der Klinke, das Gesicht von Tränen überströmt. »Geh'n Sie, bitte. Wenn ich ein flaches Herz haben will, wenn ich Ihren Doktor nicht mag, wer kann mich zwingen. Heiraten Sie ihn doch selbst – ich mag ihn nicht.« Und die Türe öffnend rief sie: »Frau von Rosenthal! Kommen Sie doch! Diese Dame …«

Amalie war plötzlich ruhig geworden; sie nahm ihre Musikmappe auf und meinte hochmütig: »Oh! Sie können ruhig sein, ich gehe. Wir haben uns wohl nichts mehr zu sagen.« Sie schritt an Mietzi vorüber, ohne sie anzusehen, und stieg die Treppe hinab.

Im Flur standen Frau Rosenthal und Toni, Mietzis Schwester. Sie stürzten neugierig auf Mietzi zu. »Sag', wer war das?« fragte Toni. »Was wollte die von dir? Aber wie schaust du denn aus? Geschwind, tummle dich. Dein Graf wird gleich hier sein; ich hab' ihn die Hauptstraße herabkommen sehen. Und so darf er dich doch nicht finden.«

Mietzi aber schlug die Türe vor ihrer Schwester zu und rief: »Nein – er soll wieder gehen. Ich mag ihn heute nicht.« Und sie ging, sich in ihrem Sessel zusammenzukauern; das Gesicht auf die emporgezogenen Kniee gestützt – weinte sie –

Amalie ging langsam und in gehobener Stimmung ihrer Wohnung zu. Es hatte ihr wohlgetan, ihren Haß und ihre Verachtung jenem Mädchen in das Gesicht zu schleudern. – Zwischen Klumpf und diesem Mädchen mußte es nun aus sein, und ihre Gedanken weilten wieder mit warmer, mitleidiger Liebe bei dem armen, großen Mann. Jetzt, da alles um ihn zusammenbrach, jetzt bedurfte er einer starken, aufopfernden Liebe, das mußte er fühlen …

Da, an der Ecke der Wiedner Hauptstraße, stand er vor ihr. Er sah krank aus. Die Hände auf dem Rücken, den Kopf gesenkt, schritt er langsam und in tiefen Gedanken hin.

»Grüß Gott!« rief Amalie.

Er schaute auf, lächelte zerstreut und blieb stehen. »Grüß Gott, liebe Freundin.« Dann lüftete er seinen Hut und wollte weitergehen.

»Doktor«, sagte Amalie, »ich hab' Ihnen etwas mitzuteilen.«

»Was ist's, liebe Freundin? So begleite ich Sie ein Stück.«

»Ich bin – dort – gewesen.«

»Oh!«

»Nun, Doktor – hier ist etwas, das Sie aus Ihren Gedanken fortlöschen müssen. Was im Sumpfe wächst, will dort bleiben, es weigert sich, auf den Berg verpflanzt zu werden.« Als sie das gesagt hatte, bereute sie es. Dieses Bild erschien ihr geschmacklos und platt. Kleinlauter fuhr sie fort: »Sie will bleiben, wo und was sie ist. Glauben Sie mir, zu retten ist hier nichts mehr.«

Nicht ein Zucken im Klumpfs kummervollem Gesichte verriet, daß das Gehörte ihn beeindruckte. Nachdenklich und schweigend schritt er neben Amalie hin.

»Doktor«, begann diese wieder. »Hab' ich Ihnen weh getan? Sind Sie mir böse?«

»Wie sollte ich Ihnen böse sein?« Freundlich schaute er Amalie an. »Sie haben mir viel Güte bewiesen. Und dann ... es ist mir so viel – alles genommen worden. So rechne ich nicht mehr mit dem, was schmerzt. Ihnen danke ich.« Er blieb stehen, reichte Amalie die Hand, hielt ihre Hand einen Augenblick in der seinen, und wie Amalie ihre Augen zu ihm aufschlug, errötete sie, und ihr herbes Gesicht nahm einen glücklichen und erwartungsvollen Ausdruck an.

»Wir werden uns wohl nicht mehr sehen«, fuhr Klumpf fort. »Ich reise ab. Hier ist meine Rolle ausgespielt. Leben Sie wohl, liebe Freundin.« Er ließ ihre Hand fallen, grüßte und entfernte sich.

Amalie stand noch eine Weile da, regungslos und weiß wie ein Tuch. Die Vorübergehenden schauten sich nach ihr um. »Der Dame ist nicht gut –« sagte eine Frau. Da fuhr sie auf. Nein! Die Leute sollten es nicht sehen. Niemand – niemand sollte es wissen! Und mit großen Schritten eilte sie nach Hause.

24

Fräulein Clementine hatte eine schwere Krankheit überstanden. Das Gesicht bleicher noch und spitzer wie sonst, saß sie in ihrem Wohnzimmer und wartete auf den Dr. Beckrath.

Jetzt war sie reich und selbständig; aber seit der Schreckensnacht verließ sie ein quälendes Gefühl der Furcht nicht mehr und ließ sie der Vorteile ihrer neuen Lebenslage nicht froh werden. Sie glaubte sich von Gefahren umgeben, fühlte sich einsam und schutzlos. Da schellte es. Das war der Notar – ihr einziger Freund.

Frisch rasiert, parfümiert und lächelnd trat Dr. Beckrath in das Zimmer. »Die Ehre, meine Gnädige. Gott sei Dank, nun sind wir schon so weit. Gott sei Dank!«

Matt streckte Clementine ihm beide Hände entgegen: »Ach, Doktor! Wie lieb, daß Sie gekommen sind; setzen Sie sich her. Ich bin nur ruhig, wenn Sie bei mir sind.«

»Nun – nun«, meinte Beckrath und versuchte es, seinem roten Geschäftsgesicht einen weichen Ausdruck zu geben. »Ein bissel nervös. Natürlich. Aber seien Sie unbesorgt, meine Gnädige, unsere Geschäfte sind in Ordnung.«

»Danke, Doktor – danke! Sie sind mein Retter. Wären Sie nicht! ...« Clementine weinte – »Ein armes, verstoßenes Frauenzimmer, umgeben von schlechten Menschen!«

Dem Doktor war dieser Gefühlsausbruch unangenehm. »Nervös, ja – ja –« murmelte er und dachte an etwas anderes.

»Ich bat Sie schon, lieber Doktor«, fuhr Clementine klagend fort, »hier allen Parteien zu kündigen – allen. Die Verstorbene in ihrer Weisheit hat immer gesagt: ›Auf dieser Stiege wohnt lauter Bagage.‹ Die beiden schlechten Dienstmädl hab' ich fortgeschickt. Aber das neue Mädl – ich weiß nicht – ich traue ihm auch nicht. Gott sei Dank, die Hausmeistersleute sind fort, diese schrecklichen Menschen.«

»Verlassen Sie sich auf mich, meine Gnädige. Es wird alles geschehen, wie Sie es befehlen. Unseren Sozialdemokraten legt die Polizei ohnehin das Handwerk. Spaßig übrigens, es kommt heraus, daß sie selbst so ein bissel Polizei gespielt – ha ha. – Die Zweigelds ziehen fort. Die Verlobung der Tochter geht auseinander. Auch kuriose Geschichten, aus denen man nicht recht klug wird. Nun – mit den übrigen wollen wir's schon machen. Nur Mut, meine Gnädige! Was gewesen ist – ist gewesen; wozu daran denken? Man muß sein Leben doch weiter leben; nicht wahr? Und Ihnen, meine Gnädige – Ihnen ist das – Weiterleben – möchte ich denken – leichter gemacht – als anderen.« Er rieb sich die Hände und kicherte sein trockenes Kichern.

Clementine jedoch wollte sich nicht trösten lassen. »Was hilft das? Ohne Schutz, ohne Stütze! Was ist das für ein Leben? Hätten wir damals einen männlichen Schutz gehabt, wer weiß! Aber so allein – ich sage Ihnen, Doktor, ich sterbe vor Furcht. So kann ich nicht leben.«

Der Doktor hörte aufmerksam zu. »Wie meinen Sie das, meine Gnädige?« warf er ein.

Clementine zog die Augenbrauen ungeduldig empor. »Sie erinnern sich wohl noch, Doktor? Damals ...«

»Was denn, meine Gnädige?«

»Jesus, Doktor! Wie Sie mich nicht verstehen!« Clementine fand wieder ihren scharfen Ton von früher. »Sie sagten damals ... Wissen Sie's denn nicht?«

»Ach das! Wenn Sie das meinen.« Der Doktor sprang auf und machte eine Verbeugung. »Meine Gefühle sind stets dieselben – stets.«

»Nun denn, Doktor, nehmen Sie mich!« Das arme, bleiche Gesicht verzog sich zu einem hingebenden Lächeln. Sie streckte ihre mageren Hände aus und wiederholte: »Nehmen Sie mich!« Der Doktor zögerte. Er wußte nicht, wie er sie nehmen sollte. Endlich ergriff er eine der ihm entgegengestreckten Hände und drückte seinen struppigen Schnurrbart darauf. Dann setzte er sich befriedigt nieder.

»So, meine Gnädige; das war gescheut. Jetzt können Sie ruhig sein. Sie stehen unter männlichem Schutz. Wir hätten das zwar früher haben können, noch ist jedoch nichts verloren.«

»Ja, Doktor«, meinte Clementine, noch immer sehr melancholisch. »Jetzt bin ich ruhiger. Diese entsetzliche Zeit hat mir Klarheit geschafft über das, was gewiß schon die ganze Zeit über in meinem Herzen geschlummert hat.« Es tat ihr wohl, ihre eigenen Worte zu hören. Sie wollte diese trockene Verlobungsstunde wenigstens mit einer hübschen Redensart schmücken.

»Ohne Zweifel«, bestätigte Beckrath.

»Wissen Sie, Doktor, seit jener Nacht ist's heute der erste Augenblick, in dem ich mich wieder ein wenig – glücklich fühle.«

»Oh, ich auch! Sie wissen ja, wie lange schon dieser Plan mir im Kopfe herumgeht.«

»Ja, Doktor, Sie sind treu!«

»Freilich! Ich hab's Ihnen ja gesagt.«

»Das gibt mir wieder Kraft. Ich hätte fast Lust, ein wenig auszugehen.«

»Eine kleine Fahrt in den Prater vielleicht?«

»Ach nein! Hier im Extrablatt lese ich, daß heute die Verhandlung im Landgericht stattfindet ... Sie wissen, der junge Gerstengresser vom dritten Stock.«

»Meine Gnädige, das kann ich nicht gestatten. Sie sind noch zu schwach. Es wird Sie aufregen.«

»Gehen Sie, Doktor!« Clementine vermochte jetzt sogar einen Anflug von Schelmerei in ihre Worte zu legen. »Noch bin ich frei; noch müssen Sie tun, was ich will. Nicht? – Also führen Sie mich hin. Es handelt sich ja nur um einen kleinen Diebstahl; was soll mich dabei aufregen? Das wird mir gerade guttun. Der Dr. Benze spricht heute; ein hübscher Mensch. Wir wollen sehen, wie er ausschaut, seit seine Verlobung zu Wasser geworden.«

»Wie Sie befehlen, meine Gnädige. Ich hole den Wagen«, sagte Beckrath ergeben.

*

Bleiches Nachmittagslicht lag bereits über dem Saal des Landgerichtes, als Beckrath und Clementine ihn betraten. Das Zeugenverhör war vorüber. Publikum war nur wenig da. Auf einer der hinteren Bänke saß Herr Gerstengresser und blickte erstaunt und verständnislos um sich, neben ihm Elsa, todesbleich, die Augenlider gerötet, die Augen unverwandt auf die schlanke Gestalt gerichtet, die ihr den Rücken zuwendend vor dem Präsidententisch saß. Wie gern hätte sie Leopold in das Gesicht geschaut, hätte versucht, mit ihren Augen tröstlichen Mut in seine Augen hineinzublicken. Er hielt sich ein wenig gekrümmt, den Kopf niedergebeugt. Der Hemdkragen war grau und welk, der neue Rock zerknittert; das schöne braune Haar, auf das er und Elsa so stolz waren, stand struppig und wirr ab. Gott, der arme Poldl, der es nie fein und vornehm genug haben konnte!

Der Schriftführer las schnell und eintönig das Protokoll vor. Der Präsident und die Votanten saßen schläfrig da und spielten mit ihren Bleistiften. Der Staatsanwalt hatte sich an seinem Tischchen in eine Akte vertieft und achtete nicht auf das, was um ihn herging. Die Geschworenen sahen starr den Vorleser an, versuchten achtzugeben, kämpften gegen die Schläfrigkeit an, die bleiern über dieser Versammlung lag.

Dr. Benze an seinem Tisch hatte auch Papiere vor sich ausgebreitet, und den Kopf in die Hand gestützt, las er. Er war mit seinen Gedanken sehr weit von diesem öden Gerichtssaal entfernt. Ein kleiner, elfenbeinfarbener Briefbogen, bedeckt mit hübschen, wohlgezogenen Schriftzügen, lag vor ihm, und diese las er immer wieder.

»Lieber Franz! Ich schreibe Dir, damit Du nicht glaubst, daß ich damals in Übereilung oder Zorn gehandelt habe. Ach nein! Jetzt hab' ich's mir wohl überlegt. Wir müssen wohl voneinander gehen. Ich gehöre zum Papa, zu ihm werd' ich immer halten. Du wirst eine andere Frau finden, die Dir mehr Ehre macht. So ist's besser. Aber nicht wahr? Wenn auch alles aus ist, so gehen wir doch voneinander wie zwei, die einander liebgehabt haben, die eben um ihrer Liebe willen voneinander gehen? Denn so ist's; Gott weiß es, daß es so ist. Lebe wohl – Franz – Gisela.«

Eben noch im Besitz des großen und seltenen Glückes einer reinen Liebe und nun – alles verloren! Wieder ganz arm! – »Die um ihrer Liebe willen voneinander gehen«, stand hier. Diese Liebe also war da; sie gehörte ihm – und dennoch! ... Benze neigte den Kopf, neigte ihn so tief, als wollte er das

Papier vor ihm mit den Lippen berühren. Tränen schnürten ihm die Kehle zusammen. – Ja, die große, leichtsinnige Stadt trug die Schuld, dieses Wien, in welches er sich nicht hineinfinden konnte, zog auch das Reinste, das Heiligste in seinen trüben Strudel. Wien war es, was ihm sein Mädchen raubte. O dieses Wien!

Der Schriftführer schwieg. Der Staatsanwalt erhielt das Wort. Er erhob sich, zog gelangweilt die Augenbrauen empor, wie unwillig darüber, daß er in seiner Arbeit gestört wurde, und begann zu sprechen – schnell und mit leiser Stimme, als handele es sich um einen geringfügigen Gegenstand, den er kurz abzumachen wünschte; er referierte flüchtig, daß der Kommis Leopold Gerstengresser – 19 Jahre alt – bedienstet im Geschäft des Herrn Punzendorf, seidene Tücher im Werte von 300 Flrs. entwendet und verkauft habe. Seine Aufgabe – meinte der Staatsanwalt – sei hier eine leichte, da der Beklagte ein volles Geständnis abgelegt habe. Er wolle nur darauf hinweisen, daß in jüngster Zeit solche Verbrechen, zu welchen junge Männer, meist Kinder ehrlicher Leute, durch Vergnügungslust und Leichtsinn hingerissen werden, sich mehren, daher müsse das Gericht seine ganze Strenge walten lassen. Als Erschwerungsgrund führte er noch die Dienststellung des Beklagten, als Milderungsgrund sein unbescholtenes Vorleben an. – Froh, zu Ende zu sein, setzte er sich dann wieder und blätterte in seiner Akte.

Der Verteidiger erhielt das Wort.

Dr. Benze erhob sich – sehr gerade, die Brust heraus, aber trotz der sicheren Haltung trug sein bleiches Gesicht doch einen aufgeregten, gespannten Ausdruck, und seine Stimme war unsicher, als er zu sprechen begann.

Er stellte die Tatsache des Diebstahls nackt und trocken dar. Da der Beklagte geständig sei, meinte er, so scheine es, als bliebe dem Verteidiger nur übrig, auf mildernde Umstände hinzuweisen. Dieses können nun einerseits solche sein, daß sie uns die Überzeugung geben, der Schuldige habe nicht aus Gewohnheit, aus angeborenem Trieb zum Verbrechen gefehlt und die Gesellschaft dürfe hoffen, dieses verirrte Gemüt auch durch mildere Mittel wieder auf den rechten Weg zu bringen. – Daß ein solcher Milderungsgrund hier herangezogen werden muß, hat der Herr Staatsanwalt bereits erwähnt. Die Zeugen, vor allen Herr Punzendorf, Leopold Gerstengressers Chef, bezeugen: Der Beklagte sei stets ein stiller, ordnungsliebender junger Mann gewesen, ein guter Sohn und Bruder, ein pflichttreuer Untergebener – ehe jenes verhängnisvolle Vergnügungsfieber ihn packte, welches die Ursache seiner Schuld und seines Unglückes geworden ist.

Bisher hatte Benze mit gedämpfter, heiserer Stimme gesprochen, jetzt hielt er inne, schüttelte sich das Haar aus der Stirn und richtete sich noch strammer auf. Als er zu reden fortfuhr, nahm seine Stimme einen scharfen, metalligen Klang an.

»Doch gibt es – andererseits – Milderungsgründe, die uns die Umstände, unter denen das Verbrechen stattfand, nicht als verführend – nein, als zwingend zeigen; sie üben auf den Menschen einen so gewaltsamen Druck, daß seine Handlungsweise, so tadelnswert sie sei, verständlich, erklärlich, ja notwendig erscheint. Ich sage – notwendig, denn die Verkettung der Ereignisse, mehr noch die Atmosphäre, welche der Mensch einatmet – das ist alles, was er sieht und hört, was er achten und bewundern lernt und verachten und mißbilligen nicht lernt –, muß so mächtig auf ein junges, weiches Gemüt wirken, daß seine Tat logisch aus diesen Voraussetzungen zu fließen scheint und wir zögern, die Verantwortung ganz dem Handelnden zuzuschieben. Dann aber, meine Herren Geschworenen, dann wird aus dem mildernden – ein entlastender Moment.«

Der Staatsanwalt schaute bei diesen Worten auf und lächelte, wie zu dem Spiel eines Kindes. Der Präsident aber blickte verstimmt den einen Votanten an und gähnte. Er verwünschte diese Verteidiger, die stets zeigen wollen, was sie können, und die einfachsten Sachen in die Länge ziehen.

»Gehen wir, meine Herren Geschworenen«, fuhr Benze fort, »der Entstehungsgeschichte des uns vorliegenden Verbrechens nach. Leopold Gerstengresser wuchs auf – wie die meisten Knaben des Wiener niederen Bürgerstandes. In seinem elterlichen Hause herrschte nicht Überfluß; die Mittel jedoch wurden geschafft, ihn etwas lernen zu lassen und ihm die ehrenvolle Stellung als Kommis im Geschäft des Herrn Punzendorf zu verschaffen. Wir wissen, unter solchen Umständen ist das Leben eines jungen Mannes ernst und mühevoll. Er muß tapfer ringen, um sich ein relatives Lebensglück zu erobern. Und nun denken Sie sich, meine Herren Geschworenen, diesen jungen Mann mit guten Anlagen, aber mit dem heißen, unruhigen Blut und der sanguinischen Lebensauffassung seiner Landsleute begabt, mitten in die schwüle Luft einer großen Stadt gesetzt, in der alles nur nach Vergnügen hastet. Er sieht seine Umgebung, seine Eltern, seine Kameraden, seine Nachbarn, den einzigen Zweck des Lebens in das Vergnügen setzen. Die ernste, schlichte Pflichttreue als solche wird nirgends gelobt und ermutigt. Arbeit, Beruf – sollen nur Wege sein, die zu lustigen Augenblicken führen, und je kürzer dieser Weg, um so besser. Und schaut er höher hinauf zu jenen Klassen, die ihm Vorbild sein sollen, die ihm Ehrfurcht und Bewunderung einflößen – auch hier ist das Vergnügen das Ideal des Lebens. Meine Herren Geschworenen, glauben Sie, dieser junge Mann wird diesem Fieber widerstehen können? Warum soll er abseits stehen? Warum soll er an ein ernstes, karges Leben denken, wenn niemand daran glaubt? Das

Leben um jeden Preis hübsch angenehm und lustig gestalten ist der einzige des Wieners würdige Lebensberuf; das ist die Predigt, welche ihm auf den Gassen, zu Hause, in der Schule, von Jugend auf gepredigt wird. Wer arm ist – wer traurig – wer ernst ist – ist verachtet – ist lächerlich.

Wir haben es gehört, wie der Beklagte und die Zeugin Marie Hempel sich zu gemeinsamem Lebensgenuß verbunden. Oh, sie taten nichts ungewöhnliches! Fragen Sie in den großen Zinskasernen unserer munteren Kaiserstadt nach, auf jeder Stiege finden Sie einige dieser lebensfrohen Verbindungen. Solche junge Realisten greifen mit kecker, naiver Genußsucht nach allem, was heiter ist, was Genuß verspricht, als käme es ihnen zu, als müßte es so sein. Marie Hempel verlangte viel. Der Beklagte fürchtete sein Mädchen zu verlieren, wenn ein anderer ihr mehr bot; denn diese jungen Realisten verstehen einander wohl. Ein Liebhaber, der nicht jeden Wunsch erfüllt, wird verlassen. Marie Hempel gehörte aber zu Gerstengressers Lebensansprüchen. Oft hörte er, wie Männer zu den gewagtesten Mitteln griffen, um in dem großen Wiener Freudenfest mittun zu dürfen. Gelang es, dann wurden sie gefeiert und bewundert. Scheiterten sie, endete solch ein allzu kühner Versuch vielleicht düster und traurig in diesem Saale – nun, die Gesellschaft, die Genossen zuckten dann mitleidig die Achseln, sie bedauerten ihn. Der arme Kerl; er hat es nicht verstanden, sich auf dem glatten Boden des großen Festsaales auf den Füßen zu halten. Nichts weiter. Nun, auch Gerstengresser griff zu solchen Mitteln. Glauben Sie, meine Herren Geschworenen, er war sich der Tragweite seiner Handlung bewußt? Der Mensch ist das Produkt seiner Umgebung.

Sehen Sie sich, meine Herren Geschworenen, die Stiege an, auf der Gerstengresser wohnt; ist sie nicht wie ein kleiner Auszug der größeren Welt, die uns umgibt? Unten ein Hausbesorger, dessen Tochter mit einem öfters abgestraften Individuum auch solch einen Bund der Lebensfreude geschlossen und zu diesem Behuf ihrem Geliebten behilflich ist bei jenem furchtbaren Raubmord, der hier nächstens verhandelt werden soll; höher wohnt jene Marie Hempel, die – nachdem sie Gerstengresser in das Unglück gebracht hat – sich ruhig einem glücklicheren und reicheren Liebhaber zuwendet; höher wieder Gerstengresser … Überall in diesen engen, ärmlichen Wohnungen der heiße, maßlose Appetit nach buntem, berauschendem Vergnügen. Und über diesem endlich die Redaktion eines sozialdemokratischen Blattes, welches den ungestümen Schrei nach Wohlleben in ein System bringt. Meine Herren Geschworenen, eine Seele, welche in dieser Luft aufgewachsen ist – kann sie moralisch gesund sein? Und ist sie es nicht, ist auch sie von der Krankheit ergriffen, die alle Gesellschaftsschichten dieser schönen Stadt durchdringt und auch das Schönste und Reinste zu morden droht, dann, meine Herren Geschworenen, frage ich Sie: Können Sie dem Beklagten seine Tat ganz anrechnen? Können Sie ihm die ganze Schuld geben? Oder wird nicht jene große Mitschuldige, die niemand auf die Anklagebank ziehen kann, einen großen Teil, vielleicht den größten Teil der Verantwortung zu tragen haben?«

Er war zu Ende und setzte sich. Er wußte es selbst nicht recht, was er gesagt hatte. Es mußte wohl unklar und wenig überzeugend gewesen sein. Dennoch fühlte er, daß er sich einen Teil der Bitterkeit, die auf ihm lastete, vom Herzen gesprochen hatte, und dieses preßte ihm einen Seufzer der Erleichterung ab.

Schon hatte sich der Staatsanwalt zur Duplik erhoben. Er lächelte sein ironisches und gutmütiges Lächeln und strich mit der Hand liebevoll über seinen greisen Backenbart.

»Ich hätte es nicht geglaubt«, begann er, »daß ich mich veranlaßt sehen würde, in dieser Sache noch das Wort zu ergreifen. Die Sache selbst, offen gestanden, ist's auch nicht, die noch Ausführungen meinerseits nötig macht, denn der Umstand, daß die Versuchungen einer Großstadt einem jungen Mann leicht gefährlich werden können, mag für das Strafmaß vielleicht von Einfluß sein, aber nicht für das Votum der Geschworenen. Nein! Während der Herr Verteidiger sprach, wurde ich nicht ohne Erstaunen inne, daß es sich hier nicht sowohl um die Entlastung des Beklagten – Gerstengresser – handele, sondern daß eine andere Angeklagte vielmehr an seine Stelle gesetzt werden sollte. Nicht Leopold Gerstengresser saß auf der Anklagebank, sondern – Wien – Wien selbst! Meine nahen Beziehungen aber zu dieser Beklagten berechtigen mich, denke ich, einige Worte zu ihrer Verteidigung hinzuzufügen!

Leider müssen wir es dem Herrn Verteidiger zugeben, daß viel Leichtsinn in unserer schönen Stadt herrscht; ja viel zuviel! Ich fürchte, der Herr Verteidiger wird hier noch mehr solcher erschreckend vorbildlicher Stiegen finden. Oh, ich könnte ihm aus meiner langjährigen Praxis noch abschreckendere Stiegen anführen. Gegen die Vorbildlichkeit jedoch muß ich Verwahrung einlegen. Solche Stiegen hat wohl jede Großstadt aufzuweisen; die sind keine Wiener Spezialität!«

Bisher hatte er im munteren, humoristischen Ton gesprochen, nun wurde er ernst und väterlich.

»Doch ich will die Worte des Herrn Verteidigers nicht mißdeuten. Ich hab's wohl verstanden, was er mit der bösen Stiege und dem Vergnügungsfieber meinte. Ja – meine Herren –, Wien ist eine fröhliche Stadt; und wir sind stolz darauf. Aber die Luft, die hier weht, ist keine Fieberluft. Wir Wiener tun ebenso ernste Arbeit wie jeder andere, und die Arbeit ist deshalb nicht weniger ernst und weniger gut getan, weil sie lustig und guter Dinge getan wird. Das klare und kecke Ergreifen der leichteren Seiten des Lebens macht Wien stark. Wir sind stolz auf unser lautes und stets bereites Lachen, wir sind stolz auf den biegsamen Sinn, der über das Trübe, ist es unvermeidlich, leicht hinweggeht, um sich an Hellerem und Schönerem zu trösten. Das alles vergiftet kein jugendliches Gemüt. Das macht die Herzen frisch. Wir sind stolz auf unsere Arbeit, wenn wir auch den Arbeitskittel leichter als andere mit dem Festkleide vertauschen. Und – sehen wir Unrechtes –, sind wir darum laxer, weil wir nicht nur verdammen, sondern auch bemitleiden? Nein, nein! Das lustige Wien hat ein starkes und ein reines Herz, sonst könnte die Fröhlichkeit hier nicht gedeihen. Und gereicht einem die Wiener Luft zum Schaden, so liegt es nicht an der Luft, welche starken, gut organisierten Lungen wohl bekommt. Der Herr Verteidiger hat Wien, wie ich glaube, noch nicht ganz verstanden. Sie aber, meine Herren Geschworenen, indem Sie Ihr ›Schuldig‹ über den Beklagten sprechen, werden somit ein ›Nicht schuldig‹ über unser Wien sprechen.«

Der alte Herr war warm geworden im Sprechen. Das Publikum klatschte trotz der Ermahnungen des Präsidenten.

Benze hatte nicht zugehört. Was ging ihn all das an? Worte! Was da gesprochen wurde, was er selbst gesagt – alles war ihm zuwider. Es ist doch vergebens! Der Mensch vermag das, was sich in ihm regt, nicht auszudrücken. Ein Verstehen ist nicht möglich! – Gisela hielt ihn für grausam, eng, hart, egoistisch – unfähig, ihre Liebe zu verdienen; und wenige Worte trugen die Schuld; sie standen zwischen ihr und ihm. Benze nahm einen Briefbogen und begann zu schreiben. –

Die Geschworenen zogen sich zurück. Er achtete nicht darauf – er schrieb … und zerriß wieder den Brief. Nein – er vermochte es nicht zu sagen. Gott! Gott, wie elend ist diese Welt! Mutlos lehnte er sich in seinen Stuhl zurück.

Draußen schneite es. Die Leute auf den Bänken lachten und sprachen halblaut miteinander. Leopold saß regungslos und in sich zusammengesunken da.

»Welch unfaßbare, trostlose Traurigkeit liegt über diesem Saal. Ach, wäre ich schon draußen!« sagte sich Benze und wiegte, wie von Schmerz gequält, seinen Kopf.

Der Gerichtshof erschien und verkündete das »Schuldig«.

Mechanisch sprach Benze, was er im Interesse seines Klienten zu sagen hatte. Wieder zog der Gerichtshof sich zurück. Benze vermochte es vor Ungeduld nicht mehr zu ertragen. Laut trommelte er mit den Fingern auf die Tischplatte. Endlich war das Ende da! Der Gerichtshof verurteilte Leopold Gerstengresser zu einem Jahr schweren Kerkers. Eilig packte Benze seine Papiere zusammen und eilte ins Freie ...

*

Es schneite in großen, lautlos niederfallenden Flocken. Allerorts – auf den Dachvorsprüngen, Zäunen, Treppen – bildeten sich weiße Puffen, die der Straße ein reinliches, festliches Ansehen gaben. Und die Leute gingen ohne Regenschirm dahin, hoben die Gesichter zu den Flocken auf und lächelten. Der Schnee berauschte die Kinder; sie wühlten mit den Händen in all dem Weiß, und ihr Lachen klang die Straßen entlang.

Auch Benze tat die feuchte Kühle wohl, die weich und leise auf ihn niederfiel; es wurde ruhiger und klarer in ihm. Alles mußte, auch das herbste, überwunden werden können. Er begann sich in seinem Schmerz wieder stark zu fühlen; er war stolz auf diesen Schmerz. Der Staatsanwalt hatte recht, er verstand dieses Wien mit seiner regellosen Weichheit nicht – nie würde er es verstehen! Er richtete sich stramm auf. An der Diamanthärte seiner rechtlichen Grundsätze zerstieß sich seine Liebe, sein Glück. Es tröstete ihn ein wenig, daß sein Los so tragisch war.

Als er in die Wiedner Hauptstraße einbog – stand Gisela vor ihm; weiß von Schneeflocken, die Wangen rosa, die Stirn voll feuchter Löckchen. In der Hand hielt sie ihr Gebetbuch. Sie kam vom Abendsegen bei den Paulinern. Benze wollte sich scheu zur Seite drücken, sie hatte ihn jedoch erkannt und grüßte mit dem kurzen, energischen Nicken der Wienerinnen und lächelte ein sanftes, trauriges Lächeln. Benze griff an seinen Hut und eilte vorüber – wie beschämt ...

Es dämmerte. Die Laternen wurden angesteckt. Der Schneefall hatte aufgehört. Die Stadt, in weiße Schleier gehüllt, sah wunderlich verändert aus. An den Straßenecken, in den Haustoren, vor den Wirtshäusern sammelten sich die Menschen und schwatzten und lachten – die Wangen gerötet, Schneeflocken in den Haaren, berauscht und erheitert von dem neuen Kleid, welches ihr altes Wien angelegt hatte.

25

Es war vier Uhr nachmittags. Lippsen machte Lothar einen Besuch. Er behielt den übergroßen Filzhut auf dem Kopfe und steckte die Hände tief in die Taschen seines Überrockes.

»Servus! Ah – du packst?«

»Es bleibt wohl nichts anderes übrig«, entgegnete Lothar, über seinen Koffer gebeugt, in welchen er vorsichtig seine Bücher legte.

Lippsen ging im Zimmer auf und ab, leise vor sich hinpfeifend. Plötzlich blieb er stehen, rollte die Augen und ließ seinen Bart auf der Oberlippe hin und her wippen. »Nein – hörst du! Das haben sie gut gemacht; schnell und schlau. Alle Achtung!«

»Schnell?« Lothar schaute auf. Er war bleich. Der rote Schnurrbart, den er sonst gerade und glatt fortzustreichen liebte, ließ seine Spitzen traurig niederhängen, die Augen sahen überwacht drein. »Schnell? Ich weiß doch nicht.«

Lippsen lachte. »Ja, gut und schnell. Gut, weil sie Klumpf, Branisch und dich ausweisen und Rotter und mich ungeschoren lassen. Und siehst du, das ärgert mich. Richtig ist's, aber es ärgert mich.«

»Schnelligkeit aber gehört nicht dazu. In der Langsamkeit liegt gerade die Menschlichkeit der Polizei. Das Opfer wird solange mit kleinlichen, widrigen Dingen gehetzt, bis es das Ende, sei es wie es sei – meinetwegen ein Todesurteil – wie eine Erlösung empfindet.« Einen großen Stoß Bücher auf den Armen, hatte Lothar dieses vorgebracht. Laut und ärgerlich warf er die Bücher in den Koffer und sich in einen Sessel.

»Ja«, meinte Lippsen und setzte sich zu Lothar, »in solchen Zeiten hat man Gelegenheit, allerhand Beobachtungen zu machen. Hast du z. B. bemerkt, wie vollständig wir die Sache aufgegeben haben – sofort – nach dem ersten Krach hin?«

»Was sollten wir denn tun?«

»Hm – hast du bemerkt, wie die anderen – Satzinger, Tost und Genossen – einherstolzieren? Für sie sind die Verhandlungen ein Triumph. Die sehen nicht aus, als hätten sie irgend etwas aufgegeben; nein, bei denen scheint die Sache erst anzufangen.«

»Ja, mein Gott! Das ist auch so schwer nicht!«

»Ich meine nur, bei uns ist's anders. Ihr Märtyrertum und unseres ...«

»Ich weiß das. Was willst du damit?«

»Konstatieren, nichts weiter.«

»Gut! Das wissen wir alle, wir sind die Narren. Da war die Polizei in der Gestalt der Frau Fliege, die gab uns das Quartier, da war die Gestalt des Herrn Oberwimmer und schrieb die Artikel, und wir hielten das für unsere Sache, für die Menschheit rettende Sache. Oh, ich verstehe die ungeheure Komik dieser Sache wohl! Tost, Satzinger, die sind ernst. Aber daß wir – doch gewiß nicht die schlechtesten Männer – unser Alles einsetzen, um nicht einmal ernst zu sein – für einen Spaß der Polizei ... und nicht einmal schuld sind wir – nur dumm ... mein Gott! Wenn es etwas hilft, das zu konstatieren ... so soll es geschehen ... Oder weißt du vielleicht etwas, das der Sache besseres Ansehen gibt?«

»Ich? – Nein; glaubst du, mir sei besser zumute? Ich meine nur, wenn wir die Sache so recht nackt vor uns hinstellen, vielleicht können auch wir darüber lachen.«

»Ich danke. Dazu habe ich keine Lust.«

»Ich hab's auch eingesehen, es geht nicht.«

Sie schwiegen eine Weile und schauten vor sich auf den Fußboden.

»Klumpf«, begann Lippsen endlich wieder, »ist noch nicht so weit wie wir. Er hat sich noch so ein Stück echter Märtyrerstimmung bewahrt. Du weißt – er will heute bei den ›Drei Engeln‹ sprechen.«

Lothar zuckte die Achseln. »Jetzt ist das alles eins. Uns bleibt nichts übrig, als eine Pose zu suchen. Ein ziemlich jämmerliches Geschäft – aber das ist die Konsequenz.«

»Oho, du bist weit gediehen!« Lippsen blickte Lothar von der Seite an, und sein wunderliches Gnomengesicht zuckte. »Um von etwas anderem zu sprechen: Dein Hausmeistermädel ist ermordet im Flusse aufgefunden worden.«

»Ja, ja!«

»Gewissensbisse und Mord? Es steht so buntes Zeug darüber in den Blättern.«

Lothar lachte, und aus diesem Lachen klang die ganze schmerzhafte Erregung, dic an ihm nagte. »Freilich. Es ist mein Schicksal, der hohen Polizei zu dienen. Ich habe dem Untersuchungsrichter die nötigen Winke gegeben, ihm wieder einen unserer Schützlinge in die Hände geliefert; den Chawar – du weißt? Der hat hier die alte Frau ermordet; das Mädel war seine Geliebte – du verstehst, sie tat mit? Oder, nein, du verstehst das nicht – ich auch nicht; uns ist das Verständnis für solch eisernes Zusammengehören verlorengegangen. Nun – das Mädl deutete mir den Zusammenhang der Sache an – und ging dann hin, um den Geliebten vor dem eigenen Verrat zu warnen und um sich von ihm totschlagen zu lassen. Verstehst du das? Mensch, begreifst du, wie göttlich einfach das in seiner Gewaltsamkeit ist? Das ist Wille – Schicksal, Naturgewalt.

Lauter Dinge, die uns Armen fremd und unheimlich wie Gespenster sind. Sie mußte es tun, denn es war ihr Geliebter; begreifst du diese Logik? Nun – sie kam zu mir in ihrer Not. Ich, mein Gott – ich habe ja nur Worte und Gedanken über die Schuld der Gesellschaft und Glücksprobleme – nur das; ich stehe also vollständig hilflos vor dieser menschlichsten Wirklichkeit. – In jenem Augenblicke liebte ich dieses Mädchen – ja, mein Lieber – ich liebte es, wie wir Schwächlinge, wir von der Natur Verstoßene, das Starke lieben – und das Unbegreifliche. Sie hielt sich an mich; mich wollte sie lieben, um sich von jenem zu befreien; aber sie konnte nicht – das arme Wesen; wie verachtete sie mich, als sie den letzten Tag von mir ging – um sich von ihrem Lois umbringen zu lassen ...« Er begann leiser zu sprechen – wie geheimnisvoll: »Ich habe sie dort im Rettungshause gesehen. Sie hatten den armen, schönen Körper gequält und beunruhigt, um sie ins Leben zurückzubringen. Wie müde lag sie auf der Bank, halb von ihrem nassen Haar bedeckt, das Gesicht ruhig, schläfrig – wie sie's zuweilen zeigte. Sieh', Lippsen! Nicht einmal diese Dirne, diese Diebin konnte ich verstehen – und sie suchte Schutz bei mir, und ich liebte sie – aber wie wir schon lieben mit unserer sinnlosen, kränklichen Sinnlichkeit – und ich Narr – ich wollte – mit ein wenig Gerede das Volk retten! Ja, das wär' wohl auch mit verächtlichem Lächeln fortgegangen, um sich lieber totschlagen zu lassen!«

»Du bist erregt«, meinte Lippsen. »Gib' mir deine Hand. Ja – du fieberst. Übrigens ist dein Zustand immerhin normal. Klumpf macht mir mehr Sorgen. Branisch wird an hinabgewürgtem Tatendrang ersticken. Er spricht schon von Australien. Aber du – mein Alter – sprich dich aus – nur heraus mit all dem komplizierten Gift.«

»Ach was, sprechen! Geredet haben wir genug; das war unser Laster! Aber sieh' diesen Oberwimmer – auch ein Rätsel. Man reicht ihm abends und morgens die Hand, fühlt sich ein Herz und eine Seele mit ihm und nur ...«

»Oh, dieses Rätsel menschlicher Gemeinheit ist nicht so schwer zu raten – jetzt – nachträglich. Ich hab' mit ihm auf der Schulbank gesessen. Er war von jeher der hübsche, liebenswürdige, flache Junge; sehr demokratisch, schon begeistert für die soziale Reform, als er noch Cornelius Nepos las, aber von jeher auch zu starke Vorliebe für alles Teure, Feine, Hübsche – niedliche Weiber, gute Kleider, reinliche, gemütliche Wohnungen, weinumrankte Häuschen, Familienleben! Dabei – bodenloser Leichtsinn in Geldsachen; das bringt in Lagen, die einem Bekanntschaft mit der hohen Obrigkeit verschaffen. Die Polizei kann solche hübsche Revolutionäre, die in sozialdemokratischen Kreisen aus- und eingehen, brauchen. Das läßt sich alles zusammenrechnen. Du bist in seiner Häuslichkeit gewesen? Nun – die erklärt vieles. Man kann schon recht tief durch den Kot waten, um endlich in einem so hübschen, reinlichen Heim anzulangen. Du siehst, es geht alles äußerst natürlich zu.«

»Natürlich? Findest du es natürlich, daß wir unsere Existenz – unsere Seele – hingeben müssen, damit dieser Mensch seine hübsche Häuslichkeit hat?«

Lippsen zuckte die Achseln.

»Und der ganze Plan«, fuhr Lothar fort, »die Konzession für das Blatt, diese Artikel, diese Begeisterung, die Freundschaft mit Tost, das ist so teuflisch, daß es zu diesem blonden Mädchengesicht nicht passen will.«

»Ja – der Plan kam wohl auch nicht von ihm«, meinte Lippsen. »Übrigens, wenn er seine Artikel schrieb, wenn er mit uns sprach, dann begeisterte er sich wirklich; er war ganz bei der Sache. Hintennach schickte er zwar seine Notizen an den gehörigen Ort.«

»Pfui! Nicht einmal überzeugter Schelm. Alles halb – dilettantenhaft.«

»Ja, das ist es! Hier hab' ich ein Genfer Blatt, den ›Armen Conrad‹, das bringt schon die Geschichte. Wir alle sind Spitzel, natürlich. Das wird den Leuten schwer auszureden sein.«

»Ich wollte, wir wären es; wir hätten doch wenigstens gewußt, was wir taten – aber so! Klumpf muß sprechen, das ist klar. Heute ist sein Vortragsabend, er darf nicht fortbleiben – und wir können ihn nicht im Stiche lassen ...«

Lippsen hatte sich erhoben und legte seine Hand schwer auf Lothars Schulter, dabei ward sein wunderliches Gesicht sehr ernst. »Höre, Freund – in dir da hat es mächtig gewirkt – das arbeitet ja und löscht alles Dagewesene fort. Ich bin neugierig, was da Neues entsteht; der Gärung nach kann es etwas tüchtiges sein.«

Lothar schüttelte den Kopf. »Ach was – solche Grundsätze, mit denen wir uns vollsaugen, um unser leeres Ich aufzublasen, gehen auch alle wieder fort, wenn man in dieses Blasen-Ich hineinsticht. Und du?«

»Ich? ... Nun – ich verkalke mich.«

*

Der Saal zu den »Drei Engeln« in der Burggasse war überfüllt. Viele der Anwesenden zogen es vor, draußen zu warten, bis die Sache ihren Anfang nahm. Da standen sie denn im dichten Nebel auf der Gasse, rauchten und plauderten; Arbeiter, Handwerker, Studenten, Journalisten. In einzelnen Gruppen wurde es zuweilen ein wenig laut, Gelächter und Gejohle ertönte; sofort wurde dann der langsame, gelangweilte Schritt der Sicherheitswache vernehmbar. »Ich bitte, nicht den Verkehr zu stören. Ich bitte, nicht auf der Straße stehenzubleiben.« Ab und zu entstand eine Aufregung; man drängte zur Türe, bildete Spalier, um einige Herren, die schnell in das Gasthaus hineingingen, durchzulassen. »Wer war's?« flüsterte man. »Der Brückmann, der Lippsen –.« Jetzt hielt ein Fiaker vor den »Drei Engeln«. Ein Herr im breiten Filzhut sprang heraus und eilte in das Haus. »Das ist der Klumpf!« hieß es, und man drängte nach.

In den »Drei Engeln« wurde allmonatlich ein Vortragsabend – den Arbeitern zur Belehrung – abgehalten. Klumpfs Vorträge hatten sich stets eines besonders starken Zulaufes erfreut. Die Leute wußten es wohl selber nicht so recht, was sie anzog. Er sprach für seine Zuhörer zu gelehrt und zu hoch; die meisten vermochten ihm nicht zu folgen, dennoch hörten sie ihn gern. Was er sagte, klang schön und feierlich, es stieg zu Kopf; man fühlte es, wenn man's auch nicht verstand, daß dieser Mann von großen Dingen sprach. Es freute die Arbeiter, daß für sie so fein und schön gesprochen wurde.

Klumpf sollte heute einen Vortrag über »die Freundschaft in der Geschichte« halten. Mühsam suchte er seinen Weg zwischen den dichtbesetzten Tischen hindurch; er spähte nach seinen Freunden aus. Dort, nicht weit von der Rednerbühne, saßen sie – Rotter, Lothar, Lippsen, Branisch, stumm und gespannt die Menge vor sich beobachtend. Sie wollten zusammenrücken, als Klumpf kam, er jedoch meinte: »Es wird wohl Zeit sein anzufangen«, und bestieg die Rednerbühne.

Bisher war es laut genug gewesen im Saal, nun trat Stille ein. Nur hinten an der Ausgangstüre entstand einen Augenblick Lärm. Jemand rief etwas; andere beruhigten ihn, wiesen ihn hinaus.

Klumpf ordnete seine Papiere, ohne aufzusehen. Dann hob er den Kopf, schaute wie erstaunt über all die Köpfe hin, als erwartete er etwas, als wollte er den Anwesenden Zeit lassen, ihn, wie sonst, mit Beifall zu empfangen. Als alles still blieb, zog er ein wenig die Augen empor und verzog seine Lippen zu dem sanften, mitleidigen Lächeln, welches ihm eigen war.

Er begann zu sprechen, anfangs leise und beklommen: »Meine Herren – meine Freunde! Wir haben uns hier allmonatlich versammelt, um uns einander zu belehren an allem Bedeutenden und Trostreichen, das uns die Geschichte des menschlichen Geistes und der menschlichen Sitte bietet ...«

Es ward gelacht; ein lautes, beleidigendes Haha.

Klumpf fuhr lauter und fester zu sprechen fort: »Solch ein Zusammengenießen verbindet wie Zusammenleiden und wie gemeinsame Arbeit. Es erzeugt das einander Verstehen. Was ist aber Freundschaft anderes, als ein tiefes, sicheres und liebevolles Verstehen?«

Ein zunehmendes Murmeln und Kichern begleitete die letzten Worte. Dicht vor Klumpf saß ein Arbeiter, ein kleiner, stämmiger Mann mit einem lustigen Gesicht, lässig in seinen Stuhl zurückgelehnt, die Zigarre im Mundwinkel, den Strohhalm der Virginia hinter dem Ohr, schaute er Klumpf verschmitzt und lächelnd an und bemerkte laut: »Ich dank'! Angenehme Freundschaft das!«

Der Unruhestifter von vorhin war wieder an der Tür erschienen und schrie. Man lachte. »Laßt ihn doch sprechen!« rief jemand. Racher war es, dort in der äußersten Ecke des Saales. Ruhig fuhr Klumpf fort, als höre er den Lärm nicht.

»Ein tiefes und liebevolles Wissen des Menschen um den Menschen ist Freundschaft. Ehe ich nun darangehe, Ihnen die stillen, aber mächtigen Wirkungen aufzuzeigen, welche solch heilige Bundesgenossenschaft des Verstehens in der Geschichte der Menschheit gehabt hat, wollte ich in der Hoffnung, daß solch ein Band sich auch zwischen uns zu knüpfen begonnen hat, Ihnen kurz und offen von uns sprechen – wie man unter Freunden spricht.«

»Das kennt man. Die Freundschaft der Polizei«, meinte der kleine Arbeiter munter.

»Wozu übrigens diese Komödie weiter spielen?« ertönte eine Stimme heiser und zornig. Racher stand am andern Ende des Saales, rot im Gesicht; er sprach weiter, aber seine schwerfällige Zunge wollte ihm in der Erregung nicht gehorchen.

»Ja, herunter. Was kann er noch sagen«, riefen andere. Das Murren und Kichern ward nun zu lautem Gejohle, Gelächter, Geschrei.

Klumpf starrte in die Menge, die zu ihm hinauf schrie und tobte, wie geistesabwesend hinein. Der Polizeikommissär trat an ihn heran und sprach mit ihm. Klumpf nickte nur.

»Die Polizei bespricht sich«, rief der kleine Arbeiter und lachte herzlich. »Seht – Kommissär Branisch steht schon.«

Branisch hatte sich erhoben. Alle um einen Kopf überragend, stand er da, soviel verhaltene Wut in seinem finstern, entschlossenen Gesicht, als sehe er sich um, wem von den Anwesenden er an die Kehle fahren sollte.

Der Polizeikommissär verkündete nun, daß er die Versammlung aufhebe und daß – wenn nicht Ruhe eintrete –, er den Saal räumen lassen werde.

Der Lärm jedoch nahm zu, jenes unverständliche Geräusch großer Menschenmengen, die sich am Lärm berauschen. Mit den Biergläsern ward auf die Tische, mit den Absätzen auf den Fußboden getrommelt, und die meisten gaben sich dem lustig und eifrig hin, ohne Groll, mit lachenden Gesichtern. Nur eine Schar Arbeiter, die sich um Racher versammelt hatten, brüllten vor Wut und streckten die geballten Fäuste zu Klumpf empor. Klumpfs Freunde umstanden die Rednerbühne bleich und gespannt.

Der Kommissär trat an sie heran: »Gehen Sie, meine Herren, Herr Dr. Klumpf, steigen Sie herab. Sie sehen ja.«

Klumpf zuckte zusammen, errötete, und die Arme ausbreitend rief er tönend in die Menge hinein: »Ihr wollt mich nicht hören, bedenkt, Genossen, was ihr euch antut.«

»Nicht ein Wort von diesem Spitzel«, antwortete Racher ...

»Nein – nein!« hieß es. »Schickt sie fort.« – »Wir haben genug«, und das Klopfen, Schreien, Zischen begann wieder. Plötzlich flog ein Zigarrenstummel über Klumpfs Kopf an die Wand; der kleine Arbeiter hatte ihn geworfen. Lautes, jubelndes Gejohle erhob sich. Das war's – das hatte ihnen allen noch gefehlt.

»Hunde!« knirschte Rotter und faßte seinen Knotenstock fester. Klumpf ließ seine ausgebreiteten Arme herabfallen, sein Gesicht nahm den Ausdruck tiefen Ekels an; er stieg von der Rednerbühne herab.

Das Werfen von Zigarrenstummeln hatte Anklang gefunden; wie ein schwarzer Hagel flogen sie zu der kleinen Schar an der Rednerbühne hinüber.

Plötzlich rief jemand: »Die Polizei.« – »Die Polizei der Gegenwart kommt die Polizei der Zukunft retten«, ergänzte der kleine muntere Arbeiter von vorhin.

»Gehen wir«, sagte Klumpf. Gefolgt von seinen Freunden, schritt er durch die Menge. Man lachte, wenn sie vorübergingen, schimpfte, trat aber auseinander, um sie durchzulassen. Sie waren schon nahe der Türe – dieser Leidensweg war gleich zu Ende, als Racher vor Klumpf hintrat. Klumpf blieb stehen und schaute ihn wartend an.

Ringsum wurde es still. Racher wollte sprechen, stotterte – brachte endlich mit umschlagender, erstickter Stimme hervor: »Wo ist Kehlmann?«

»Dort – wo er besser für seine Sache wirken kann, als wir hier für die unsere«, antwortete Klumpf, und jetzt zum erstenmal bebte etwas wie Zorn in seiner Stimme. Dann zuckte er leicht mit den Schultern und lächelte.

»Spion«, schnarrte Racher, beugte sich vor und spie Klumpf in das Gesicht.

Ein Sicherheitswachmann wollte sich auf Racher stürzen. Branisch hatte diesen jedoch schon ergriffen; er hob ihn empor und warf ihn über die Köpfe der zunächst Stehenden von sich. In dem Gedränge, welches jetzt entstand, blieb Klumpf auf demselben Fleck stehen, bleich wie ein Tuch, die Arme schlaff niederhängend. Der strenge, unwillige Ausdruck seines Gesichtes war gewichen; er schaute aus wie jemand, der auf das Nagen eines großen körperlichen Schmerzes in sich hineinhorcht.

Lothar stieß ihn an. »Gehen wir. Was sollen wir hier?«

»Ja – ja, gehen wir«, meinte Klumpf.

Neben der Ausgangstüre stand ein langer, ungewaschener Handwerker. Als Klumpf bei ihm vorüberging, lächelte er befangen und fragte mit einer tiefen Baßstimme: »Sie sind doch der Klumpf?«

Lothar wollte den Mann beiseiteschieben, dieser jedoch griff heftig nach Klumpfs Hand und küßte sie.

»Oh, was tun Sie!« murmelte Klumpf und entzog ihm seine Hand, als ekele ihn.

Nun waren sie draußen und gingen schweigend durch den Nebel einher, der alles verdeckte und die Welt wie eine graue, finstere Leere erscheinen ließ. An der Ecke der Neubaugasse reichten sie sich die Hände und trennten sich.

Lothar begleitete Klumpf noch ein Stückchen.

»Was nun?« sagte Klumpf und blieb stehen.

»Fort«, meinte Lothar.

»Ja – fort –; natürlich. Hier können sie uns nicht brauchen; und wir sie nicht – wir, die Wissenden.«

»Die Wissenden!« Eine große Bitterkeit stieg in Lothar auf. »Ich fürchte, die Wissenden haben nicht verstanden, und sie müssen umlernen. Leben ist doch anders, als wir meinten. Vielleicht gibt es noch einen Winkel, wo man es lernt.«

Klumpf zuckte die Achseln: »Versuch's!« …

RICHARD HUGHES

Sturmwind auf Jamaika

Roman

Aus dem Englischen von Annemarie Seidel

Bibliothek der Romane, Band 8

240 Seiten, Halbleinen

DM 20,00

*

Drei Jahrzehnte vor William Goldings »Herr der Fliegen« gelang Richard Hughes eine Darstellung kindlicher Grausamkeit, die bis heute nichts von ihrer beklemmenden Faszination eingebüßt hat. Im Mittelpunkt der Geschichte stehen sieben Kinder englischer Plantagenbesitzer, die vor der Unbill der Natur von Jamaika nach England gebracht werden sollen. Noch in der Karibik wird allerdings ihr Schiff von Piraten gekapert. Ohne es zu wollen, sehen diese sich im Besitz der Kinder, die bald mehr und mehr Gewalt über ihre eher unbeholfenen denn blutrünstigen Kidnapper gewinnen. Dies bleibt so lange ohne ernstliche Folgen, bis die Piraten ein weiteres Schiff überfallen und dabei ein Mord geschieht.

Eine der erstaunlichsten Erzählungen, die ich wohl nie wieder vergessen werde.

Hermann Hesse

SELMA LAGERLÖF

Der Kaiser von Portugallien

Roman
Aus dem Schwedischen von
Pauline Klaiber-Gottschau
Bibliothek der Romane, Band 7
256 Seiten, Halbleinen
DM 20,00

*

Das ist die Geschichte der grenzenlosen Liebe des Landarbeiters Jan zu seiner Tochter, einer Liebe, die auch dann nicht verblaßt, als Klara Fina das Elternhaus verläßt und jahrelang keine Nachricht nach Hause schickt. Bald kommt das Gerücht auf, sie verdiene ihren Lebensunterhalt auf unehrenhafte Weise. Doch der Vater will davon nichts wissen. Mehr und mehr flüchtet er den Schmerz der Trennung und das Unverständnis der Nachbarn und findet Linderung einzig in seiner eigenen, verschrobenen Welt. Immer seltener sind die klaren Augenblicke, immer größer wird Jan Anderssons Gewißheit, daß seine Tochter, Klara Fina, als »Kaiserin von Portugallien« für das Wohl ihrer Untertanen Sorge trage und nur diese schwere Bürde sie an der Rückkehr hindere.

Ein literarisches Meisterwerk.
Frankfurter Allgemeine Zeitung

GEORGE TABORI

Gefährten zur linken Hand

Roman
Aus dem Englischen von
Ursula Grützmacher-Tabori
368 Seiten
Halbleinen mit Schutzumschlag
DM 38,00

*

Sommer 1943. In Europa wütet der Krieg. San Fernando, einen unscheinbaren Badeort an der italienischen Adriaküste, scheint er vergessen zu haben. In dieser verblichenen Sommerfrische hofft Stefan Farkas, Autor gefeierter Boulevard-Stücke, Kraft und Selbstvertrauen zurückzugewinnen. Wie immer in seinem Leben nimmt er den Platz des unbeteiligten Zuschauers ein, mit gelangweiltem Blick von der Kaffeehausterrasse auf das Treiben im Ort. Bald erfährt Farkas von den Strömungen unter der beschaulichen Oberfläche, von einem mißhandelten Kommunisten, von der Armut der Steinebrecher und Fischer, vom Protest der Wäscherinnen. Doch als der Strudel des Krieges auch San Fernando erfaßt, wird Farkas gezwungen, seine zynische Distanz aufzugeben und er begreift: »Es gibt Zeiten, in denen das einzig Nützliche der Tod ist.«

HUGO HAMILTON

Der letzte Held von Dublin

Roman
Aus dem Englischen von Georg Deggerich
264 Seiten
Halbleinen mit Schutzumschlag
DM 36,00

*

Pat Coyne, der »Dirty Harry von Dublin«, hat zu tun: Er wird für Gerechtigkeit sorgen und in der Stadt gründlich aufräumen. Er wird es allen zeigen: dem Kunstlehrer seiner Frau, seinem Banker, seinem Vorgesetzten Molloy. Vor allem aber hat er es auf Drummer Cuningham abgesehen, den König der Unterwelt. Als Drummer unter den Augen der Polizei einen Kronzeugen entführt, ihn aus dem Weg räumt und wieder einmal ungeschoren davonkommt, steht für Coyne fest: die Zeit ist gekommen. Jetzt muß jemand sich die Finger schmutzig machen und sich über die Gesetze hinwegsetzen. Und er, Pat Coyne, ist genau der richtige Mann für diese Aufgabe.

Hamilton hat ein beeindruckendes Buch vorgelegt. So könnte es aussehen, wenn Flann O'Brians Universalgelehrter De Selby die Romane von Raymond Chandler mit jenen von Patrick McCabe gekreuzt hätte. THE TIMES